KB032549

사랑보다
뜨거운

2

2

사랑보다
뜨거운

*hotter than love*

범서라 장편 소설

D&C
BOOKS

# 목 차

8

명희가 제주도에 도착한 뒤, 2년 가까운 시간이 물 흐르듯 빠르게 흘렀다.

"와, 오늘 날씨 좋다. 오픈하기 딱 좋은 날이네."

며칠 전까지만 해도 추위가 기승을 부리더니 오늘 따라 날씨가 화창했다. 푸른 하늘에는 뭉게구름이 떠 있었고 여기저기에 개나리와 진달래가 피어나고 있었다.

명희가 기지개를 쫙 켜며 밖으로 나가자 그 뒤를 수윤이 따라 나왔다. 수윤의 품에는 볼이 통통한 어린 남자아이가 안겨 있었다.

"오늘 민혁이 가게 오픈한다고 날씨까지 도와주나 봐. 잘됐다."

"그러게. 손님 많았으면 좋겠다."

최근 민혁은 점점 더 바빠지고 있었다. 약 1년간 출연했던 '내일은 파티시에'라는 디저트 경연 프로그램이 유명세를 타기 시작하면서 빵집 매출이 말도 안 되게 올랐다.

SNS에는 제주도에 가면 꼭 들러야 할 맛집이라고 입소문도 났다. 거기에는 민혁의 외모도 한몫했다. 젊은 여성들 사이에서 핫한 남자로 인터넷 기사가 나기도 했었다.

그에 민혁은 사업을 확장했다. 1호점인 베이커리 바로 옆에 카페를 하나 새롭게 오픈할 준비를 했고, 그 오픈이 바로 오늘이었다.

하지만 서울에 베이커리 2호점을 내는 일로 바빠서 당분간은 수윤이 민혁을 대신해 카페 일을 전적으로 맡기로 했다.

그동안은 아이를 낳고 키우느라 바빠서 일을 할 생각을 못 했었는데, 몇 개월 전부터 어린이집을 보낼 수 있게 되면서 수윤에게도 조금 여유가 생겼다.

수윤이 아이를 낳고 난 뒤, 애순은 고질적인 허리 통증 때문에 펜션 사업을 접었다. 그리고 나서는 수윤의 육아를 도와주었다. 애순과 민혁은 수윤을 정말 가족처럼 아끼고 물심양면으로 지원했다.

두 사람과 명희가 아니었다면 험난한 육아를 어떻게 헤쳐 나갔을지 감히 상상도 할 수 없었다. 제 곁에 의지가 되어 주는 사람들이 있어서 수윤은 새삼스레 감사한 마음이 들었다.

"민혁이는 언제 온대?"

"저녁에 온대. 나더러 오픈 잘 하고 있으라는데 걱정이 이만저만이 아니야."

오랜만에 일을 하는 거라 수윤은 설레는 마음이 들었다. 떨리는 가슴을 진정시키려 숨을 크게 내쉬자 명희가 크게 웃음을 터뜨렸다.

"대박 났으면 좋겠네. 그치, 지우야?"

명희가 수윤의 품에 안긴 아이의 볼을 콕 집었다. 명희가 장난스럽게 볼을 콕 찌르자 지우가 꺄르륵 웃음을 터뜨렸다.

뭐가 그리 좋은지 지우는 아침부터 싱글벙글이었다. 방긋 웃는 지우를 사랑스러운 눈길로 바라보던 수윤이 지우에게 물었다.

"지우도 좋아?"

"쪼아."

"지우가 좋으면 엄마도 좋아."

"엄마 쪼아."

사랑스러운 아들의 고백에 수윤의 얼굴에도 아침부터 웃음꽃이 만개했다.

"어어? 이모는, 이모는? 이모도 좋다고 해 줘. 응?"

그 모습을 보고 있던 명희가 수윤의 품에 안긴 지우의 얼굴을 들여다보며 묻자 지우가 배시시 웃음을 터뜨렸다.

"이모 쪼아."

"아유, 요 예쁜 녀석. 누구 닮아서 이렇게 예뻐? 응?"

"헤에."

명희가 지우의 이마에 쪽, 하고 뽀뽀를 했다. 수윤은 그런 두 사람을 흐뭇하게 바라보았다.

재작년 가을에 태어난 지우는 어느새 무럭무럭 자라 태어난 지 20개월이 되었다. 11개월째부터 곧잘 걷기 시작하더니 지금은 혼자서도 아주 잘 걸어 다녔다. 최근 들어서는 말도 많이 늘고, 호기심도 많아졌다. 의사 표현이 확실해지면서는 애교도 늘었다.

수윤은 아이가 자라는 모습을 보니 신기했다. 하루가 다르게 무럭무럭 자라는 지우가 대견하고, 또 사랑스러웠다.

"지우 엄마한테 뽀뽀."

볼을 내밀자 쪽, 하고 뽀뽀를 한다. 수윤은 지우가 했던 것처럼 아이의 뺨에 가볍게 입을 맞추었다.

"자, 그럼 우리 지우는 이모랑 어린이집 갈까요?"

"응!"

수윤이 지우를 내려놓았다. 명희가 쪼그리고 앉은 채로 지우를 향해 팔을 벌리자 지우가 총총 총총 발을 움직여 명희의 품에 폭 안겼다. 지우는 명희가 일하고 있는 어린이집을 다니고 있었다.

"지우야. 잘 다녀와."

"엄마 빠빠이."

수윤이 손을 흔들자 지우가 그녀를 보며 손을 흔들었다. 명희가 앉아 있던 자리에서 일어나며 수윤에게 말했다.

"오늘 오픈 잘해. 좀 이따 저녁에 카페로 갈게."

"응. 저녁에 봐."

명희는 카시트가 설치되어 있는 뒷좌석에 지우를 앉히고 꼼꼼하게 벨트를 매어 주었다. 그러고는 운전석에 올라 인사를 하곤 떠났다.

차가 출발하는 모습을 눈에 담던 수윤은 차가 시야에서 사라지고 나서야 뒤돌아섰다.

"나도 이제 출근해야지."

하루 종일 어떻게 보낸 건지 기억이 나지 않았다. 새로 오픈한 가게는 사람들로 쉴 틈 없이 북적였다. 한꺼번에 너무 많은 사람들이 몰려 재료가 금방 소진되었다.

오늘은 더 이상 판매를 할 수가 없어서 민혁에게 상황을 전달하고 영업을 마치기로 했다. 첫날 영업을 성황리에 끝내고 나니 민혁은 회식을 해야겠다는 생각이 든 모양이었다.

수윤은 그런 민혁의 뜻을 따라 직원들에게 카드를 쥐여 주며 회식을 하라고 했다. 직원들을 보내고 난 뒤 수윤은 명희가 지우를 데리고 온다고 하여 가게에서 명희를 기다렸다. 얼마 지나지 않아 명희와 지우가 손을 잡고 가게에 도착했다.

"엄마!"

수윤을 보자마자 지우는 방긋 웃으며 그녀의 품으로 달

려왔다.

"우리 지우 엄마 얼마만큼 보고 싶었어?"

"마니!"

"엄마 많이 보고 싶었어요?"

"응!"

"아유 예뻐라."

수윤은 씩씩하게 대답하는 지우를 안아 들었다. 그러자 지우가 수윤의 목에 팔을 두르고는 어깨에 얼굴을 부비적거렸다.

"오늘 낮잠 안 자서 지금 무지 졸릴 거야."

"그래? 지우 졸려?"

"응."

"그럼 엄마랑 코코 자자."

지우를 안은 채로 등을 토닥이자 칭얼거리던 지우가 금세 잠이 들었다. 수윤은 지우를 안은 채로 한동안 그렇게 서 있다가 지우를 한쪽 소파에 눕히고는 그 옆에 앉았다.

"오늘 어땠어?"

수윤이 자리에 앉자 명희가 그 맞은편에 자리를 잡으며 물었다.

"엄청 바빴어. 이민혁 진짜 유명하긴 한가 봐. 다들 민혁이 찾고 난리도 아니었어."

"유명인이 바로 옆에 있으니까 신기하긴 하다. 근데 민혁이는?"

"여기 온다는 거 회식 가라고 했어. 오늘 같은 날 대표가 빠지면 안 되지."

"그럼 우리도 한 잔씩 할까? 내가 맥주 사 왔지."

명희가 맥주를 꺼내 들고는 흔들어 보였다.

"캬아. 시원하다."

일을 끝내고 마시는 맥주는 꿀맛이었다. 한 캔을 다 마시고 또 한 캔을 막 따려는데 색색 숨소리를 내며 자고 있는 지우가 보였다.

"누구 아들이라서 이렇게 예쁠까."

"원래 내가 낳은 자식은 다 예뻐 보인다더라."

"그래? 나한테만 예뻐?"

'저 아들 바보가' 하는 표정으로 수윤을 보던 명희가 자고 있는 지우를 흘끔 쳐다보았다.

"아니. 나한테도 예뻐. 예뻐도 너무 예뻐."

그 말에 수윤이 기분 좋은 웃음을 지었다.

"난 그냥 가끔 그런 생각이 들어. 내 엄마는 날 왜 버렸을까."

지우를 보며 미소를 짓고 있던 명희가 이내 입술에서 웃음기를 지워 냈다. 어렸을 때 끊임없이 했던 생각이었다. 내 부모님은 왜 나를 버렸을까.

수없이 많이 생각해 보았지만 답은 나오지 않았다. 보육원 원장이 친구들에게 폭력을 휘두를 때마다 얼마나 많은 원망을 했는지 모른다. 버림받은 이유를 알고 싶었다. 언젠가 꼭 아이를 낳아서 자신을 버린 부모의 심정을 이해하고 싶었다.

"아이를 낳고 나면 이해할 수 있을 줄 알았는데 웬걸. 낳고 보니까 더 모르겠어. 나는 지우 없이는 정말 단 하루도 못 살 것 같거든."

한 번도 제대로 된 가정을 가져 본 적이 없었기에 미래에 생길 가족에 대한 갈망이 누구보다 컸다. 은성을 만나면서 이 남자라면 행복한 가정을 꾸릴 수 있겠다고 생각했던 것도 모두 그런 이유 때문이었다.

다정한 남편과 안정적인 가정. 그것만 있으면 세상을 다 가진 것 같은 기분이 들 것 같았다. 반드시 행복해질 수 있을 거라고 확신했었다.

하지만 이제 와 생각해 보면 그건 스스로가 정해 둔 기준일 뿐이었다. 그런 가정이 아니라도 수윤은 지금 누구보다 행복했다. 지우와 함께 하는 매일매일이 뜻깊었고, 새로운 가족들과 함께 있는 이 순간이 행복했다.

"나는 아직 아이를 낳아 보지 않아서 잘 모르겠지만."

수윤의 말을 가만히 듣고 있던 명희가 동의한다는 듯 고개를 끄덕였다.

"지우 보면서 나도 그런 생각해. 네 아이도 저렇게 예쁜데 내 아이는 얼마나 예쁠까, 그런 생각."

"그러려면 남자 친구부터 만드셔야죠, 윤명희 씨? 언제까지 내 뒷바라지만 할 거야?"

수윤이 장난스럽게 말을 하자 명희가 쿡쿡 웃었다.

"지우가 예뻐서 그런 생각 종종 하긴 하는데 난 결혼할 생각 없어. 집안 따지고 조건 따지는 세상에 나랑 결혼하려는 사람이 있을 리가."

"너무 염세적인 거 아냐?"

"연애 같은 거 안 해도 난 내가 좋아하는 일 하는 걸로 행복해. 지금 이대로가 좋아."

고아라는 이유로 남자 친구와의 결혼이 무산되었던 명희는 그때 결혼에 대한 환상이 모조리 깨어졌었다. 그 이후로는 연애도 결혼도 별로 하고 싶다는 생각을 하지 않았다.

"그러는 넌."

"나 왜?"

"이대로 괜찮아?"

"응. 나도 지금 이대로가 좋아."

수윤의 대답에 명희가 고개를 끄덕였다. 수윤이 좋으면 그걸로 됐다는 생각이 들었다.

"근데 너 오늘 힘들었겠다. 커피 만드는 건 할 만해?"

"생각보다 서비스직이 내 천직인 것 같아. 영업 뛸 때도 내가 일은 잘 했어."

수윤의 말에 명희가 쿡쿡 웃었다.

"지우는? 오늘 별일 없었어?"

"응. 별일 없었어. 워낙 순해야 말이지. 예쁘고 순하고. 진짜 딱 지우 같은 애들만 있으면 좋겠다니까?"

수윤이 빙글 웃으며 맥주를 벌컥 들이켰다. 피는 못 속인다는 말이 맞았다. 보통 딸이 아빠를 닮는다던데 지우는 아들인데도 재하를 많이 닮았다.

얼굴이 아주 판박이였다. 제가 낳았지만 자신을 닮지 않아서 제 아들이 맞기는 한 건지 의문이 들 정도였다.

"그래서 내가 애를 덜 먹었지."

출산 후 몇 개월은 정말 정신이 하나도 없었다. 몇 시간마다 수유를 해야 했고 자다가 깨면 우는 통에 수윤은 제대로 잠도 자지 못 했다. 육아가 이렇게 힘든 거구나를 그때 몸소 느꼈다.

하지만 그런 시기가 지난 후에는 크게 힘들지 않았다. 순하고 잘 울지도 않는 지우 덕분이었다.

"우리 예쁜 지우. 잘 자네."

수윤은 곤히 자고 있는 지우를 눈에 담으며 흐뭇한 미소를 지었다.

가게를 오픈하고 나서는 매일 늦게까지 일을 하느라 바빴다. 오랜만에 오전 근무를 한 수윤은 어린이집에 들러 지우를 데려오기로 했다.

오후에는 지우를 데리고 근처 바닷가에 가서 바람이라도 쐴 생각이었다. 차로 10분 정도 걸리는 거리를 수윤은 오랜만의 여유를 만끽하며 걸었다.

어린이집 앞에 도착한 수윤이 막 안으로 들어가려 할 때였다. 안쪽에서 누군가가 문을 열고 나오는 바람에 수윤이 걸음을 한 발짝 뒤로 물렸다. 별생각 없이 나온 사람의 얼굴을 본 수윤은 그 자리에 그대로 굳고 말았다.

"아……."

어린이집에서 나온 사람은 분명 재하였다.

……이 사람이 대체 여기 왜? 재하의 얼굴을 본 그녀가 그 자리에 굳었다. 눈이 마주친 그 짧은 순간 동안 온갖 생각이 다 들었다.

여긴 어떻게 알고 온 걸까. 지우가 있다는 걸 설마 알게 된 걸까? 대체 어떻게? 설마 지우를 데려가려고 여기까지 온 건 아니겠지?

가슴이 불안함으로 두근거렸다. 아무런 말 없이 떠났던 그날부터 지금까지 혹시 선진 그룹에서 아이를 내놓으라고 한다면 어떻게 해야 할까, 여러 번 그림을 그려 보았지만 마땅한 해결 방법을 찾지 못했다.

아니, 어쩌면……. 재하가 여기까지 온 걸 보면 아직 차 회장은 모를 수도 있었다. 오히려 재하가 자신을 찾아온 게 다행일지도 몰랐다. 말이 통하지 않는 차 회장과는 달리 재하는 어느 정도 자신을 이해해 줄 것이라는 막연한 믿음이 있었다.

"……."

"……."

영겁 같은 그 몇 초 동안 수윤과 재하는 눈을 마주한 채 그대로 굳어 있었다. 수윤은 침을 꿀꺽 삼켰다. 너무 오랜만이라 무슨 말을 해야 할지 모르겠다는 생각만 들었다.

이렇게 계속 있는 것보다 무슨 말이라도 하는 게 좋겠다는 생각이 들어 수윤이 입술을 뗐다.

"저……."

그러나 수윤이 입술을 여는 동시에 재하가 그녀를 외면하며 그대로 곁을 지나갔다. 마치 모르는 사람을 본 것 같은 그의 행동에 수윤은 잠시 동안 그 자리에 서서 서서히 멀어지는 뒷모습을 바라보았다.

"……?"

못 알아본 건가? 2년이 넘는 시간이 흘렀지만 그는 변한 것이 아무것도 없었다. 예전에도 재하는 자기 관리를 게을리하지 않는 사람이었다. 그때와 조금도 변하지 않은 모습이 그의 성격을 고스란히 보여 주는 듯했다.

그에 비해 수윤은 스스로가 생각하기에도 좀 변한 것 같았다. 아이를 가졌을 때는 입덧 때문에 살이 빠지기만 하더니 아이를 낳고 키우며 불규칙한 생활을 하다 보니 체중이 꽤 불어났다. 깡말랐었던 예전에 비하면 지금은 많이 통통해진 편이었다.

그 덕분일까. 재하는 자신을 알아보지 못한 것 같았다. 수윤은 그가 자신을 알아보지 못했다는 생각에 이유 없이 가슴 한구석이 욱신거렸으나 이내 스스로를 다독였다.

귀찮은 일에 휘말리지 않아 천만다행이라는 생각을 하며 어린이집 안으로 들어섰다. 안으로 들어가니 명희가 막 사무실에서 나오고 있었다.

"수, 수윤아. 웬일이야?"

명희가 당황한 듯한 얼굴로 수윤을 향해 물었다.

"설마…… 만났어?"

명희의 물음에 수윤이 고개를 끄덕였다.

"근데 날 못 알아본 것 같아."

"어?"

"눈이 마주쳤는데 그냥 지나갔어. 그 사람 여긴 어떻게 알고 온 거야?"

"어? 나도 잘 모르겠어."

명희가 뒤통수를 긁적이며 고개를 저었다. 수윤은 잠시 생각에 잠겼다. 명희가 이곳에 있다는 건 어떻게 알았을까. 하긴 그가 마음먹고 사람을 찾으면 못 찾을 사람이 없었다.

"설마 지우가 여기 있는 거 알고 온 건 아니겠지?"

"아, 아닐 거야. 그냥 제주도에 일 때문에 왔다가 우연히 날 본 것 같아."

"그래? 그럼 다행이고."

그래도 재하가 같은 지역에 있다고 생각하니 걱정이 앞섰다. 혹시 지우의 존재를 알고 온 거라면…….

"수윤아, 저기 사실……."

"엄마!"

명희가 무슨 말을 하려고 하는 사이 안쪽에서 수윤의 목소리를 들은 지우가 달려 나와 수윤의 품에 안겼다.

"우리 지우 오늘 친구들이랑 재미있었어요?"

"응. 재미써써여."

수윤이 지우를 안아 들었다. 지우에게 정신이 팔린 수윤은 명희가 무슨 말을 하려 했다는 사실도 잊은 채 명희를 향해 말했다.

"오늘은 내가 지우 데리고 갈게."

"어? 어. 그래. 그렇게 해."

"그럼 먼저 갈게. 좀 이따 집에서 보자."

"수윤아. 맥주 한잔할래?"

"어, 그럴까?"

느지막이 퇴근을 한 명희가 냉장고에서 맥주 두 캔을 꺼내 거실로 나왔다. 지우를 재우고 나온 수윤이 명희의 옆에 나란히 앉았다.

명희가 제주도에 온 그날부터 수윤은 명희와 함께 살고 있었다. 두 칸짜리 방에 거실 하나 주방 하나 화장실 하나가 딸린, 둘이서 살기 적당한 크기의 집이었다. 바로 옆집에 똑같은 구조의 집이 있는데 그곳에는 애순과 민혁이 살고 있었다.

"그, 있잖아……."

"응?"

명희가 나란히 앉은 수윤을 향해 어렵사리 입술을 뗐다. 수윤은 명희가 운을 떼자 궁금한 듯한 얼굴로 그녀를 쳐다보았다.

"음……, 그러니까."

"왜. 누구 마음에 드는 사람이라도 생겼어?"

"어?"

"놀라는 거 보니까 진짠가 본데?"

수윤이 장난스럽게 웃으며 말했다.

"아니, 그런 게 아니라……."

"누나!"

하지만 명희가 다른 말을 꺼내기도 전에 바깥에서 시끄러운 목소리가 들려왔다.

"수윤 누나! 명희 누나! 있어?"

현관문이 철걱거리며 열리는 소리에 현관을 쳐다보자 민혁이 집 안으로 냉큼 들어왔다.

"지우 자고 있어. 좀 조용히 말해."

고개를 끄덕인 민혁이 목소리를 낮추어 말했다.

"뭐야. 치사하게 둘이서만 한잔하고. 난 같이 먹으려고 이렇게 사 왔는데."

민혁의 손에 들린 하얀 봉지는 뭐가 들어 있는지 아주 묵직해 보였다.

"얼른 여기 앉아. 우리도 시작한 지 얼마 안 됐어."

수윤의 말에 민혁이 안으로 들어와 거실 바닥에 철퍼덕 앉았다. 민혁은 흰 봉지에 든 각종 과자와 오징어, 그리고 캔맥주를 테이블이 위에 올리며 말을 꺼냈다.

"근데 무슨 얘기하고 있었어? 내가 방해한 거야?"

"아니. 아니야. 명희 연애 얘기하고 있었어."

수윤이 쿡쿡 웃으며 말하자 민혁이 눈을 커다랗게 뜨며 명희를 쳐다보았다.

"누나 연애해? 나 몰래?"

"내가 무슨 연애야."

명희가 손사래를 치며 말하자 민혁이 안도의 숨을 내쉬었다.

"아, 다행이다. 난 또 누나가 나 배신한 줄 알고."

"영원히 배신할 리 없으니 걱정하질 말어."

"에이. 그건 좀 무섭다."

연애 따위에는 전혀 관심 없다는 듯한 명희의 태도에 민혁은 심각한 표정을 지었다.

"아깐 장난이었고, 내가 아는 형 중에 진짜 괜찮은 사람이 있는데 소개해 줄까?"

"됐어."

"기다려 봐. 내가 소개해 줄게. 그 형 진짜로 사람이 진국이야."

"됐다니까."

명희가 싫다며 질색을 하자 수윤이 옆에서 명희의 옆구리를 쿡 찔렀다.

"그러지 말고 한 번 만나 보기는 해. 안 만나 보면 어떤 사람인지 모르잖아."

수윤이 한마디를 거들자 명희가 후, 하고 한숨을 내쉬었다. 재하에 대한 얘기를 꺼내려 했건만 왜 얘기가 이런 식으로 흘러 버린 건지 도통 이해할 수가 없었다. 명희는 두 사람의 성화에 어쩔 수 없이 고개를 끄덕였다.

"잘 안 돼도 뭐라고 하지 마."

"절대로 안 해."

수윤이 대답하자 민혁이 제 가슴을 팡팡 치며 말했다.

"누나, 나만 믿어."

민혁이 씨익 웃었다. 그런 민혁을 보며 수윤이 잊고 있었다는 듯 그를 향해 물었다.

"아 참. 근데 엄마는 좀 괜찮으셔?"

"응. 좋아지고 있대."

애순은 몇 달 전 허리 통증이 악화되어 서울에 있는 병원에 입원 중이었다.

"정말 다행이다."

"엄마가 지우 보고 싶다고 난리야. 지우 영상 많이 찍어서 보내 줘야겠다."

"넌 병원 언제 가는데?"

"며칠 후에 또 서울 가거든. 그때 가 보려고."

명희는 대화를 하는 두 사람의 사이에 끼어 말할 타이밍을 재고 있었다. 하지만 좀처럼 돌아갈 생각을 하지 않는 민혁 때문에 애꿎은 맥주만 내내 들이켰다.

秌

수윤은 재하를 우연히 맞닥뜨린 이후로 그가 자신을 찾아올까 불안하게 하루하루를 보냈다. 그러나 그것은 기우였을 뿐, 재하가 자신을 찾아오는 일은 없었다.

수윤은 쉬는 날을 맞아 지우를 데리러 어린이집으로 향했다. 평소에 명희가 지우를 무척이나 신경 써 주고 있었기에 쉬는 날에는 자신이 더 신경을 써야 한다고 생각했다. 휴일만이라도 지우와 시간을 많이 보내고 싶었다.

어느새 어린이집에 도착한 수윤이 문을 열고 안으로 들어섰다. 곧바로 지우에게 가려다 명희의 얼굴을 먼저 보는 게 좋겠다 싶어 사무실 문을 두드렸다.

"명희야."

안에서는 아무런 대꾸도 들리지 않았다. 아무도 없나 하는 생각이 들어 문을 살짝 열자 그 안에는 명희 대신 다른 사람이 서 있었다.

"안녕하……."

어린이집에 남자 직원이 있다고 했었던가. 기억을 되짚

26 | 사랑보다 뜨거운 2

으며 인사를 건네려던 수윤은 인사를 하다말고 입술의 움직임을 멈추었다. 사무실 안에 있던 사람이 재하였기 때문이었다.

"……."

재하의 시선이 수윤의 눈동자를 정확하게 바라보았다. 그때처럼 또 한 번 짧은 시간 동안 두 사람의 눈이 마주쳤다. 하지만 재하는 인사하듯 살짝 고개를 숙이고는 수윤을 지나쳐 그대로 사무실을 벗어났다.

……차재하가 아닌가?

아니. 아닐 리가 없었다. 2년 만에 그를 보았다고 해도 자신이 재하를 알아보지 못할 리가 없었다. 그리고 저번 주에 명희가 말했었다. 재하가 자신을 찾아왔다고.

그럼 이번에도 나를 못 알아본 건가? 살이 쪘다고 해도 못 알아볼 정도는 아니었다. 여기서 두 번씩이나 우연히 마주치는 것도 이상했고, 차재하가 자신을 알아보지 못한 것도 이상했다.

……이렇게 주기적으로 찾아온다고? 근데 명희는 왜 나한테 아무 말도 안 한 거지?

뭐 하나 이상하지 않은 게 없었다. 수윤은 재하가 빠져나간 복도를 빠른 걸음으로 뒤쫓았다. 문을 열고 어린이집 밖으로 나가자 그가 검은색 세단에 막 오르려 하고 있었다.

"잠깐만요."

수윤이 부르자 그가 운전석 문을 열려다 말고 멈칫했다.

"왜 모르는 척해요?"

"……."

"나한테 할 말 있어서 찾아온 거 아니에요?"

수윤은 더 이상 잴 것 없이 재하에게 말을 걸었다. 이렇게 찝찝하게 계속 마주치는 건 수윤 쪽에서 사양이었다. 무엇보다 지우의 존재를 영원히 몰랐으면 하는 상대가 어린이집을 계속 들락날락하는 게 마음에 걸렸다.

"할 말 있으면 얼른 하고 가세요."

"그냥 우연히 마주친 거야."

"……그 말을 나더러 믿으라고요?"

말도 안 되는 변명에 수윤은 헛웃음이 나왔다.

"제주도에서 우연히 마주칠 일이 얼마나 있다고 생각해요?"

"……."

"서울에 있을 때는 제주도로 출장 온 적도 없잖아."

그가 무슨 일을 하는지는 수윤이 제일 잘 알았다. 출장이 있어도 해외 출장이 대다수였다. 선진 그룹에서 여러 사업을 하는 건 맞지만 제주도에서 사업을 진행한 적은 한 번도 없었다.

"이쪽에서 호텔 사업을 해 볼 생각이야. 그래서 현장 답사 차원에서 온 거고."

"그 현장 답사를 어린이집에서 했어요?"

수윤의 질문에 재하가 낭패스러운 표정을 지었다.

"여긴 제주도 온 김에. 명희 만나면 네 소식 들을 수 있을까 해서 온 거고. 일은 낮에 다 끝났어."

"그렇다고 치고요."

"널 만나러 왔다면 모른 척하지는 않았겠지."

설득력이 하나도 없는 말이라 생각했다. 수윤은 재하가 무슨 말을 해도 믿지 않겠다는 태도로 그를 향해 말했다.

"명희한테 할 말, 나한테 해요. 명희 곤란하게 하지 말고. 어차피 나한테 할 말이잖아요."

수윤은 말을 하고 나서 재하의 대답을 기다렸다. 잠시 침묵을 지키던 그가 천천히 입술을 떼었다.

"……요즘은 밥 잘 먹나 보네."

혹시 정말 지우의 존재를 알고서 찾아온 건 아닐까 하는 생각에 재하가 무슨 말을 할지 무서웠다. 하지만 그의 입술에서 흘러나온 말은 그녀의 예상과는 전혀 다른 말이었다.

"지금…… 나한테 살쪘다고 말하고 싶은 거예요?"

"아니, 그게 아니라."

재하가 그런 의도로 말을 꺼낸 게 아니라는 것은 알고 있었지만 어쩐지 그 나름의 안부 인사가 달갑게 들리지 않았다.

"얼굴이 좋아 보여서."

"……."

저번 주에 그를 우연히 마주했을 때, 재하가 변하지 않은 것 같다는 생각을 했었는데 그는 겉모습만 변하지 않았을 뿐 생각보다 많이 변한 듯했다.

항상 자신을 차갑게 바라보던 눈빛이 조금 누그러져 있

었고, 제 마음에 비수를 꽂던 목소리가 조금 다정해진 것만 같은 기분이 든다.

수윤은 재하를 보며 드는 생각을 지워 내며 그를 향해 말했다.

"멀리 떠나니까 살 만하더라고요. 싫은 사람 얼굴 안 봐도 되고, 스트레스 안 받아도 되고."

"……그래."

"진작 떠났으면 좋았을 텐데 왜 그렇게 늦게 떠났는지 몰라요."

더 일찍 떠났으면 좋았을 거란 그녀의 말을 그는 그저 묵묵하게 받아들일 뿐이었다.

"잘 지낸다니 다행이야."

"…….."

"건강해 보여서 다행이고."

조금은 낯선 듯한 그의 모습에 수윤은 입술을 꾹 다물었다. 누그러진 태도로 자신을 대하는 그의 모습이 왠지 모르게 짜증이 났다.

"할 말은 그게 다예요?"

수윤의 물음에 재하가 말없이 고개를 끄덕였다.

"그럼 먼저 갈게요."

그때와는 달라진 그의 태도에 수윤은 마음이 이상했다. 그를 그 자리에 둔 채 수윤은 먼저 뒤돌아섰다. 혹여나 재하가 아직 그 자리에 그대로 서 있을까 봐 한참 동안이나 어린이집에 머물렀다.

"누나."

"……."

"누나?"

민혁이 대답 없는 수윤의 어깨를 톡 건드렸다. 그러자 수윤이 화들짝 놀라며 민혁을 쳐다보았다.

"아, 깜짝이야."

"무슨 생각을 그렇게 해?"

"아, 아니야. 아무것도."

수윤이 고개를 좌우로 저었다.

"근데 왜 불렀어?"

"아침부터 누나가 너무 멍해 보여서."

재하를 만났던 일 때문에 하루 종일 정신이 멍했다. 왜 재하가 그곳에 있었는지, 명희는 왜 제게 아무 말도 하지 않았는지 깊이 생각을 하다 보니 민혁이 자신을 부르는 것도 몰랐다.

"혹시 무슨 일 있어?"

"별일 없어. 그냥 머리가 좀 아파서."

"두통약 줄까? 서랍에 있는데."

"괜찮아. 버틸 만해."

"그러지 말고 먹어. 저녁까지 일하려면 먹는 게 좋을 거야."

민혁은 수윤에게 잠깐 기다리라고 말을 한 뒤 약을 가지러 갔다. 왜 재하가 그곳에 있었는지 자세하게 얘기를 듣고 싶었으나 명희는 어제저녁 늦게 들어와서 오늘 아침에는 일찍 출근을 하고 없었다. 지우를 데려다주러 어린이집까지 갔지만 명희가 바빠 보여 얘기를 할 틈이 없었다.

말 한마디 나누기가 왜 이렇게 어려운 건지 수윤은 속이 답답했다. 왠지 재하와 명희가 오랫동안 연락을 하고 있었던 것 같은 기분을 지울 수가 없었다.

"누나. 약 먹어."

"고마워."

"먹으면 좀 괜찮아질 거야."

수윤은 민혁의 성화에 못 이겨 약을 먹었다.

"아니면 오늘 그냥 일찍 퇴근할래? 내가 어떻게든……."

"아냐. 약 먹었으니까 괜찮아질 거야."

그렇게 잠깐 앉아 있는 사이 딸랑, 하고 가게 문이 열리며 검은 슈트를 입은 중년의 남자 손님들이 우르르 들어왔다. 민혁이 단체 손님을 보며 말했다.

"아무래도 관광객 같아 보이지는 않는데."

"그러게."

관광객이 많은 이 동네와는 어울리지 않는 슈트 차림에 두 사람은 고개를 갸웃했다. 새까만 정장을 빼입은 남자들은 안으로 들어오자마자 매장에 자리를 잡고 앉기 시작했다.

"누나가 주문 받아. 음료는 내가 만들게."

"알았어."

그 무리 중 한 사람이 계산대 앞으로 다가왔다. 민혁과 얘기를 하다 손님의 기척에 고개를 돌리자 그 자리에는 정건이 서 있었다.

"오랜만입니다, 아가씨."

"아……."

정건을 본 수윤은 설마, 하는 생각에 매장 안을 훑어보았다. 그녀는 검은 슈트 차림의 남자들 사이에서 어렵지 않게 재하의 모습을 찾을 수 있었다.

매장이 꽤 넓은 편이었음에도 열댓 명의 사람들이 들어오자 가게 안이 시끌벅적해졌다.

"잘 지내셨습니까?"

"……네. 저는 잘 지냈어요. 비서님은요?"

"저도 잘 지냈습니다."

반가운 마음보다 불편한 마음이 먼저 들었다. 안부 인사를 건넨 정건이 밝게 웃었지만 수윤은 어쩐지 웃음이 제대로 나오지 않았다.

"드릴 말씀이 많아요."

"……."

이곳에서 과거 얘기는 하고 싶지 않았다. 뒤에 민혁이 있다는 사실이 수윤을 더욱더 곤란하게 만들었다. 지우의 부친에 관해서는 한 번도 얘기를 나눈 적이 없었다. 굳이 언급할 필요성 또한 느끼지 못했다.

그러니 이제 와서 지우의 아빠에 대해 이러쿵저러쿵 떠들고 싶지 않았다.

"지금은 일을 하고 있어서요. 나중에 얘기해요. 주문은 뭐로 하시겠어요?"

"아이스 아메리카노 열다섯 잔 부탁드립니다."

정건은 웃는 얼굴로 주문을 하고는 자리로 돌아갔다.

여긴 또 어떻게 알고 온 거야. 이제 겨우 재하가 없는 세상에서 나름대로 자리를 잡고 앞으로 나아가려 하는데, 갑자기 그가 눈앞에 나타나자 길이 막힌 것처럼 캄캄하게 느껴졌다. 그나마 지금 이곳에 지우가 없어서 다행이었다.

"근데 누나."

아이스 아메리카노 열댓 잔을 서빙하고 돌아온 민혁이 낮은 목소리로 속삭이듯 물었다.

"아는 사람이야?"

"아, 응…….. 서울 있을 때 알던 사람이야."

"저기 저 중간에 앉은 저 사람도?"

"어?"

턱짓으로 애매하게 가리켰지만 민혁이 말하는 사람이 재하라는 것은 바로 알아차릴 수 있었다.

"저 사람이 계속 누나를 보고 있더라고."

"……."

"근데 저 사람, 왜 이렇게 낯이 익은 것 같지?"

민혁이 고개를 갸웃하며 생각에 잠겼다. 재하의 사진은 인 터넷에 꽤 많이 떠돌아다니고 있었다. 그 사진을 본 적이 있 다면 재하의 얼굴을 아는 것도 무리가 아니라고 생각했다.

"아!"

대충 말을 돌리려 했으나 그러기도 전에 민혁은 생각이 난 모양이었다. 턱을 아래로 뚝 떨어뜨린 민혁이 놀란 눈 을 하고 수윤을 바라보았다.

"설마 저 사람 지우 아빠야?"

민혁의 입에서 흘러나온 말에 수윤이 깜짝 놀랐다. 목소 리가 꽤 컸던 것 같아 그녀가 얼른 민혁의 입을 틀어막았 다. 혹시나 매장에 앉아 있던 사람들이 듣기라도 했을까, 순간 등이 쭈뼛했다.

"조용히 해. 누가 들으면 어쩌려고."

민혁은 제 입을 막은 수윤의 손을 떼어 내며 놀란 기색을 감추지 못했다.

"어디서 봤나 했더니 지우 얼굴이었어. 지우랑 진짜 많 이 닮았네."

"……그 얘기는 하지 말자. 응?"

수윤이 목소리를 낮추며 싫은 기색을 내비치자 민혁이 아차 하며 입을 다물었다. 눈썰미가 좋은 민혁이 단번에 알아채자 불길한 생각이 들었다.

만약 재하가 지우를 만난다면, 그가 눈치채는 건 시간문 제였다. 수윤은 그가 이런 식으로 자신을 찾아오는 것이 너무나 부담이 되었다. 갑자기 왜 자꾸 눈앞에 나타나는 건지 수윤은 재하가 불편해서 미칠 지경이었다.

"옆에 저 친구는 누구지?"

재하는 조금 전부터 수윤의 옆에 꼭 붙어 서서 귓속말을 하고 있는 남자가 눈에 거슬렸다.

"제주도에 내려온 후로 쭉 함께 지내고 있는 사람입니다. 처음에 묵었던 펜션 주인 아들이고요."

보고를 받은 기억이 없는 것 같아 묻자 옆에 앉아 있던 정건이 기다렸다는 듯 대답했다.

"이름은 이민혁. 나이는 아가씨보다 두 살이 어리고, 파티시에로 유명합니다. 이 카페도 이민혁 씨가 론칭한 거고요, 아가씨를 고용하신 것을 보면 여러모로 도움을 주고 있는 것 같습니다."

정건의 말을 들으니 이름을 여러 번 들었던 기억이 났다. 재하가 커피 잔을 어루만지며 수윤과 민혁의 모습을 눈에 담았다. 키도 크고 생긴 것도 멀끔했다. 딱 봐도 여자들에게 인기가 많아 보이는 타입이었다.

"명희 씨 말씀으로는 이민혁 씨가 아가씨를 친누나처럼 생각한다고 합니다."

"그래?"

친누나로 생각하든 아니든, 가까이 붙어 있는 모습이 그다지 마음에 들지는 않았다. 자신은 다가설 수 없었던 그 시간 동안 수윤과 함께했을 거라 생각하니 가슴 한구석에서 질투심이 샘솟았다.

재하는 두 사람의 모습을 외면하며 커피 잔에 시선을 두었다. 질투심이 든다고 하더라도 제게는 그것을 마음에 안 들어 할 자격도 없는 것 같아 마음을 꾹꾹 눌러 담았다.

"……."

그냥 이렇게 볼 수 있는 것만으로도 감사한 일이었다. 수윤이 제 얼굴을 보고도 크게 화를 내지 않아 다행이었고. 혹시나 우연히 마주쳤을 때 수윤이 자신을 경멸하는 눈으로 본다면 견딜 수가 없을 것 같았다.

지난 2년이 넘는 시간 동안 수윤이 어디에 있는지 알면서도 그녀를 찾아오지 않았던 건, 그녀가 화를 내고 우는 모습을 보는 게 두려워서였다.

그럼에도 재하는 지난 2년 반 동안 주기적으로 제주도를 방문했다. 그녀를 찾아가는 건 두려웠지만 우연히 마주친다면 그건 어쩔 수 없는 일이니까. 두려운 마음 한편에는 우연을 빙자해서라도 수윤을 만나고 싶은 마음이 컸다.

명희가 다니는 어린이집에 한 번씩 방문한 것도 그런 이유에서였다. 명희는 제발 다시는 오지 말라고 그에게 사정했다. 아이를 보여 줄 수 없다고, 수윤이 원하지 않는다고 했지만 재하는 보자마자 지우가 수윤의 아들이라는 것을 알아차릴 수 있었다.

동그란 눈이 수윤을 많이 닮아 있었다. 그래서 수윤이 보고 싶을 때면 가끔씩 아이를 보러 어린이집에 갔다. 수윤을 닮은 그녀의 아이를 보는 것 그 자체로 타는 갈증이 조금은 나아지는 것 같았다.

아무것도 모르는 아이를 이용하는 것 같아 죄스러운 마음이 들다가도 버티기가 힘들 때는 별다른 수가 없었다.

"은성이는 아직도 연락 안 되나?"

정건을 통해서 수윤이 아이를 낳았다는 소식을 들었을 때는 믿을 수가 없었다. 결혼을 약속하고 한 달 가까이 같이 살았으니 놀라울 일도 아니었지만 재하는 한동안 충격에서 헤어날 수 없었다.

그 소식을 듣고 나자 수윤이 무작정 떠난 이유를 납득할 수 있었다. 아마도 아이를 숨기고 싶었던 거겠지. 아이의 아빠에게서.

"네. 그쪽에서 원하지 않는 것 같습니다."

정건의 말에 재하는 고개를 느릿하게 끄덕였다. 은성이 연락을 받지 않는 것도 이해는 됐다. 재하가 만약 은성의 입장이었어도 자신과 연락을 하고 싶지 않을 것 같았다.

"수윤이가 아이를 낳았다는 건 모르는 눈치지?"

"네. 그런 것 같습니다."

은성이 모르는 게 아니고서야 수윤을 그대로 내버려 둘리 없었다. 만약 자신의 아이가 생긴 걸 알았다면 유은성

성격에 끝까지 책임을 지려고 했을 것이다.

"아이가 더 크기 전에 아는 게 좋을 텐데."

재하가 중얼거리듯 말했다. 낯선 사람에게도 생글생글 웃어 주던 아이의 얼굴이 떠오르자 입 안이 썼다. 내내 혼자였던 수윤에게도, 이제 막 자라기 시작하는 아이에게도 아빠라는 존재는 필요했다.

자신이 그 자리를 채우고 싶었지만 자격이 없었다.

"……."

재하는 계산대 앞에 서 있는 수윤의 모습을 한동안 물끄러미 바라보았다. 아이를 낳아도 수윤은 여전히 예뻤다. 다시 그녀의 얼굴을 보았을 때 심장이 미친 듯이 뛰기 시작했다.

수윤을 마주치면 어떻게 해야 할지 그동안 머릿속으로 몇 번이고 그림을 그려 봤으나 직접 마주하니 말조차 제대로 나오지 않았다. 그래서 수윤을 모르는 척하고 지나갔다.

하지만 한 번 얼굴을 보고 나니 마음을 주체할 수 없었다. 그녀의 말간 얼굴이 매일 떠올랐다. 수윤의 얼굴이 눈앞에서 어른거려 술을 마셔도 잠을 잘 수 없었다. 그동안 그리워했던 마음이 한 번에 흘러넘쳐 그녀의 얼굴을 다시 보고 싶었다.

늦은 시간, 퇴근을 하고 집으로 들어오자 명희가 막 지우를 재우고 거실로 나오고 있었다.

"명희야. 잠깐 얘기 좀 해."

명희가 고개를 끄덕였다. 두 사람은 식탁에 마주 앉았다. 명희는 수윤이 뭐라고 말을 하기도 전에 그녀가 무슨 말을 꺼낼지 예상하고 있었던 모양이다.

"미안해, 수윤아. 내가 정말 잘못했어."

명희가 두 손을 모아 싹싹 빌었다.

"연락…… 하고 있었던 거야?"

수윤의 물음에 명희가 울상을 지으며 고개를 끄덕였다.

"사장님이랑 연락한 건 아니고, 비서님이랑 좀 친해져서…… 비서님이랑 연락하고 있었어."

"처음부터, 계속?"

"미안해. 진짜 미안해."

"……내가 제주도에 있는 걸 그 사람이 알고 있었어?"

"아, 그게…….."

"알고 있었냐고 묻잖아."

명희는 대답 없이 고개를 끄덕였다. 수윤은 입 안의 여린 살점을 꾹 깨물었다. 재하가 다 알고 있었다는 사실을 듣자 머리가 띵했다.

"너 제주도로 온 거, 사장님 다 알고 계셨어. 너한테 연락 오고 얼마 안 지나서 비서님이 나한테 그러더라. 너 제주도에 있다고."

"…….."

수윤은 망연자실했다. 그렇게 알기 쉬웠나. 아니, 애초에 날 왜 찾은 거지? 이해가 되지 않았다.

"근데 왜 나한테 얘기 안 했어?"

"네가 불안해할까 봐."

"……."

"사장님이 아는 거 싫다고 했잖아. 네가 스트레스받을까 봐 걱정돼서 말 못 했어. 내가 괜히 말해서 배 속에 있는 아이도 같이 스트레스받으면 안 좋을 것 같아서."

수윤은 명희의 말에 아무 말도 할 수 없었다. 명희는 나름대로 그녀를 배려해서 그런 행동을 한 것이었다.

"지우 낳고 난 후에 말하고 싶었는데 시간이 흐르다 보니까 말 꺼내기가 너무 어렵더라. 그제도 말하려고 했는데, 타이밍이……."

생각해 보면 명희는 몇 번이고 재하의 얘기를 꺼내려고 했다. 대화의 주제가 불편했던 수윤은 그럴 때마다 곤란한 기색을 내비치며 말을 돌렸었다. 그런 자신에게 명희가 말을 못 한 건, 어쩌면 당연한 일인지도 몰랐다.

"일부러 속이려고 그런 건 아니었어. 정말 미안해."

명희가 수윤에게 다시 사과를 했다. 수윤은 그런 명희에게 미안해서 고개를 들 수 없었다.

"아냐. 내가 미안하지."

어쨌든 지금이라도 알게 되어 다행이었다.

……근데 내가 여기 있다는 걸 다 알고 있었으면서, 그동

안 가만히 있다가 이제야 찾아온 이유가 뭘까. 알 수가 없었다. 알고 싶지도 않았다.

다만…….

"……지우 얘기는 안 했지?"

"그럼. 당연히 안 했지."

재하가 지우의 존재를 알까 봐. 그게 가장 두려웠다. 명희의 단호한 대답에 수윤은 안도의 숨을 내쉬었다. 하지만 그것도 잠시, 명희는 수윤을 가만히 바라보다 어렵사리 말을 꺼냈다.

"근데……."

"응?"

"네가 지우 낳은 것도 알고 계셔. 간간이 지우 보러 왔었어."

어렵게 말을 끝맺은 명희가 입술을 안으로 말아 물었다. 그 말에 수윤의 속눈썹이 파르르 떨렸다. 말이 나오지 않았다. 재하가 지우의 존재를 안다는 사실에 손끝이 저려왔다. 수윤은 떨리는 호흡을 가다듬었다.

"지우를…… 보러 왔다고?"

"네 아이라는 것만 알지, 아빠가 누군지는 몰라."

"……그게 말이 돼?"

"진짜야. 그, 너 결혼하려고 했던 사람. 그 사람 아이인 줄 알아. 계속 물어보길래 내가 그런 뉘앙스로 대답을 했거든."

충격적인 말을 들은 수윤은 명희와의 대화를 끝내고 지

우가 자고 있는 방으로 들어왔다. 지우의 옆에 앉아 아이의 얼굴을 가만히 들여다보았다.

그렇게 닮았다고 하는데 모를 수가 있나. 닮지 않은 구석을 찾는 게 더 힘들었다. 민혁은 재하를 처음 본 건데도 단숨에 지우의 얼굴을 떠올렸었다.

"……하긴."

명희가 은성의 아이인 것처럼 말을 했다면 재하의 입장에서는 믿을 수밖에 없는지도 몰랐다. 오히려 잘된 일이었다. 은성에게는 미안하지만 차라리 은성의 아이인 줄 아는게 더 나았다.

그렇게 일주일째. 처음 카페에 온 그날 이후로 재하는 지치지도 않고 매일 카페로 출근을 했다. 카페로 온 그는 매번 아이스 아메리카노를 주문하고 창가 자리에 앉아 한 시간 정도를 보낸 후 돌아갔다.

수윤에게는 주문에 딱 필요한 말만 하고 불필요한 말은 건네지 않았지만 그녀는 매번 이런 식으로 다녀가는 재하가 부담스러웠다.

"아이스 아메리카노 한 잔."

오늘은 매일 오던 시간보다 조금 더 늦은 시간에 재하가 카페를 방문했다. 카드를 내밀며 태연한 얼굴로 주문하는 그 모습에 수윤은 한숨이 새어 나왔다. 재하가 가게에 밥 먹듯이 오는 것이 무척이나 싫었다.

"이제 그만 와요."

카드를 받지 않은 채 수윤이 말하자 재하는 여전히 태연한 얼굴로 말을 꺼냈다.

"커피 마시러 오는 거야."

"……."

"너 보러 오는 거 아니야."

"이유가 어떻든 오지 마세요."

"이런 식으로 손님을 내쳐도 되나?"

오늘은 재하가 오지 않길래 명희에게 지우를 데리고 카페로 오라고 말을 해 둔 상태였다. 지우와 명희가 카페에 도착할 시간이 점점 가까워지자 수윤은 초조해졌다.

아무리 재하가 지우를 은성의 아이로 생각한다고 해도 수윤은 재하와 지우가 함께 있는 모습은 보고 싶지 않았다.

"커피만 마시고 가는데 뭐가 문제야."

이런 식으로 실랑이를 하는 것보다 얼른 커피를 줘 버리고 그를 보내는 게 더 쉬운 일이라는 생각이 들었다. 수윤은 계산을 하고 커피를 준비하는 척하며 앞치마에 넣어 두었던 휴대 전화를 꺼냈다. 그러고는 명희에게 보낼 메시지를 빠르게 작성했다.

[지금 카페로 오지 마. 가게에 사장님 와 있어.]

전송 버튼을 막 누르려는 순간이었다. 가게 문이 열리며 명희의 목소리가 들렸다.

"수윤아, 나왔어."

수윤이 고개를 저으며 얼른 나가라는 눈짓을 보냈지만 명희는 눈치 없이 응? 하고 눈을 커다랗게 뜨고 있을 뿐이었다. 명희의 품에 안긴 지우가 동그란 눈을 하고 고개를 갸웃했다.

"엄마, 엄마."

"지우야. 엄마 저기 있네."

수윤을 보자마자 지우가 그녀를 향해 양팔을 뻗었다. 수윤이 다급하게 걸음을 옮겨 안으로 들어오는 명희를 가게 밖으로 밀어냈다.

"왜, 왜 그러는데?"

"일단 나가. 나가서 얘기해."

언제 자리에서 일어났는지 그가 명희와 수윤의 앞을 가로막고 섰다.

"여기서 얘기해. 아직 바람이 차잖아."

"아, 사장님……."

여기서 재하를 만날 거라고는 생각하지 못했는지 명희가 벙찐 얼굴로 그를 보았다.

"애는 내가 봐줄게."

재하가 명희의 품에 안겨 있던 지우를 단번에 들어 안았다.

"엄마 지금 일하는 중이니까 아저씨랑 놀자."

낯선 사람의 품에 안기면 울 법도 한데 지우는 오히려 까르르 웃음을 터뜨렸다. 순식간에 일어난 상황에 수윤은 얼이 빠진 것처럼 정신이 없었다.

"이게 무야아?"

재하의 목에 둘러져 있는 타이를 처음 본 지우는 신기한지 그의 넥타이를 죽 잡아당겼다.

"이거 뭐냐고?"

"웅!"

아이의 말이 알아듣기 어려울 텐데 재하는 생각 외로 지우의 말을 잘 알아들었다.

"넥타이."

"네따이?"

"응. 넥타이."

재하가 알려 주자 지우가 그의 말을 헤헤, 하고 웃으면서 따라 했다.

"네따이."

"잘했어."

정확하지 않은 발음으로 말했지만 재하는 지우가 기특한 모양이었다. 그가 지우의 머리를 쓰다듬으며 칭찬했다.

수윤은 재하가 지우를 안고 다정히 말을 하는 모습을 보자 초조해졌다.

"지우야. 이리 와. 엄마한테 와."

수윤은 재하에게서 지우를 뺏듯이 안아 들었다. 재하가 태연한 얼굴로 지우를 안아 드는 모습에 가슴이 철렁했다.

"명희야. 미안한데 지우 데리고 집에 가 줄래?"

"어? 아, 응."

"지우야. 엄마랑 집에 가서 보자. 응?"

"응."

"그래. 우리 지우 착하다."

수윤이 지우의 머리를 쓰다듬고는 명희에 품에 안겨 주었다.

"밖에 정건이 있어. 차 타고 가."

"여기서 얼마 안 걸려요."

"그럼 걸어서 데려다달라고 해."

명희가 고개를 끄덕이고는 밖으로 나갔다. 명희가 나가자마자 수윤이 날이 선 목소리를 내뱉었다.

"남의 아이 멋대로 만지지 말아요."

"……미안."

수윤이 화를 내자 재하가 바로 사과를 했다.

"……."

수윤은 재하가 바로 사과를 할 줄은 몰랐다. 예전에는 미안하다는 말을 쉽게 입에 담는 사람이 아니었었다.

"네가 기분 나쁠 거라는 생각은 못 했어."

"앞으로 조심해 주세요. 커피 금방 드릴게요."

수윤은 재하를 두고 안쪽으로 들어가 아메리카노 한 잔을 내렸다. 테이크아웃 잔에 담아 재하에게 커피를 내밀었다. 말로 하지 않았지만 매장에서 마시지 말라는 뜻이었다.

재하는 수윤이 내민 커피에 잠깐 동안 시선을 두다가 커피를 건네받았다. 그러더니 이내 고개를 들어 수윤에게로 시선을 옮겼다.

"근데 왜 너 혼자 키우고 있어. 은성이는 몰라?"

"……."

재하는 정말로 지우가 은성의 아이라고 생각하고 있는 모양이었다. 재하가 거짓말을 하는 것처럼 보이지는 않았다.

"……대답 꼭 해야 해요?"

"은성이 성격 어떤지 알잖아. 네가 아이 가졌다고 말했으면 지금 너 이렇게 내버려 두지 않을 거야."

수윤은 재하의 말에 긍정도 부정도 하지 않았다. 은성의 아이라고 거짓말을 할 수는 없었고, 그렇다고 해서 재하의 아이라고 말을 할 수도 없었다.

"조용히 커피만 마시고 간다면서요. 지금 말이랑 행동이랑 다른 거 알아요?"

수윤은 말을 돌렸다. 그 어떤 대답도 할 수가 없었기 때문이었다.

"이럴 거면 오지 말아요. 난 당신이 찾아오는 게 너무 불편해요. 당신 얼굴 보고 싶지 않아요. 왜 자꾸 나타나서 불편하게 만들어요?"

"내가 보고 싶어서."

이해가 되지 않았다. 갑자기 왜 제 앞에 나타난 건지. 나쁜 의도가 있어서 찾아온 거라는 생각밖에 들지 않았다.

차재하는 자신의 이익에 따라 움직이는 데에 익숙한 남자였다. 또 내가 필요한 일이 생긴 건가. 그럴 일이 뭐가 있지. 어제 명희의 말을 듣고 그런 생각들을 했었다.

"내가 이수윤 보고 싶어서 오는 거야."

그런데 차재하가 말도 안 되는 소리를 하고 있다.

"너무 오랜만에 보니까 나사 빠진 새끼처럼 조절이 안 돼."

"지금 무슨 소리를……."

"그러니까 오지 말라는 말은 하지 말라고."

수윤이 아무런 대꾸도 하지 못하고 가만히 서 있자 재하가 입술 끝을 부드럽게 올리며 웃었다.

"그럼 또 올게."

밖으로 나오자 검은색 세단에서 낯익은 얼굴이 내렸다.

"명희 씨. 잘 지냈습니까?"

"어, 정말 계셨네요."

정건을 발견한 명희가 환히 웃으며 인사를 건넸다.

"지우야. 아저씨 안녕하세요, 해야지."

"아조띠. 앙용하떼여."

명희가 지우의 손을 잡고 흔들었다. 그러자 정건이 지우의 작은 손을 잡고 가볍게 악수를 했다.

"지우 안녕."

아이와 가볍게 인사를 하는 정건의 모습이 왠지 어색해 보였다. 정건은 자상한 성격이라 아이를 자연스럽게 대할 것 같았는데 오히려 차갑고 무뚝뚝해 보이는 재하가 아이를 더 자연스럽게 대하는 것 같았다.

어쩐지 두 사람 다 이미지와는 어울리지 않는다는 느낌이 들어 명희는 웃음이 나왔다.

"사장님이 저랑 지우 집에 데려다주라고 하셨어요."

"네. 같이 가세요."

"근데 여기서 10분 정도밖에 안 걸리거든요. 그냥 사장님한테는 데려다준 척하시면 될 것 같아요."

"아니요. 안 됩니다. 같이 가요."

"진짜 10분밖에 안 걸리는데."

"10분이라도 무슨 일이 일어날지 모르는 겁니다."

정건이 재하보다 더 강경한 어조로 말을 했다. 명희는 정건의 그런 호의가 싫지 않았다. 명희가 싱긋 웃으며 말했다.

"그럼 데려다주세요."

"지우 저한테 주세요. 제가 안을게요."

명희가 지우를 안고 있는 게 힘들 것 같아 정건이 지우를 향해 팔을 벌리며 말했다. 명희는 알겠다는 듯 고개를 끄덕이고는 지우의 얼굴을 들여다보며 물었다.

"지우 아저씨한테 갈래?"

그러자 지우가 고개를 세차게 좌우로 저었다.

"찌러. 이모. 이모오."

지우가 떨어지기 싫은지 명희의 목을 세게 끌어안았다. 아까 재하가 안을 때와는 전혀 다른 모습이었다.

"그래. 이모가 안아 줄게."

명희가 그런 지우를 꼭 안고 토닥이며 쿡쿡 웃었다. 팔을 벌린 것이 무색하게 거절을 당한 정건이 시무룩한 표정을 지었다. 명희가 그런 정건을 위로하듯 말했다.

"원래 낯을 잘 안 가리는데. 실패하셨네요."

"무겁진 않습니까?"

"네. 지우 정도면 가볍죠."

어쩔 수 없이 명희가 지우를 안은 채로 두 사람은 집을 향해 천천히 걸음을 옮겼다.

"근데 사장님이 카페에 와 계실 줄은 몰랐네요. 계신 줄 알았으면 안 오는 건데."

"안에 분위기 많이 안 좋았습니까?"

"네. 등 터지는 줄 알았어요."

명희가 장난스럽게 웃으며 말했다.

둘만 둬도 괜찮겠지? 걱정이 되었으나 수윤이 알아서 잘 할 거라 생각했다.

"전 두 사람이 잘 됐으면 좋겠습니다. 사장님이 아가씨 사라지고 나서 많이 힘드셨거든요."

"전 모르겠어요. 들어 보니까 차 회장님, 장난 아니신 것 같던데요. 수윤이 고생할 거 뻔히 보이는데 사장님한테 보내기 싫어요. 엄마 마음이랄까요."

정건은 괜히 이런 주제의 대화를 꺼냈다는 생각이 들었다. 예전에도 이런 주제를 꺼냈다가 재하를 욕 먹인 것 같은 기억이 있었다. 다음부터 이런 얘기는 하지 말아야지 다짐하는 사이 어느새 집 앞에 도착했다.

"아, 금방 다 왔네요."

"딱 10분 걸렸네요."

시계를 확인한 정건이 아쉬운 목소리로 말했다. 몇 마디 나누지도 않았는데 벌써 집 앞이라니.

"데려다줘서 고마워요."

"별말씀을요."

"지우야. 아저씨한테 인사해야지."

명희가 지우의 얼굴을 들여다보며 말했지만 지우는 움직임이 없었다. 명희의 목에 팔을 두른 채 지우는 그대로 잠이 든 것 같았다.

"잠들었나 봅니다."

"그러게요. 싫다더니 자려고 그랬나 봐요. 그새 잠들었네."

"들어가세요."

정건은 마음과는 정반대의 말이 튀어나왔다. 오랜만에 얼굴을 보는 거라 조금 더 함께 있고 싶었지만 아이를 안고 있는 명희를 더 붙잡을 수도 없었다.

"그럼 다음에 또 봬요."

명희가 밝게 웃으며 인사를 하고는 대문 안으로 쏙 들어갔다. 명희가 안으로 들어가는 모습을 보며 정건이 뒤통수를 긁적였다.

"다음에 언제 보는 거지……?"

재하가 돌아가고 난 뒤 홀로 계산대 앞에 서 있던 수윤은 두근거리는 가슴을 진정시킬 수 없었다.

'좋아해.'

처음으로 재하가 제게 좋아한다는 말을 했던 그 날이 떠올랐다.

'내가 너 좋아한다고.'

그 말이 진심일 거라고는 생각해 본 적이 없었다. 믿지 않았다. 믿을 수가 없었다. 그동안 단 한 번도 자신을 돌아보지 않았던 사람이 하는 말을 의심 없이 단번에 믿는 게 더 이상했다. 그래서 그를 밀어냈고, 은성을 선택했고, 파혼을 한 후에도 잠적을 결정했다.

그런데 내가 보고 싶었다니.

"……2년 만에 찾아와서 거짓말을 할 리는 없지 않나."

혼자서 중얼거리던 수윤이 화들짝 놀라며 고개를 좌우로

세차게 흔들었다. 또다시 바보처럼 그의 한마디에 기대를 거는 자신을 발견하게 된다.

"어떻게 나는 2년이 지나도 발전이 없지?"

배 속에 그의 아이를 품고 있으면서도 그를 떠올리지 않으려 애썼다. 재하를 떠올리는 것 자체가 너무 괴로웠다. 억지로라도 잊고 싶었다.

하지만 배가 점점 불러 오고 거동이 힘들어지면서 자연스럽게 재하가 떠올랐다. 만삭이 되어 장장 24시간이 넘는 시간 동안 진통을 하고서도 골반이 열리지 않아 제왕절개를 해야 했을 때는 그가 미친 듯이 원망스러웠다.

곁에 있어 주었으면 좋겠다고 생각했다. 그렇게 원망을 하면서도 재하가 제 곁에 있기를 바랐다.

출산을 하고 고통이 다 지나고 나면 재하를 더 이상 떠올리지 않을 수 있을 거라 믿었다. 그러나 그러지 못했다. 재하를 닮은 지우의 얼굴을 볼 때마다 그가 떠올랐다.

시간이 흐를수록 재하를 닮아 가는 지우를 보며 혼자서 눈물을 훔친 밤을 양손에 다 꼽을 수도 없었다.

어느새 미워하는 마음도 무뎌져서 잊은 듯이 살았지만, 재하의 얼굴을 보면 힘들었던 기억들이 파노라마처럼 지나갔다.

그래서 재하의 얼굴을 보는 게 너무나도 힘이 들었다. 재하의 얼굴을 보면 힘들었던 지난 일이 자연스레 떠올랐다. 그게 싫었다. 그러니 그가 더 이상 제 인생에 들어오지 말

앉으면 했다.

"명희 누나. 지우는?"

어린이집에서 일지를 작성하고 있는데 민혁이 불쑥 사무실로 찾아왔다.

"오늘 네가 지우 데리러 온 거야?"

"응. 수윤 누나가 좀 피곤해 보여서."

"내가 데리고 가도 되는데."

"아니, 누나한테 할 말도 있고."

"응? 무슨 말?"

명희의 물음에 민혁이 목소리를 낮추며 물었다.

"누나 오늘 뭐 해?"

"오늘? 일찍 마치면 집에 가야지. 내가 뭐 할 게 있나? 아, 장이나 보러 가야겠다."

"장은 내가 볼게."

"응? 갑자기 왜? 너 한가해?"

명희는 평소와 다른 반응을 보이는 민혁이 수상하게 느껴졌다. 의아한 눈초리를 보내자 민혁이 그녀를 보며 씨익 웃었다.

"누나 소개팅 좀 하라고."

"어? 소개팅? 이렇게 갑자기?"

"내가 소개시켜 주려고 했던 그 형이 갑자기 시간 났다고 해서."

민혁의 말에 명희가 고개를 저었다.

"나 안 할래."

"언제는 좋다며."

"그건 수윤이가 억지로 밀어붙이니까……."

"그냥 한 번 얼굴 보고 얘기만 해 봐. 안 사귀어도 좋으니까."

명희는 소개팅 자리에 나가는 게 부담스러웠다. 고아라는 얘기를 하고 상대방의 평가를 받는 소개팅이 즐거울 리 없었다.

"누나, 제발. 진짜 괜찮은 사람이란 말이야. 내가 이렇게 부탁할게. 응?"

싫다고 해도 민혁은 막무가내였다. 명희에게 무슨 일이 있어도 소개팅을 해 주고 싶은지 옆에 찰싹 들러붙어 그녀를 귀찮게 했다.

"한 번만 해 주라, 응? 누나 나 못 믿어? 내가 설마 누나한테 이상한 사람 소개시켜 줄까 봐 그래?"

"아니, 그런 문제가 아니라……."

"딱 한 번만, 제발!"

"아, 알았어."

민혁이 계속 귀찮게 굴자 명희는 하는 수 없이 알겠다고 대답을 했다. 그러자 민혁의 얼굴이 눈에 띄게 밝아졌다.

"그럼 약속 잡는다?"

"응. 알았다구."

민혁이 신나는 얼굴로 휴대 전화를 꺼냈다. 소개팅을 하는 당사자인 명희보다 민혁이 어째 더 신나는 얼굴로 휴대 전화를 만졌다. 그런 그를 보며 픽 웃던 명희가 민혁을 향해 물었다.

"근데 너 또 서울 간다고 하지 않았어?"

"맞아."

"언제 가는데?"

"글쎄."

"무슨 대답이 그래?"

메시지를 보내고 난 민혁은 명희의 물음에 진지한 얼굴로 잠시 생각에 빠졌다. 영문을 알 수 없는 그 행동에 명희가 고개를 갸웃했다.

"요즘 수윤 누나한테 일 다 맡겨 놓은 게 미안하기도 하고."

"오. 이민혁 철들었네?"

명희가 킥킥 웃으며 놀리자 민혁이 슬쩍 미소를 지었다. 그 반응이 어딘가 평소와 다르다는 생각이 든 것도 잠시, 민혁이 볼을 긁적이며 어렵게 말문을 열었다.

"그…… 지우 아빠라는 사람 카페에 자주 오거든. 그 남자 때문에 누나 혼자 두기가 좀 그래서 일정을 미뤘어. 누나가 그 남자 때문에 스트레스 많이 받는 것 같아서."

그 남자만 보면 수윤의 표정이 굳었다. 민혁은 그래서 수윤의 곁을 비울 수가 없었다. 대체 얼마나 원수를 진 사이였길래 항상 온화하기만 하던 수윤의 표정이 어둡게 변하는지 모를 노릇이었다.

"누나도 알고 있었어? 지우 아빠 우리 가게에 찾아온 거."

"아, 어."

"뭐 하는 사람인지도 알아?"

"뭐 하는 사람인지는 알아서 뭐 하게."

"궁금해서. 수윤 누나 혼자 둘 때는 언제고, 이제 와서 다시 나타난 게 상식적으로 이해가 안 되잖아."

수윤이 고아로 후원을 받으며 자랐고, 그 덕에 취직을 했다는 얘기는 들었지만 민혁은 수윤에게 어떤 사정이 있었는지 자세한 얘기는 듣지 못했다.

수윤은 유독 지우 아빠 얘기는 말을 아꼈다. 꺼내기 힘든 말인 듯해 일부러 지우 아빠에 대한 얘기는 피했었다. 물어서는 안 되는 부분이라 생각하여 일부러 물어보지 않았다. 수윤이 말하지 않는 걸 억지로 캐낼 생각은 없었다.

그런데 지우의 부친이라는 작자가 수윤의 앞에 나타나자 민혁은 신경이 쓰였다. 적어도 두 사람이 좋은 관계였는지, 나쁜 관계였는지는 알아야겠다는 생각이 들었다.

"누나는 알지?"

"알아도 말 안 해."

"나쁘게 헤어진 거야?"

"너도 그냥 모르는 척해."

"수윤 누나 앞에서는 모르는 척할 거야. 근데 그 사람이 좋은 사람인지 아닌지 내가 좀 알아야겠어. 지우 임신한 누나 버릴 땐 언제고 뻔뻔하게 얼굴을 들이밀어, 들이밀긴."

그 말을 들은 명희가 한숨을 폭 내쉬었다.

"내가 보기엔 누구보다 수윤이 생각하는 사람이야."

"생각하는 사람이 여태껏 소식도 없이 살았어? 지우 태어날 때 와 보지도 않고?"

"지우 아빠 되는 사람, 지우가 자기 아들인지 몰라."

"뭐어어?"

수윤이 어떻게 아이를 낳게 되었는지, 지우의 아빠가 어떤 사람인지 전혀 아는 게 없던 민혁이 깜짝 놀라 소리를 빽 질렀다. 명희는 답답한 마음에 말을 하고는 금세 후회를 했다.

"난 여기까지만 얘기할 거야. 그 이상은 묻지 마."

"아니, 그게 가능해? 어떻게 몰라봐? 얼굴이 그렇게 닮았는데?"

"아, 목소리 좀 낮춰…… 헉."

그때 열린 문틈 사이로 익숙한 얼굴이 보였다. 남자의 얼굴을 확인한 명희의 입에서 말 그대로 숨넘어가는 소리가 났다.

"비, 비서님!"

9

살짝 열린 문틈 사이로 정건의 모습이 보였다. 명희는 갑작스러운 정건의 등장에 당황스러움을 숨길 수 없었다.

명희의 반응을 본 민혁이 왜 그러냐는 표정으로 명희의 시선이 향하는 곳으로 고개를 돌렸다. 민혁의 시선이 닿은 곳에는 훤칠한 남자가 서 있었다.

이 남자도 어디서 본 것 같은데……. 어디서 봤지? 민혁은 기억을 더듬었지만 남자를 어디서 보았는지 기억이 나지 않았다.

깜짝 놀란 명희가 자리에서 벌떡 일어나며 정건을 맞았다.

"어, 언제 오셨어요?"

"조금 전에 왔습니다."

"어, 어서 들어오세요."

이래서 말은 함부로 하는 게 아니라고 했는데. 혹시 들은 건 아니겠지? 명희는 억지 미소를 지으며 정건에게 안으로 들어오라 말했다. 조금 전까지 정도를 모르고 나불거리던 제 입을 당장이라도 꿰매고 싶은 심정이었다.

다행히도 정건은 별다른 반응이 없었다. 아무 말도 하지 않는 걸 보면 정건은 민혁과 자신의 대화를 제대로 듣지 못한 듯했다. 명희가 아무도 모르게 안도의 숨을 내쉬었다.

"누구신데?"

남자를 보던 민혁이 명희를 향해 시선을 옮겼다. 명희는 정건을 민혁에게 뭐라고 소개해야 할지 난감했다.

"아, 그게……. 우리 후원받으면서 공부했다는 말은 들었지? 우리가 후원받은 기업에서 일하시는 분."

뭔가 설명이 장황했지만 민혁은 척 하고 알아들은 모양이었다.

"아, 그렇구나."

알겠다는 듯 고개를 끄덕인 민혁이 먼저 정건을 향해 고개 숙여 인사했다.

"안녕하세요, 이민혁입니다."

"강정건입니다."

"근데 오늘은 무슨 일로 오셨어요?"

민혁이 물었다. 대학교를 졸업할 때까지 후원을 받았다는 얘기를 들은 기억이 났다. 이제는 후원을 받을 일도 없는데 서울에서 이 먼 제주도까지 와서 명희를 만난다는 게 선뜻 이해가 되지 않았다.

"어, 그러게. 무슨 일로 오셨어요, 비서님?"

"그게……."

정건이 곤란한 얼굴로 민혁을 흘긋 보았다. 눈치 빠른 민혁은 저 때문에 정건이 불편해한다는 걸 바로 알아차렸다. 먼저 자리를 피해야겠다는 생각을 하고 있는데 들고 있던 휴대 전화에서 진동이 울렸다.

"어!"

메시지의 주인은 오늘 명희와 소개팅을 할 민혁의 아는 형이었다.

"누나. 오늘 6시에 만나자고 하는데, 괜찮지?"

"응? 누가?"

"아, 아까 소개팅한다고 했잖아."

"아아."

명희가 잊고 있었다는 듯 입을 벌리자 민혁이 어휴, 하고 한숨을 내쉬었다.

"내가 장소 메시지로 보내 줄 테니까 꼭 와야 돼. 알겠지?"

"아, 알았어."

"6시야, 6시. 잊어버리지 마."

명희가 귀찮다는 듯 대답을 하자 민혁은 그녀에게 한 번 더 강조를 했다. 그러고는 정건을 보며 말했다.

"제 볼일은 끝났으니 그럼 두 분이서 편히 얘기 나누세요."

민혁은 먼저 사무실을 빠져나왔다. 사무실 문을 닫으면

서 어렴풋이 그런 생각이 들었다.

"……명희 누나한테 관심이 있나?"

어쩌면 오늘 소개팅이 별 성과가 없을지도 모른다는 생각을 하며 민혁은 지우를 데리고 집으로 향했다.


한편 정건과 명희가 사무실에 단둘이 남았다. 민혁이 나가고 나자 두 사람 사이에 한참 동안 침묵이 흘렀다. 명희가 그 침묵을 견디지 못하고 먼저 말을 꺼냈다.

"차라도 한 잔 드시겠어요?"

"나가서 드시죠."

정건의 말에 명희가 시간을 확인했다. 현재 시각 오후 4시를 막 넘기고 있었다. 약속 시간까지 약 2시간. 집에 가서 옷을 갈아입고 얼굴에 뭐라도 바르려면 시간이 넉넉하지는 않았다.

"나가는 건 좀 그렇고요. 그냥 여기서 얘기해요. 무슨 일이신데요?"

명희가 물었지만 정건은 입을 꾹 닫은 채 아무 말도 하지 않았다. 이 남자가 오늘 대체 왜 이러나 하는 생각이 들었지만 명희는 인내심을 가지고 그의 말을 기다렸다.

"……저녁에 약속 있으십니까?"

"네. 민혁이가 소개팅을 해 준다고 하지 뭐예요."

소개팅이라는 말에 정건의 표정이 살짝 굳어졌지만 명희는 눈치채지 못한 채 말을 이었다.

"그래서 이제 곧 가 봐야 할 것 같아요."

명희가 다시 한번 시계를 확인했다. 정건은 왠지 명희가 빨리 가고 싶어 하는 것 같은 기분이 들어 못내 속상했다.

"근데 어쩐 일로 오신 거예요?"

명희가 정말 모르겠다는 얼굴로 물었다. 하지만 정건은 그녀의 말에 고개만 저을 뿐이었다.

"아무것도 아닙니다. 바쁘신 것 같으니 그만 가 보겠습니다."

정건은 짧게 인사를 한 뒤 그대로 뒤돌아 사무실을 빠져 나갔다. 홀로 남겨진 명희는 어리둥절한 표정으로 한참 동안 정건이 닫고 나간 문만 쳐다보았다.

제 근황만 묻고 용건은 말하지 않은 채 자리를 떠난 정건이 참 이상하다는 생각이 들었다.

"뭐야. 대체 왜 온 건데?"

명희가 멀뚱한 얼굴로 어깨를 으쓱했다.

오늘도 빠짐없이 카페에 들렀던 재하는 커피를 마시지 못하고 호텔로 돌아왔다. 우연의 일치인지 아닌지 모르겠지만 오늘은 수윤이 쉬는 날이었다.

어제 수윤의 표정이 별로 좋지 않은 것 같아 자신을 의도적으로 피할지도 모르겠다는 생각을 했었는데 이런 식으로 만나지 못할 줄은 몰랐다.

"타이밍이 참 기가 막히는군."

재하는 더 이상 카페에 머물 이유가 없어 바로 호텔로 돌아왔다. 얼음 잔에 위스키를 부어 습관적으로 술을 마시고 있을 때였다.

"술 드십니까?"

소리가 들려 고개를 돌리자 정건이 안으로 들어오고 있었다. 정건은 재하가 앉아 있는 소파로 성큼성큼 걸어오더니 재하의 맞은편에 털썩 소리를 내며 앉았다.

"커피 대신. 오늘은 수운이가 쉬는 날이라."

"그럼 저도 한 잔 주십시오."

또 잔소리를 할 줄 알았더니 오늘 정건은 평소와 달랐다. 재하가 사뭇 놀란 얼굴로 정건을 바라보자, 정건이 빈 잔을 들어 재하에게 내밀었다.

"별일이 다 있네. 네가 술을 다 달라고 하고."

정건은 평소에 술을 잘 하지도 못 하면서 재하가 따라 준 위스키를 희석하지도 않고 몽땅 다 들이켰다. 목이 타들어 가는 느낌에 정건이 인상을 오만상 찌푸렸다. 순식간에 한 잔을 다 비운 그 모습을 재하가 황당한 얼굴로 보았다.

"그렇게 먹다가 한 방에 갈지도 몰라."

"죽기야 하겠습니까."

"죽진 않아도 취하긴 하겠지. 내 앞에서 진상 부리기만 해. 미련 없이 자를 테니까."

"네, 그러세요."

정건의 대답에 재하가 픽 웃었다. 항상 예의를 차리기만 하던 정건이 어느 사이에 자신을 편히 대하고 있다는 생각이 들자 그것도 그것 나름대로 즐거웠다. 오랜 시간을 함께하다 보니 이제는 정건이 남동생처럼 느껴졌다.

"표정이 별로 안 좋네. 차였나?"

"꼭 물어보셔야 했습니까?"

"안 물어보면 어떻게 알지?"

정건은 꽤나 오래 전부터 명희를 마음에 들어 하는 눈치였다. 재하가 명희에게 연락을 할 일이 있을 때마다 정건은 먼저 나서서 그녀에게 연락을 넣곤 했었다. 최근 얼굴에 생기가 도는 것 같아 물어봤더니 명희와 자주 연락을 하고 있다는 대답이 돌아왔다.

제주도에 올 때 정건을 꾸준히 데리고 오는 이유 중 하나도 명희와의 관계에 진전이 있었으면 하는 바람에서였다. 지난 10년간 매일 같이 붙어 있었지만 재하는 정건이 연애를 하는 꼴을 본 적이 없었다.

"잘됐네. 나만 차이면 억울하잖아."

재하가 쿡쿡 웃으며 말하자 정건이 눈을 흘기며 재하를 보았다.

"이제 노려보기까지 해? 눈에 뵈는 게 없나 봐."

재하의 우스갯소리에도 정건의 표정은 심각했다. 세상을 잃은 듯한 표정으로 위스키를 홀짝홀짝 마시는 정건을 보며 재하가 물었다.

"근데 네 어디가 싫대?"

"모릅니다."

바로 돌아오는 대답에 재하가 미간을 좁혔다.

"뭐라고 말을 하면서 거절했을 거 아냐."

"오늘 소개팅하러 간다고 합니다."

"그게 답이야?"

"글쎄요."

답이 어쩐지 시원찮았다.

"맞으면 맞고 틀리면 틀린 거지 글쎄요는 뭐야."

"제 앞에서 소개팅 간다고 말하더라고요. 그럼 저한테 관심이 없는 거지 뭐겠습니까."

"뭐야. 그럼 직접 말하지도 않았다는 거잖아."

재하의 말에 정건은 당연하다는 듯 고개를 끄덕였다. 그 모습에 재하가 한심하다는 듯 혀를 찼다.

"가서 직접 물어. 거절당하면 그때 술 마시던가."

재하가 강한 어조로 말하자 정건은 생각이 바뀌었는지 곧장 자리에서 일어났다. 룸을 빠져나가는 모습을 본 재하가 후, 하고 한숨을 내쉬었다.

지금 누가 누구한테 조언을 하고 있는 거지. 고개를 끄덕이고 나가는 정건의 뒷모습을 보며 재하가 중얼거렸다.

"난 또 거절이라도 당한 줄 알았네."

괜히 제 처지가 씁쓸해지고 있었다.

"아가씨. 저 강 비서입니다."

—전화번호는 어떻게 아시고…….

"나중에 설명드리겠습니다. 정말 죄송한데, 혹시 오늘 윤명희 씨 어디서 소개팅하시는지 아십니까?"

—네? 명희가 오늘 소개팅을 해요?

수윤의 황당한 목소리가 전화 너머로 들려왔다. 하지만 정건은 한시가 급했다. 현재 시각, 6시 10분 전이었다.

"알아보시고 연락 주셨으면 좋겠습니다."

—아, 그럼 제가 명희한테 물어보고 연락드릴게요.

얼마 지나지 않아 수윤에게서 바로 메시지가 도착했다. 소개팅 장소는 명희가 일하는 어린이집에서 그리 멀지 않은 곳에 위치해 있었다.

정건은 택시를 잡아타고 곧장 소개팅 장소로 향했다. 술을 마시고 나니 약간 알딸딸한 기운이 느껴졌다. 그래서 그런지 행동에 거침이 없었다. 명희의 마음을 제대로 확인하고 싶어 미칠 것 같았다.

카페 문을 열고 들어간 정건은 주변을 두리번거리며 명희를 찾았다. 맨 구석 창가 자리에 명희와 웬 남자가 마주 앉아 얘기를 나누고 있는 모습이 눈에 들어왔다.

정건이 곧장 걸음을 옮겨 그녀에게로 향했다.

명희는 늦지 않게 약속 장소로 나왔다. 약속 장소에는 소개팅 상대가 먼저 나와 있었다.

"윤명희 씨?"

"네. 한진수 씨 맞으세요?"

"네. 제가 한진수입니다."

소개팅 자리에 나온 남자는 포근해 보이는 인상을 가진 사람이었다.

"뭐 마시고 싶으세요?"

"전 녹차 마실게요."

"그럼 제가 주문하고 오겠습니다."

남자의 질문에 명희가 대답했다. 자리에서 일어난 진수는 주문을 하고는 금세 음료를 가지고 자리로 돌아왔다.

"나이가 어떻게 되시는지 여쭤봐도 될까요? 민혁이가 이름 외엔 아무것도 말해 주지 않더라고요."

"저 올해 서른이에요."

"어? 저랑 동갑이시네요. 저도 서른이에요."

진수는 명희와의 공통점을 찾아낸 게 기쁜지 밝게 웃었다. 웃음이 많은 사람 치고 나쁜 사람은 없었다. 명희는 웃음이 많은 진수가 괜찮은 사람일 거라 생각했다.

"어떤 일 하세요?"

"어린이집에서 일하고 있어요."

"아, 그렇구나. 저도 애들 좋아하는데. 힘들지는 않으세요?"

"힘들긴 한데 애들 크는 모습 보면 또 보람차서 이게 제 천직이구나 싶어요."

어색할 줄로만 알았는데 생각보다 대화는 부드럽게 이어졌다. 나쁘지 않은 분위기였다. 그때 문이 유난히 짤랑거리며 열리는 소리가 귀에 꽂혔지만, 명희는 눈앞에 있는 진수에게 집중했다.

명희가 손목을 잡힌 것은 바로 그때였다.

"명희 씨."

깜짝 놀란 얼굴로 손의 주인을 돌아보자 그곳에는 정건이 서 있었다. 명희는 제 손목을 잡은 사람이 누구인지 확인을 하고는 더 놀랐다.

"비서님?"

왜 여기에 있는지 모르겠다는 눈으로 쳐다보자 정건이 조금 화가 난 듯한 표정으로 명희를 응시했다.

"아시는 분이에요?"

진수가 명희와 정건을 번갈아 보았다. 소개팅 자리에서 이런 일이 벌어진 건 처음이라 진수도 많이 당황스러운 모양이었다.

"네, 조금요. 아, 뭐라고 설명을 드려야 할지……."

명희는 정건과의 관계를 어떻게 설명해야 할지 알 수 없었다. 두 사람의 관계를 한마디로 정리하기는 힘들었다.

"그냥 좀 아는 사이인데…… 저 비서님. 이것 좀 놓고 얘기해요."

명희가 정건의 손을 밀어내며 곤란한 표정을 하고 있었으나 정건은 꼼짝도 하지 않았다.

정건은 '그냥 좀 아는 사이'라는 명희의 말에 울컥했다.

"소개팅하지 마세요."

"……네?"

명희가 눈을 여러 번 깜빡였다. 지금 정건이 제게 왜 이러는지 퍼뜩 이해가 되지 않았다. 대체 이 남자가 나한테 왜 이러나 싶었다. 제 앞에 앉아 있는 진수의 시선도 신경이 쓰였다.

"저랑 썸 타고 있었던 거 아니었습니까?"

"써, 썸이요?"

정건과 썸을 타고 있다는 생각은 가슴에 손을 얹고 단 한 번도 해 보지 않았다. 썸이 뭔지 모르기도 했지만 정건이 제게 보이는 친절은 단순한 호의 그 이상도 이하도 아니라고 생각했기 때문이었다. 정건은 재하의 지시로 수윤을 신경 써야 했고, 자신은 그 덤이라 의심치 않았다.

"네. 썸이요."

단호하게 대답한 정건이 진지한 눈빛으로 명희의 눈을 마주했다.

"아…… 그게…….'"

명희가 대답할 말을 찾지 못해 우물거리고 있는데 정건

이 말을 이었다.

"밥 먹고, 뮤지컬 같이 보고, 집에 데려다주고. 그러면 썸 아닙니까?"

"그건 2년 전에……."

"네. 그때부터 저는 썸이었다 이겁니다."

명희가 황당한 얼굴로 정건을 쳐다보았다. 가만히 그 상황을 지켜보던 진수가 멋쩍은 얼굴로 자리에서 일어났다.

"두 분이서 말씀 나누시는 게 좋을 것 같네요."

기분이 나쁠 법도 한데 진수는 웃으며 명희를 향해 말했다. 정건이 죄송합니다, 하고 고개를 깊이 숙이자 진수는 괜찮다며 두 사람을 배려해 먼저 자리를 떠났다.

진수가 자리를 뜨고 나자 그 자리를 정건이 채웠다. 마주 앉은 정건의 시선이 명희를 향했다. 자신을 물끄러미 바라보는 정건의 시선이 부담스러워 명희는 시선을 아래로 내렸다. 정건이 그런 명희를 보며 말을 꺼냈다.

"내가 방해한 겁니까?"

"아니, 그런 건 아니에요. 그냥 수윤이가 소개팅 한번 해 보라고 해서 한 거예요. 다른 의미가 있었던 건 아니고요……."

왜 내가 변명을 하고 있는 거지? 명희는 괜히 자신이 바람을 피운 것 같은 기분이 들었다. 사람이 많은 곳에서 정건의 고백 아닌 고백을 받으니 얼굴에 열이 후끈하게 올랐다.

"근데 저는…… 정말 그런 건 줄 몰랐어요."

서울에서의 식사를 마지막으로 2년 반이 넘는 시간 동안 정건과는 꾸준히 연락을 했었다. 정건이 제주도에 내려오면 얼굴을 보기도 했고 가끔 가다 통화를 하는 일도 꽤 있었다. 그런 게 썸이라면 정건과는 썸을 타고 있는 게 맞았다.

"……혹시 아까 그 남자 마음에 들었습니까?"

"네? 사람을 어떻게 잠깐 보고 알겠어요."

인상이 나쁘지 않다고 생각했지만 왠지 지금 그런 말을 하면 분위기가 이상해질 것만 같았다. 명희의 말에 정건이 다행이라는 듯 안도의 숨을 내쉬었다.

"그럼 단도직입적으로 물을게요."

"……."

"나는 어떻습니까?"

"……네?"

정건이 저렇게 직접적으로 말을 할 줄 몰랐던 명희가 당황하여 되물었다.

"지금 바로 대답해 달라는 건 아닙니다. 생각해 보시고 말씀해 주세요."

"아, 네……."

정건이 먼저 자리에서 일어났다. 명희의 얼굴에 곤란해하는 기색이 가득했기 때문이었다. 정건은 명희에게 부담을 준 것만 같아 마음이 불편했다.

"가시죠. 제가 집에 데려다드리겠습니다."

―사장님. 영신 패션 유은성 본부장님이 오늘 오후 비행기로 한국에 들어오셨다고 합니다.

"……알았어."

수윤이 원하지 않는다는 걸 알지만 이대로 그녀를 놔둘 수는 없었다. 직접 보지 않아도 그동안 혼자서 힘들어했을 수윤의 모습이 눈앞에 선명하게 그려졌다.

혼자서 아이를 낳고 키우는 일이 얼마나 힘든 일인지 가늠이 되지 않았다. 아이를 낳고 키우는 데까지 2년 반이 흘렀다. 그만큼이나 혼자서 그 어려운 시간을 보냈으면 이제는 그 짐을 나눠서 져도 되지 않을까.

재하는 수윤이 더 이상 힘들어하지 않았으면 했다. 자신이 힘이 되어 줄 수 있다면 가장 좋겠지만 수윤은 자신의 도움을 원하지 않았다. 그러니 재하가 수윤에게 해 줄 수 있는 건 은성에게 아이의 존재를 알리는 것뿐이었다.

"은성이를 한 번 만나 봐야 할 텐데."

은성은 그동안 재하의 연락을 꾸준히 피했다. 지겹도록 연락을 해도 돌아오는 응답이 없었다. 그런 걸로 보아 은성은 재하를 만날 생각이 눈곱만큼도 없는 것 같았다.

"……."

그렇다면 만나지 않고 전하는 수밖에. 굳이 싫다는 사람을 억지로 만나고 싶지는 않았다. 사람을 보내든 통화를 하든 말만 전하면 끝날 일이다.

재하는 은성이 세상 그 누구보다 좋은 아빠가 될 수 있을 거라는 믿음을 가지고 있었다. 그랬기에 은성에게 이 사실을 전해야 한다고 마음을 먹었다. 재하는 바로 정건에게 전화를 걸었다.

"유은성 본부장이 한국에 왔다고 해. 연락 넣어 봐."

—본부장님께서 오셨습니까?

"방금 연락받았어. 혹시 이번에도 만나는 걸 거절하면 수윤이 소식, 네가 전해 줬으면 해."

"누나! 어제 그 사람 누구야? 소개팅하는데 갑자기 찾아온 남자!"

일요일 아침이 되자마자 민혁이 문을 벌컥 열고 집으로 들어왔다. 막 화장실을 갔다가 나온 명희가 거실로 나오다 민혁의 목소리에 화들짝 놀라고 말았다. 가슴을 쓸어내린 명희가 민혁의 등짝을 세게 쳤다.

"아, 놀랐잖아."

"뭐 죄지었어? 왜 놀라고 그래?"

민혁은 제집처럼 성큼성큼 거실로 들어와 소파에 앉았다. 방에서 지우에게 책을 읽어 주고 있던 수윤이 민혁의 큰 목소리에 지우를 데리고 방을 나왔다.

"죄짓긴. 나만큼 깨끗한 사람도 없거든?"

"아, 됐고. 빨리 여기 앉아 봐."

민혁이 제 옆자리를 팡팡 치며 재촉했다. 수윤 역시 궁금했는지 지우를 품에 안고는 카펫 위에 앉았다. 명희가 수윤의 옆에 털썩 자리를 잡고 앉았다.

"그래. 나도 물어보려고 했어. 어제는 어떻게 된 거야? 강 비서님이 갑자기 전화 와서 너 소개팅하는 장소 어디냐고 물어보시던데?"

수윤의 말에 민혁이 눈을 동그랗게 떴다.

"뭐야. 비서님? 역시 내가 이럴 줄 알았어. 분위기가 심상치 않더라니."

"아, 그게……."

명희가 곤란한 듯 뒤통수를 긁적이며 소개팅 자리에서 있었던 일을 모조리 다 풀어 놓았다. 그 말에 수윤은 전혀 상상도 하지 못한 듯 놀란 얼굴을 했다.

명희가 정건과 연락을 주고받는 줄은 알았지만 두 사람의 관계가 이 정도로 진전되어 있는 줄은 몰랐었다.

"내 이럴 줄 알았어. 어제 그 사람, 누나를 보는 눈빛이 예사롭지 않았거든."

"진수 씨한테 정말 미안하다고 전해 줘. 내가 진짜 민혁이 널 볼 면목이 없어. 진수 씨한테 너무 무례했던 것 같아."

"진수 형은 재미있었대. 눈앞에서 영화 보는 것 같았다나 뭐라나. 나 같으면 기분 나빴을 텐데."

"아, 다행이다."

명희가 가슴을 쓸어내리며 안도의 숨을 내쉬었다. 어제 집에 와서도 내내 진수가 신경이 쓰였다. 괜히 소개팅을 한다고 해서 애먼 사람에게 상처를 준 건 아닌가 싶었다.

"와. 근데 아무리 생각해도 놀랍다. 비서님이 명희 널 좋아하고 있었다니."

"이래서 남녀 사이는 모르는 거야. 언제 어디서 파바밧, 하고 불꽃이 튈지 모른다고."

수윤과 민혁이 연이어 말하자 명희의 귀가 빨갛게 물들었다. 눈에 띄는 변화에 수윤이 쿡쿡 웃었다.

"너희들 지금 나 놀리는 거야?"

"아니. 그럴 리가."

민혁이 시침을 뗐다.

"지우야. 봐봐. 이모 귀가 빨개."

수윤이 지우의 귀에다 대고 말하자 동그란 눈을 깜빡이던 지우가 수윤의 품에서 일어나 명희에게 다가갔다. 그러더니 명희의 귀를 꼭 잡는다.

"빨개."

지우가 수윤의 말을 따라 하자 민혁이 킥킥대며 웃었다.

"비서님 좋은 사람이야. 그건 내가 보증해. 부모님께도 잘하고 동생들한테도 다정다감해."

명희는 제 귀를 만지는 지우를 끌어안아 무릎에 앉히며

고개를 끄덕였다. 만난 지 얼마 되지 않은 제게도 정건의 행동은 다정하기 그지없었다. 가족 얘기를 할 때도 그의 얼굴에서 미소가 떠나지 않았었다.

"근데 넌 비서님 어떻게 생각해? 그 말만 쏙 빼고 했잖아."

수윤의 말에 민혁이 눈을 더 반짝이며 명희의 대답을 기다렸다. 명희가 한숨을 폭 내쉬었다.

"……나도 어떻게 해야 할지 잘 모르겠어."

"일단 가볍게 몇 번 만나 봐. 그러다 누나도 좋아하게 될지 누가 알아?"

민혁의 말에 명희가 고개를 끄덕였다.


하지만 아무리 생각해 봐도 제게 진심인 정건에게 가볍게 몇 번 만나 보자는 말이 쉽게 나오지 않았다.

그러다 좋아하는 마음이 생기지 않으면? 그럼 그때 가서는 거절을 어떻게 해? 명희는 괜히 희망 고문을 하고 싶지 않았다.

[비서님. 잠깐 시간 되시면 연락 주세요.]

명희는 고민 끝에 정건에게 짧은 메시지를 보냈다. 그러자 메시지를 보낸 지 1분도 채 되지 않아 정건의 메시지가 도착했다.

[시간 많습니다.]

[그럼 우리 잠깐 만날까요?]

[제가 바로 어린이집 앞으로 가겠습니다.]

가까운 곳에 있었던 건지 정건은 얼마 지나지 않아 어린 이집에 도착했다.

명희는 제 생각을 제대로 전해야 한다고 생각했다. 질질 끌어 봐야 정건에게 상처만 주는 일 같았다.

"사무실로 들어가서 얘기할래요?"

정건이 고개를 끄덕였다. 명희는 정건을 사무실로 데려가 자리에 앉히고는 따뜻한 녹차 한 잔을 그에게 내밀었다.

"감사합니다."

"죄송해요. 마실 게 이것밖에 없네요."

"괜찮습니다. 녹차 좋아합니다."

명희는 정건의 맞은편에 앉아 녹차를 마시는 그를 물끄러미 바라보았다. 어떻게 말을 꺼내야 할지 잠시 망설이던 그녀가 내내 생각했던 말을 천천히 입 밖으로 꺼냈다.

"빙빙 돌릴 것 없이 단도직입적으로 말씀드릴게요."

정건이 긴장되는 얼굴로 고개를 끄덕였다. 심장이 터져나갈 것 같은 기분에 그는 호흡을 가다듬었다. 정건의 두근거림을 전혀 알 리 없는 명희가 계속해서 말을 이었다.

"생각해 봤는데, 사귀는 건 힘들 것 같아요. 정말 죄송합니다."

명희의 말에 정건의 표정이 굳었다.

"왜…… 힘듭니까?"

"그냥 저는 누가 절 좋아하는 게 말도 안 된다고 생각해요. 전 고아에, 또 가난하고……."

"그래도 좋아합니다."

명희의 말을 끊은 정건이 직설적으로 말을 했다. 그 말에 명희의 심장이 거세게 쿵쿵 뛰기 시작했다.

"그런 걸 보고 명희 씨를 좋아하는 게 아닙니다."

정건은 명희가 그런 생각을 하고 있었다고 생각하자 속 상했다. 대체 그동안 얼마나 많은 상처가 쌓였으면 저런 생각을 할까 싶어 마음이 좋지 않았다.

"저랑 데이트라도 해 보고 나서 결정해 주셨으면 합니다."

"만약…… 데이트까지 했는데 제가 비서님을 좋아하게 되지 않으면 어떡해요? 비서님이 상처받으면…….

"해 보기도 전에 먼저 마음을 닫는 게 저한테는 더 큰 상 첩니다."

만남을 두려워하는 명희를 향해 정건이 단호하게 말했다.

"명희 씨. 저랑 데이트해 보시죠."

"와. 비서님 박력 있네?"

수윤의 반응에 명희의 귀가 또 한 번 빨개졌다. 빨개진 귀를 들키고 싶지 않아 명희가 양손으로 귀를 가렸다. 수 윤이 그 모습을 보고 미소를 지으며 물었다.

"그래서 데이트하기로 한 거야?"

명희가 고개를 끄덕였다. 그러더니 진지한 얼굴로 운을

떼기 시작했다.

"그래서 말인데 수윤아."

"응?"

"나 너한테 부탁이 있어."

"뭔데?"

수윤이 고개를 갸웃했다. 명희는 잠시 말을 망설였다. 데이트하는데 할 부탁이 뭐가 있지, 하고 생각하던 수윤이 막 쇼핑을 떠올렸을 때였다.

"우리 같이 유채꽃 보러 가자."

"갑자기?"

"응. 나 비서님이랑 둘이서 못 만나겠어……."

명희가 으으, 하며 앓는 소리를 냈다. 연애를 오랫동안 안 해서 그런지 제게 관심을 보이는 남자와 단둘이 만난다고 생각하자 심장이 주체할 수 없이 뛰어 댔다.

너무 부담스러워 미칠 것 같은데, 또 데이트는 해 보고 싶기도 하고. 말로는 설명하기 힘든 모순된 감정이 뒤섞였다.

"작년에는 지우 돌본다고 나들이 한 번도 못 갔잖아. 응? 지우 데리고 가자. 응?"

"나보고 지금 그사이에 끼어서 가라고?"

"제발."

명희가 두 손을 모아 싹싹 빌며 수윤에게 애원했다.

"너 비서님이랑 엄청 잘 아는 사이잖아. 친하잖아. 응?"

"그건 어렸을 때 친했던 거지. 지금도 친한 건 아니야."

"아, 수윤아. 제발. 나 한 번만 살려 준다고 생각하고. 응?"

지난 몇 년간 명희는 남자에게 관심이 없었다. 그런 명희가 사람을 만나려고 하는 모습이 보기 좋았다. 데이트를 해 보자는 정건의 제안을 명희가 단번에 거절하지 않은 걸 보면 관심이 있기는 한 모양이었다.

그러지 않고서야 얼마 전까지만 해도 연애에 관심이 없다며 못을 박던 명희가 데이트를 할 생각은 하지 않았을 것이다.

"제발. 제발, 수윤아."

명희가 지난 사람에게 상처를 입고 마음의 문을 닫아 버렸다는 사실을 아는 수윤은 명희의 부탁을 거절할 수 없었다. 수윤은 하는 수 없이 고개를 끄덕였다.

"고마워. 진짜 고마워. 내가 이 은혜는 꼭 잊지 않을게."

"대신 지우랑 나는 중간에 빠질 거야. 딱 유채꽃만 보고 갈 테니까 그 이후엔 네가 알아서 해."

그 말에 명희가 고개를 위아래로 주억이며 대답했다. 그 것만으로도 황송할 지경이었다.

"응. 알았어. 같이 가 주는 것만으로도 난 너무너무 영광 이야."

"입이 귀에 걸렸네."

정건의 모습을 물끄러미 바라보던 재하가 한마디를 툭 던졌다. 명희에게서 온 메시지를 확인하고 있던 정건은 언제 웃었느냐는 듯 무표정으로 돌아왔다.

"이미 다 봤어. 일부러 숨길 필요 없어."

재하는 심드렁한 표정으로 정건을 보던 시선을 내려 태블릿 피시를 보았다.

"……어제 명희 씨한테 데이트 신청했습니다."

"네 연애 별로 궁금하지 않은데."

"아직 사귀는 건 아닙니다. 데이트만 몇 번 해 보기로 했어요."

"안 궁금해."

"주말에는 유채꽃 보러 가기로 했습니다."

"뭐 어쩌라고."

네 연애는 네가 알아서 하라는 투로 말을 했지만 정건에게는 씨알도 먹히지 않았다. 정건이 계속해서 말했다.

"지금 좋아서 주체가 안 되는 상황이라."

정건이 상기된 얼굴로 말했다. 그러든 말든 재하는 관심이 없었다.

"나가서 딴 사람 붙잡고 얘기해."

"정말 안 궁금하십니까?"

"내가 네 연애를 왜 궁금해해야 하지? 알아서 하라니까. 귀찮게 하지 말고."

"제가 고급 정보를 가지고 있는데도요?"

고급 정보라는 말에 태블릿 피시를 보고 있던 재하의 눈썹이 미세하게 들썩였다. 동요하는 그의 표정에 정건이 한마디를 덧붙였다.

"안 들으면 후회하실 정보입니다."

"뭔데?"

재하가 고개를 들어 정건에게로 시선을 옮겼다. 재하와 눈이 마주친 정건이 씨익 웃었다.

"아마 주말에 아가씨와 지우도 함께 나올 것 같습니다. 사장님도 같이 가시는 게 어떻습니까?"

"오늘 날씨가 참 좋네요."

정건이 부드럽게 미소 지으며 말했다.

"그러게요. 하하."

명희는 어색한 웃음 지으며 볼을 긁적였다. 정건과의 사이가 어색해서 그런 게 아니라, 정건이 데이트에 재하를 데리고 왔기 때문이었다.

명희는 제 옆에 서 있는 수윤의 눈치를 힐끔 살폈다. 수윤의 표정에는 변화가 없었다. 무슨 생각을 하는지 알 수 없는 표정으로 지우를 태운 유모차 손잡이를 꾹 쥐고 있었다.

"어떻게 된 거예요? 사장님이 오신다는 말씀은 못 들었는데."

명희가 웃으며 말했지만 정건을 보는 그 눈빛에는 살기가 담겨 있었다. 아주 분위기를 엉망으로 만들려고 작정을 했나. 명희는 수윤이 불편해하는 걸 알면서도 재하를 데리고 온 정건이 몹시 마음에 들지 않았다.

눈치가 없는 건지, 아니면 모르는 척을 하는 건지. 정건은 명희를 보며 그저 환하게 웃고 있을 뿐이다. 명희만 수윤의 눈치를 살피며 가시방석에 앉은 것처럼 안절부절못했다.

"가시죠."

정건이 제 차를 가리키며 말하자 수윤이 불쑥 대답했다.

"아무래도 저는 명희 차를 타는 게 좋겠어요. 지우 태우려면 카시트 있어야 하는데 명희 차에 있거든요."

다시 말하면 따로 가자는 뜻이었다. 명희가 그 뜻을 바로 알아차리고는 고개를 끄덕였다.

"어쩔 수 없네요. 제 차가 작아서 다 같이 타기는 힘드니까요."

명희가 덧붙여 말하자 정건이 고개를 끄덕였다. 그러다 뭔가 좋은 생각이 났다는 듯 명희를 향해 물었다.

"명희 씨. 차 키 가지고 오셨어요?"

"아, 네."

"잠깐만 줘 볼래요?"

키는 왜 달라는 거지? 명희가 영문을 몰라 정건에게 키를 건네자, 키를 건네받은 정건이 그것을 재하에게 건넸다. 명희가 그 모습을 보며 어이없는 표정으로 물었다.

"······지금 뭐 하세요?"

"저는 오늘 명희 씨랑 데이트하려고 온 거거든요. 우리
둘은 제 차를 타고, 사장님은 명희 씨 차로 아가씨랑 지우
를 모시면 될 것 같습니다."

"아니, 그래도 제 차를 그렇게······."

"걱정하지 마세요. 차에 흠집 나면 사장님께서 새 차로
뽑아 주실 겁니다."

정건은 해맑게 대답을 하고는 명희를 제 차로 이끌었다.
어찌해 볼 새도 없이 그 자리에는 재하와 수윤, 그리고 눈
을 동그랗게 뜨고 애착 인형을 만지고 있는 지우가 남게
되었다.

"명희 차는 어느 거야?"

"······그냥 집에 갈게요."

명희가 정건과 데이트를 하러 갔는데 굳이 자신이 재하
와 함께 있을 필요는 없었다. 수윤은 자신을 물끄러미 보
고 있는 재하의 시선을 외면하며 지우의 앞에 쪼그리고 앉
았다.

"지우야. 이모랑 빠방이 타고 놀러 가려고 했는데 갑자
기 못 가게 됐어. 오늘은 엄마랑 둘이 집에서 놀자. 응?"

"찌러."

수윤이 조곤조곤하게 말을 했지만 지우가 고개를 도리도
리 저었다.

"싫어? 지우 왜 집에 가기 싫을까?"

"빠방이. 빠방이이이."

지우가 울상을 지으며 고사리 같은 손으로 명희의 차를 가리켰다. 집에서 나올 때 자동차를 타고 놀러 가자고 말을 해 놓았더니 차를 타고 싶은 모양이었다.

"우리 지우 빠방이 타고 싶었구나."

수윤은 곤란했다. 그렇다고 재하와 함께 차를 탈 수도 없었다. 이럴 때 운전면허 하나 따 놓지 않은 것이 후회가 되었다.

수윤이 어떻게 해야 할지 잠시 고민하는 동안 재하가 수윤에게 가까이 다가왔다.

"빠방이가 차야?"

"아, 네."

"그럼 잠깐 드라이브라도 하는 게 어때."

수윤은 그러고 싶지 않았지만 유모차에 앉아 연신 빠방이를 외치는 지우 때문에 그냥 집으로 돌아갈 수 없었다. 수윤이 마지못해 고개를 끄덕였다. 수윤이 다리를 펴고 일어나자 재하가 유모차 앞으로 가까이 다가왔다.

"지우야. 아저씨하고 빠방이 타러 가자."

"빠방이. 빠방이."

빠방이를 타러 가자는 말에 신이 난 지우를 보며 재하가 옅은 웃음을 지었다. 재하는 익숙한 동작으로 유모차에 있는 지우를 안아 들었다.

"이리 줘요. 내가 할게요."

"내가 안고 갈게. 뒷좌석 문 좀 열어 줘."

재하는 지우가 가리킨 명희의 차로 향했다. 뒷좌석 문을 열어 재하가 지우를 카시트에 앉혔다.

"유모차는."

"가져갈 거예요."

"가져갈 수 있어?"

재하가 심각한 얼굴로 물었다. 명희의 차가 경차였기에 트렁크에 유모차를 실을 공간이 없었다.

"일부러 들어가는 걸로 샀어요."

수윤은 능숙한 손길로 유모차를 접었다. 그러고는 트렁크에 유모차 한쪽을 먼저 집어넣었다. 차곡차곡 집어넣으니 들어갈 것 같지 않던 유모차가 트렁크에 알맞게 쏙 들어갔다. 한두 번 해 본 솜씨가 아니었다.

재하는 그 모습을 대단하다는 듯한 표정으로 바라보다 작게 웃음을 터뜨렸다. 트렁크를 쿵 하고 닫은 수윤을 향해 재하가 말했다.

"얼른 타."

뒷좌석의 문을 열어 주자 수윤이 차에 올랐다. 뒤이어 운전석에 오른 재하가 부드럽게 차를 출발시켰다.

"지우야. 빠방이 타니까 좋아?"

"쪼아!"

차를 출발하자마자 수윤과 지우의 대화가 들려왔다. 지우는 차를 타서 잔뜩 신이 난 모양이었다.

"우리 빠방이 조금만 타는 거야. 알겠지?"

"웅!"

재하는 뒷좌석에 앉은 수윤과 지우를 백미러를 통해 보았다. 수윤은 안 보는 사이에 육아에 통달한 사람처럼 보였다.

자신과 함께 있을 때 수윤은 매번 불편한 표정을 지었었는데, 아이와 함께 있어서 그런지 수윤의 표정이 한결 편해져 있었다.

'이거 뭐야?'를 무한정으로 남발하는 아이에게 수윤은 전혀 귀찮은 기색 없이 하나하나 대답을 해 주었다.

"근데 드라이브 어디로 가는 거예요?"

지우와 쉴 새 없이 조잘거리던 수윤이 잊고 있었다는 듯 재하를 향해 목적지를 물었다.

"성산 일출봉 근처에 유채꽃이 예쁘다더군."

"……."

"나온 김에 꽃구경하고 들어가. 구경 끝나면 집까지 데려다줄 테니까."

재하는 어느새 목적지에 도착해 차를 세웠다.

"길이 좁은 것 같은데 내가 지우를 안을게."

"괜찮아요. 제가……."

"말 들어. 내일 또 일 가야 할 텐데 무리하지 마."

재하가 지우를 안아 들었다. 이렇게 지우가 재하의 품에 안겨 있으니 기분이 이상했다. 심장이 콕콕 쑤셨다.

그때 재하에게 솔직하게 아이를 가졌다고 말을 했다면, 지금 우리가 이런 모습이었을까. 수윤은 허튼 생각을 하는 자신이 한심했다.

오늘은 재하를 만나러 나온 게 아니라 지우가 차를 타고 싶다고 해서 나온 것뿐이었다. 수윤은 지우에게만 집중하기로 했다.

"지우야. 저거 봐. 예쁘지?"

"응!"

"저 꽃 무슨 색이야? 지우 무슨 색인지 알지? 엄마가 저번에 말해 줬는데."

"노란탯!"

"누구 아들이라서 이렇게 똑똑해?"

"엄마!"

수윤은 제법 또렷한 발음으로 말을 하는 지우가 대견했다. 기특한 대답에 수윤의 입술에서 웃음이 떠나지 않았다. 그 모습을 본 재하의 입가에도 옅은 미소가 떠올랐다.

"지우 진짜 똑똑하네."

지우를 품에 안은 재하가 머리를 쓰다듬자 간지러운지 지우가 꺄르르 웃음을 터뜨렸다.

"……."

생각하지 않으려 애썼지만 수윤은 머릿속에 떠오르는 생각을 지울 수 없었다. 우리도 남들처럼 평범하게 가족이 되었다면 얼마나 좋았을까. 그럴 수 없는 현실에 수윤은 씁쓸한 기분이 들었다.

제게는 언제나 그런 평범함조차도 쉽게 주어지지 않았다.

"지우 잠들었다."

내려달라고 칭얼거려 내려 주었더니 지우는 꽃밭을 신나게 뛰어다녔다. 그러다 지쳤는지 다시 재하에게 안아 달라 칭얼거리더니 얼마 지나지 않아 재하의 목을 끌어안고 깊은 잠에 빠졌다.

"아까 뛰어다니더니 많이 힘들었나 봐요."

"잘 자네."

"잠도 잘 안 깨요. 애가 순해서 얼마나 고마운지 몰라요."

반나절을 함께해서 그런지 수윤은 곧잘 웃으며 얘기를 꺼내곤 했다. 재하는 드라이브를 나올 수 있게 해 준 지우에게 무척이나 감사했다.

지우가 떼쓰지 않았다면 이렇게 수윤과 함께 있는 시간은 꿈도 꾸지 못했을 것이다. 지우가 함께 있었기에 매번 재하를 만날 때면 표정을 굳히던 수윤도 한결 편안한 표정을 지었다.

"지우가 오늘 많이 즐거워했어요. 평소에는 이렇게 잘 안 나오거든요."

"다음에 시간 있을 때 또 같이 나오면 되지."

재하의 말에 수윤은 대답 없이 희미한 미소를 지었다.

"지우도 잠들었겠다, 이제 집에 가요. 집에 가서 눕혀야 겠어요."

재하가 응, 하고 짧게 대답했다. 수윤과 헤어질 생각을 하자 몹시 아쉬웠다.

은성에게서 연락이 온 것은 며칠이 지나서였다.

—만나서 얘기해. 할 말 있다며.

은성이 제 연락에 응할 거라고는 생각지도 못해서 재하 는 얼떨떨했다. 은성에게서 전화를 받은 바로 그다음 날 재하는 서울로 향하는 비행기에 몸을 실었다. 은성을 만 난다고 생각하자 왠지 모르게 초조한 기분이 들었다. 아마 은성에게 지은 죄가 있어서 그런 모양이다.

은성과는 그의 집무실에서 만나기로 약속을 했다. 재하 는 공항에서 곧장 회사로 향했다. 도착을 해서 조금 기다 리자 은성이 늦지 않게 모습을 드러냈다.

"오랜만이네. 한국 와서 네 얼굴 볼 줄은 상상도 못 했다."

"회사까지 온다고 할 줄은 몰랐는데."

"너랑 내가 웃으면서 밥 먹을 사이는 아니잖아. 너랑 밥 먹다가 체하긴 싫거든."

은성이 웃으면서 말했으나 말투에 묘하게 날이 서 있었다.

"내 얼굴 보기 싫었을 텐데 와 줘서 고맙다."

"그렇게 연락을 하는데 한 번 정도는 만나 줘야겠다는 생각이 들어서."

수윤의 출산 소식을 안 이후로 재하는 은성에게 꾸준히 연락을 넣었다. 은성은 그런 재하가 마음에 들지 않았다. 처음에는 자신과 수윤의 사이를 재하가 다 망쳐 놓은 것만 같은 기분이 들어 재하의 얼굴은 꼴도 보기 싫었다.

"근데 네 연락 안 받은 거 하나도 안 미안해."

재하의 이름만 들어도 화가 났다. 그다음에는 나쁜 마음이 들었다. 어디 한번 끝까지 연락해 봐, 내가 네 연락을 받나. 그런 마음으로 재하의 연락을 족족 무시했다.

하지만 결국 재하가 이기고 말았다. 끈질긴 연락에 지친 은성은 이번에 한국에 들어가면 재하를 만나야겠다고 생각하고 있었다.

"왜. 괜히 연락했다 싶어?"

"아니야."

"그래서 왜 만나자고 한 건데?"

"할 말이 있어서."

재하가 제게 할 말이야 미안하다는 말밖에 없었다. 뻔한 사과는 듣고 싶지 않아 은성이 손사래를 치며 먼저 선수를 쳤다.

"사과라면 됐어. 어차피 네가 아니었어도 이렇게 될 일이었어."

"……미안하다."

"미안할 짓은 하지 말았어야지."

"안 했으면 이렇게 사과하고 있진 않겠지."

"말이나 못 하면."

은성이 재하를 보며 픽 웃었다. 그러다 이내 그리운 이름을 입에 담았다.

"수윤 씨는."

"…….."

"연락하고 있어?"

은성의 물음에 재하가 고개를 끄덕였다.

"안 그래도 그것 때문에 보자고 한 거야."

입술을 여는 재하의 표정이 어딘가 심각해 보였다. 은성이 그에 멈칫했다.

"……왜. 수윤 씨한테 무슨 일 있는 거야?"

"너 아직 수윤이한테 마음 있어?"

재하의 질문에 은성이 표정을 찌푸렸다. 무례한 질문에 짜증부터 솟아올랐다.

"무슨 그런 질문을 해?"

"대답해. 나한테는 중요한 문제야."

"좋아하면 뭐. 무슨 대답을 바라는 건데?"

은성이 날카로운 목소리로 말을 했다. 잠시 뜸을 들이던 재하가 은성의 눈을 똑바로 보며 말했다.

"수윤이가 네 아이를 낳았어."

"……뭐라고?"

"혼자서 아이 키우는 모습 보니까 마음이 좋지 않아. 너도 수윤이가 그렇게 혼자 지내는 거 싫잖아."

"……."

뭐야. 그러니까 지금 내가 아이 아빠라고 생각하는 거야?

"……왜 그걸 나한테 알리는 건데? 네가 도와줘도 되잖아."

"난 자격이 없어. 아이 아빠가 아니니까."

"……."

"그리고 내가 나서는 건 수윤이가 좋아하지 않을 거야."

재하가 말하는 걸 가만히 듣고 있던 은성은 확신했다. 재하는 그 아이가 자신의 아이라는 사실을 전혀 모르는 모양이었다.

"너……."

은성은 말을 하다말고 입을 꾹 다물었다. 잠시 동안 생각에 잠겨 있던 은성이 재하를 향해 말했다.

"수윤 씨 연락처 알려 줘."

한국에 있는 시간이 그리 길지 않아 은성은 곧바로 제주도행 티켓을 끊었다. 재하와 함께 제주도에 온 뒤 정건이 운전하는 차를 타고 해안가를 달렸다. 오래 걸리지 않아 정건은 사람들이 북적거리고 있는 가게 앞에 차를 세웠다.

"여깁니다. 다녀오세요."

"고마워요."

은성은 차에서 내려 예쁘게 꾸며진 건물 안으로 들어섰다. 들어가자마자 계산대 앞에서 바쁘게 움직이고 있는 수윤이 보였다. 은성이 순서를 기다려 그 앞에 서자 수윤이 활짝 웃으며 인사를 했다.

"어서 오세……."

"가게가 예쁘네요."

은성을 발견한 수윤이 깜짝 놀란 표정을 지었다.

"은성 씨……."

"수윤 씨 너무 예뻐진 것 같은데요. 몰라볼 뻔했어요."

빈말 따위가 아니었다. 살이 붙은 얼굴이 보기 좋았다. 예전보다 더 예뻐지고 편안해 보이는 모습에 은성은 안도가 되었다.

한국을 떠나 있는 동안 하루도 수윤의 걱정을 하지 않은 날이 없었다. 혹시나 수윤이 힘들게 살고 있으면 어쩌나, 걱정했던 나날들이 무색해질 정도로 그녀의 얼굴은 밝았다.

"여긴 어떻게 아시고……."

"재하가 알려 주더라고요. 수윤 씨가 여기서 일하고 있다고."

"……미안해요."

수윤이 미안한 듯 고개를 숙이며 말했다. 그녀의 입술 사이로 흘러나온 익숙한 말에 은성이 씁쓸한 웃음을 지었다. 시간이 흘러도 수윤은 예전의 그때처럼 제게 미안한 마음만 남아 있는 모양이었다.

"아직도 미안할 게 남았어요?"

"……."

"이제 그만 미안해해요. 안 그래도 돼요. 다 지난 일인걸요."

은성은 그때의 기억은 모조리 잊어버렸다는 듯 홀가분한 얼굴로 말을 이었다.

"그래도 재하 덕분에 수윤 씨랑 연락돼서 기분 좋네요. 한국 들어오면 수윤 씨 꼭 한번 만나고 싶었거든요."

"……어디 갔다 오셨어요?"

파혼을 한 그날 이후로 수윤은 은성의 소식을 들을 수 있는 방법이 없었다. 그저 멀리서 바라고 또 바랐다. 은성이 더 좋은 사람과 만날 수 있기를.

"수윤 씨 떠나고 나서 해외 지사에서 일했어요. 그게 여러모로 나을 것 같아서."

수윤이 입을 꾹 다물었다. 두 사람 사이에 잠시 침묵이 흘렀다. 은성이 미안해하지 말라고 했지만 기억을 더듬다 보면 은성에게 미안했던 일 밖에 다른 일은 떠오르지 않았다.

아마 부모님과의 불화 때문에 그 멀리로 떠나지 않았을까. 그런 생각을 하자 수윤은 저절로 고개가 수그러졌다.

은성은 표정만 보아도 수윤이 무슨 생각을 하고 있는지 눈치챌 수 있었다.

표정에서 그녀의 생각이 다 드러나자 이런 주제의 얘기는 더 이상 하지 않아야겠다는 생각이 들어 은성이 말을 돌렸다.

"뒤에 줄이 기네요. 잠깐 얘기하고 싶었는데."

"저쪽 빈자리에서 잠깐만 기다리세요. 금방 갈게요."

"아이스 아메리카노 한 잔 부탁할게요. 수윤 씨가 내려주는 커피 마시고 싶어요."

"알았어요. 금방 준비해서 갈게요."

은성은 비어 있는 창가 자리로 가서 앉았다. 일을 하고 있는 수윤의 모습을 눈에 담으며 잠시 기다리자 수윤이 커피 한 잔을 들고 은성에게 다가왔다.

"드세요."

수윤은 은성의 앞에 잔을 놓아주며 자리에 앉았다. 은성은 수윤이 건네준 커피 한 잔을 곧바로 마셔 보았다.

"맛있어요. 수윤 씨가 내려 준 거라 그런가?"

은성이 빙긋 웃으며 말하자 수윤의 입가에도 희미한 미소가 걸렸다.

"잘 지내고 있는 것 같아서 보기 좋네요."

"은성 씨는 잘 지냈어요? 내가 이런 질문하는 것도 참 염치없는 것 같네요."

수윤은 은성에게 연락을 하지 않는 것이 제가 할 수 있는 최선이라 생각했다. 그게 은성에 대한 마지막 배려라고 생각했기에 도움을 받자고 쉽게 연락을 할 수 없었다.

수윤의 물음에 은성은 괜찮다는 듯 고개를 좌우로 흔들었다.

"난 생각보다 잘 지낸 것 같아요."

"어머님…… 아니, 최 여사님이랑은…… 이제 괜찮으신 거예요?"

수윤이 어렵사리 입술을 떼어 물었다. 그게 수윤의 마음에 가장 큰 짐이라는 건 은성이 그 누구보다 제일 잘 알고 있었다. 은성이 걱정 말라는 듯 빙긋 웃으며 말했다.

"어머니랑 지금은 사이가 아주 좋아요. 시간이 좀 지나니까 다 없었던 일처럼 살게 되더라고요."

"다행이에요."

"수윤 씨는 많이 힘들지 않았어요?"

"네. 여기서 좋은 사람들을 만나고, 그분들이 많이 도와주셨어요. 명희도 이쪽에서 같이 지내고 있구요."

은성이 잘 됐다는 듯 고개를 끄덕였다. 그러다 두 사람 사이에 잠시 침묵이 감돌았다. 침묵이 무겁게 느껴진 은성이 먼저 말을 꺼냈다.

"수윤 씨가 연락 줄 줄 알았어요."

"……."

"수윤 씨 떠나고 나서 연락 기다렸는데."

"……더 이상 신세를 질 수는 없었어요. 은성 씨한테 받은 게 너무 많았잖아요."

"내가 준 게 뭐가 있다고."

은성이 씁쓸한 웃음을 입술에 머금었다.

"이제 와서 하는 얘기지만 걱정했어요. 달랑 문자 하나만 보내고 한 번도 연락이 없어서."

혹시 너무 힘이 들면 수윤이 제게 도움을 청할지도 모른다는 생각을 했다. 해외 지사로 옮기면서 한국에서 쓰던 휴대 전화를 정리할 수 없었던 이유도 혹시나 하는 마음 때문이었다.

혼자 몸으로 아이를 낳고 키우는 것이 쉬운 일은 아닐 테니, 아무것도 모르는 재하를 대신해 자신만은 그 자리를 지켜야 한다고 생각했었다.

그러나 수윤에게서 연락은 끝끝내 오지 않았다.

"……미안해요."

"아니요. 더 잘된 거죠. 내 도움 없이도 수윤 씨는 다 잘해냈잖아요."

"……."

"고생했어요, 수윤 씨. 정말 대단해요."

은성의 말에 수윤은 눈물이 왈칵 쏟아질 것 같았다. 항상 은성에게는 고마움과 미안함이 뒤섞여 말로는 표현하기 어려운 감정이 들었다.

"아이 얘기는 재하한테 하지 않을 생각이에요?"

"……."

"재하가 날 찾아왔는데 그 아이가 제 아이인 줄 알고 있 더라고요."

"……부정하지 않아서 미안해요."

"아니. 그런 게 중요한 게 아니라."

은성이 어떻게 말을 꺼내야 할지 고민하다 단도직입적으 로 물었다.

"아직도 숨기고 싶은 거예요?"

수윤이 고개를 끄덕였다.

"영영 몰랐으면 해요."

"……"

"아이 때문에 억지로 인연을 이어 가는 건 싫어요."

"수윤 씨 마음은요? 재하가 싫어요?"

"……"

은성의 질문에 수윤은 대답을 하지 않았다. 그저 한동안 테이블만 응시하고 있다가 생각이 정리된 듯 천천히 입술 을 열었다.

"좋고 싫은 게 문제가 아니에요. 그냥 나는 선진 그룹과 는 더 이상 얽히고 싶지 않아요."

은성이 수윤의 표정을 유심히 살폈다. 싫다고 말하는 그 녀의 표정은 어딘가 모르게 슬퍼 보였다.

"……내가 괜한 얘기를 꺼냈네요."

수윤의 그런 표정을 보고 싶지 않았던 은성은 화제를 금 세 다른 곳으로 돌렸다.

"아 참. 아이는 잘 크고 있죠?"

"네. 잘 크고 있어요. 벌써 말도 잘 하고, 잘 걸어 다녀요."

아이의 얘기가 나오자 슬퍼 보이던 수윤의 얼굴에 서서히 웃음이 드리워졌다.

"이름이 뭐예요?"

"지우예요."

"귀여운 이름이네요."

미소 짓는 수윤의 얼굴을 가만히 바라보던 은성은 제 앞에 놓인 커피잔을 만지작거리다 운을 뗐다.

"그래서 말인데……."

말끝을 늘리며 물끄러미 수윤을 바라보자 그녀가 의아한 얼굴로 은성을 보았다.

"수윤 씨, 내일 시간 돼요?"

"네?"

"오랜만에 제주도 왔는데 바닷가는 가 보고 싶어서요."

한국에서의 일정이 그리 길지 않았기에 은성은 수윤과 인사만 하고 금방 돌아갈 생각이었다. 하지만 수윤의 얼굴을 보자 마음이 바뀌었다.

"혼자서 돌아다니면 불쌍해 보일 것 같은데. 시간 되면 수윤 씨가 내 가이드 해 줄래요?"

"가이드요?"

"네. 가능하면 지우도 같이."

"……."

"네? 부탁할게요."

은성에게는 항상 마음의 빚이 있었기에 수윤이 알겠다며 고개를 끄덕였다. 그러자 은성이 환하게 웃었다.

"그럼 내일 봐요, 수윤 씨."

은성은 수윤과의 대화를 마치고 바로 카페를 나왔다. 정건이 대기하고 있던 차에 몸을 싣고 재하가 묵고 있는 호텔로 향했다. 룸에 도착하니 재하가 조금 초조해 보이는 얼굴로 창밖을 내다보고 있었다.

"다녀왔어."

"얘기는 잘 했고?"

"응. 잘했지."

은성의 대답에 재하는 잠시 동안 아무런 말이 없다가 겨우 한마디를 끄집어냈다.

"……잘됐네."

"이틀 정도 더 있다 가려고. 내일은 지우하고 수윤 씨랑 같이 바닷가 가기로 했어."

수윤과 있었던 일을 은성이 줄줄이 읊자 재하의 표정이 어두워졌다.

"……그래."

바보 같은 자식. 고작 함께 바닷가에 간다는 말을 한 것뿐인데 재하의 목소리에는 벌써 기운이 없었다.

"고맙다. 수윤 씨 만나게 해 줘서."

은성이 재하를 향해 미소를 보이고는 그의 객실을 빠져

나갔다.

재하는 은성이 나가는 모습을 보며 무거운 숨을 내쉬었다. 은성과 수윤이 함께 하는 건 당연한 일인데 참을 수 없이 가슴이 답답했다.

"……원했던 일이잖아."

수윤의 곁에 은성이 있어야 한다는 생각을 한 사람은 다른 누구도 아닌 자신이었다. 계속 은성에게 연락을 넣고, 수윤이 그의 아이를 가졌다는 사실을 알린 사람도 자신이었다. 모두 다 스스로가 저지른 일이었다.

하지만 두 사람이 가정을 꾸릴 거라는 생각을 하자 심장이 옥죄는 듯한 느낌이 들었다. 머리로는 받아들여야 한다고 생각하면서도 마음은 그게 쉽지 않았다.

견뎌. 버텨. 참아야 해.

창밖을 내다보며 재하는 스스로에게 주문처럼 되뇌었다. 하지만 오늘 밤은 술이 간절히 필요할 것만 같았다.

수윤은 급히 스케줄을 바꾸고 시간을 비웠다. 지우를 은성에게 보여 주는 게 조금 이상하다는 생각이 들었지만 은성은 아이를 보고 싶어 했다.

지우의 손을 잡고 나오자 은성이 집 앞에서 기다리고 있었다. 은성은 지우를 보자마자 무릎을 굽혀 아이와 눈높이를 맞추었다.

"네가 지우구나. 누가 봐도 재하 아들이네. 어떻게 이렇게 붕어빵일 수가 있죠?"

"많이 닮긴 했어요."

은성이 신기하다는 듯 지우의 얼굴을 요리조리 뜯어보았다. 낯가림이 없는 지우는 은성을 처음 보는데도 그의 품에 폭 안겼다.

"재하 얼굴로 귀여운 행동을 하니까 기분이 좀 이상하네요."

은성이 어색한 표정을 지으며 하는 말에 수윤이 쿡쿡 웃었다. 예나 지금이나 은성은 그녀의 마음을 편하게 해 주는 데에 일가견이 있었다.

"그럼 바로 바다 보러 갈까요?"

세 사람은 택시를 타고 근처에 있는 해수욕장으로 향했다. 아직 봄바람이 차가워서인지 사람이 별로 없었다. 확 트인 바다를 보며 크게 숨을 들이마셨다가 내뱉은 은성이 조금 들뜬 목소리로 말했다.

"제주도 정말 오랜만에 오는데 좋긴 하네요. 바다가 진짜 예쁘다."

"그죠? 맨날 봐도 예쁘더라구요."

"다음에 여자 친구랑 같이 놀러와야겠어요."

여자 친구라는 말에 수윤이 깜짝 놀란 얼굴로 물었다.

"……여자 친구 생겼어요?"

"네. 다음에 기회가 되면 소개해 줄게요."

은성은 일부러 밝게 웃으며 말했다. 수윤이 그 모습을 보며 안도한 표정을 지었다.

어제부터 내내 미안한 얼굴로 자신을 보던 그녀의 표정이 마음에 걸렸었다. 은성은 수윤이 제게 더 이상 미안해하지 않았으면 했다.

적당한 타이밍에 어색하지 않게 거짓말을 할 수 있어서 다행이었다. 이런 거짓말로 수윤의 마음이 가벼워질 수 있다면 은성은 몇 번이고 거짓말을 할 수 있었다.

"우리 좀 걸을까요?"

은성이 모래사장으로 발을 내디뎠다. 그 모습을 보며 함께 발을 내디딘 지우가 종종걸음으로 앞을 향해 나아갔다. 발에 느껴지는 모래의 느낌이 재미난 모양이었다.

"어, 지우야! 뛰면 넘어져!"

그런 지우의 뒤를 수윤이 빠르게 따라가며 말했다. 지우가 얼마 가지 못해 모래에 무릎을 콩 찍었다.

"엄마가 뛰면 넘어질 거라고 했잖아."

수윤이 아이를 일으키고 옷을 털어 주며 부드럽게 미소 지었다.

"……."

여전히 수윤은 다시 반해 버릴 만큼 예뻤다. 첫눈에 반하는 건 그렇게나 쉬웠는데 그녀를 제 마음에서 떠나보내는 건 너무나도 어려웠다.

여전히 마음에 품고 있다는 사실을 그녀가 알면 곤란해할 게 분명했다. 그러니 은성은 거짓말 속에 제 마음을 꼭꼭 감추어야 했다.

"바보 같긴……."

조금 떨어진 거리에서 은성이 작게 중얼거렸다. 수윤과 파혼을 한 뒤 그 멀리 미국까지 넘어갔지만 은성은 마음 정리를 하기가 좀처럼 쉽지 않았다.

그 멀리에서도 수윤이 보고 싶었고, 그리웠다. 꼭 다시 한번 수윤을 만나고 싶었다. 수윤을 만날 수 있게 도와준 재하가 이번만은 고마웠다.

"곤란했을 텐데, 오늘 이렇게 내 부탁 들어줘서 고마워요."

함께 바닷가를 거닐다가 예쁜 카페도 가고 맛있는 저녁도 함께 먹었다. 은성은 제 무리한 요구를 들어준 수윤이 고마웠다.

"별말씀을요. 덕분에 지우랑 저도 바다 구경도 하고 맛있는 것도 먹은걸요."

"그렇게 생각해 주니 더 고맙네요."

"그럼 지우 이리 주시고 먼저 들어가세요. 내일 또 서울 가야 하잖아요."

하루 종일 돌아다녔더니 지우는 저녁을 먹고 금세 잠이

들었다. 은성의 품에 안긴 지우를 수윤이 안아 들려고 하는데 그가 그녀를 제지했다.

"택시 타고 같이 가요."

택시를 타고 수윤의 집 앞에 도착하여 지우를 집 안까지 데려다주고 나오자 재하의 차가 보였다. 수윤의 집으로 출발하기 전, 은성이 재하를 부른 것이었다.

재하에게 수윤과 함께 있는 모습을 보여 주기 위해서였다. 조수석에 올라탄 은성이 재하를 흘긋 보며 물었다.

"어땠어?"

"뭐가."

"우리 셋. 보기 좋았어?"

이건 그냥 아주 사소한 복수였다.

수윤의 마음은 얘기를 조금만 나눠 봐도 알 수 있었다. 재하의 얘기를 하는 그녀의 눈빛에 여전히 그리움이 가득했다. 틈이 있으면 파고들고 싶었지만 그때나 지금이나 수윤에게는 자신이 들어갈 틈이 없었다.

"……그래. 보기 좋았어."

그래서 조금만 재하를 괴롭히고 싶었다.

"견딜 수 있겠어?"

"……뭘?"

"너 수윤 씨 아직 좋아하잖아."

"그건 내가 알아서 해."

그렇게 말을 하면서도 재하의 표정은 굳은 채 풀릴 생각을 하지 않았다.

"그래? 그럼 그렇게 계속 참으면 되겠네."

못된 마음이지만, 오늘 딱 하루만 재하가 심란해했으면
했다.

느지막이 체크아웃을 마친 은성은 공항에 가기 전에 수
윤이 일하고 있는 카페에 들렀다. 마지막으로 수윤의 얼굴
을 보고 싶어서였다.

"이제 가는 거예요?"

가게로 가니 수윤이 은성을 보며 물었다.

"네. 이제 서울로 돌아가요. 가기 전에 인사하러 왔어요."

"조심해서 가세요."

"다음에 또 볼 수 있었으면 좋겠어요."

은성의 말에 수윤이 고개를 끄덕였다. 언제가 될지 모르
는 다음을 기약하며 은성은 수윤과 작별 인사를 하고 카페
를 빠져나왔다.

공항으로 가기 전, 은성은 마지막으로 재하에게 전화를
걸었다. 신호음이 울린 후 재하가 전화를 받았다.

"차재하."

—왜.

"네가 잘못 알고 있는 게 있어."

―갑자기 무슨 소리야?

처음부터 이럴 생각이었다. 재하 얘기를 꺼내며 씁쓸한 표정을 짓는 그녀의 얼굴을 본 순간부터 은성은 재하에게 진실을 말하려고 생각하고 있었다.

이렇게 오지랖을 부리면 수윤이 싫어할지도 모르지만 두 사람의 마음이 서로를 향해 있는데 서로만 그 사실을 모른다는 건 가혹한 일이었다.

수윤의 아이가 제 아이라고 굳게 믿고 있는, 바보 같은 차재하에게 은성은 말해 주고 싶었다.

"지우, 내 아이 아니야."

**10**

전화 너머에서 잠시 침묵이 흘렀다.

―……뭐?

"내 아이 아니라고."

―……그럼 누구 아이인데?

"내가 그것까지 알려 줘야 해?"

은성이 퉁명스럽게 대꾸를 했다. 재하는 생각에 잠긴 듯
한동안 대답이 없었다. 그동안 은성의 아이라 철석같이 믿
고 있었는데 그게 아니라고 하니 적잖이 충격을 받은 모양
이었다.

"왜 내 아이일 거라고 생각한 건지는 모르겠지만, 아니야."

―결혼 전에 너희 둘 함께 살았잖아.

"아니. 난 그 집에 산 적 없어. 결혼 전까지는 수윤 씨 혼

자 지낼 예정이었어."

결국 그 결혼이 무산되는 바람에 은성은 수윤과 같은 집에 산 적이 없었다.

"네 아이일 거라는 생각은 한 번도 안 해 본 거야?"

—…….

또다시 긴 침묵이 이어졌다. 은성은 그 침묵을 계속 기다리고 싶지 않았다.

"이번에는 잘 해 봐. 또 바보 같이 놓치지 말고. 수윤 씨한테 잘하라고 알려 주는 거야."

할 말을 짧게 마친 은성이 미련 없이 전화를 끊었다. 수윤에게는 미안하지만 잘된 일이라는 생각이 들었다. 그동안 곁에서 묵묵히 수윤을 지킨 걸 보면 재하도 많이 변하긴 한 것 같았다.

제 고통까지 감내하며 수윤을 최우선으로 생각하는 재하가 그녀를 행복하게 해 줄 거라는 확신이 들었다. 하지만 그런 것과는 별개로 씁쓸한 기분이 드는 건 사실이었다.

"……가르쳐 주지 말 걸 그랬나."

그렇게 말하면서도 은성의 표정은 가벼웠다. 첫눈에 반했던 그 날부터 파혼하던 그 날까지, 아주 짧았던 만남이었지만 수윤과 함께 지냈던 그 짧은 순간들은 추억이 되어 강렬하게 마음속에 남아 있었다.

아직 수윤을 제 마음에서 떠나보내려면 시간이 걸릴 것 같지만, 잘 지내고 있는 수윤의 모습을 보니 마냥 마음이 무겁지만은 않았다.

　수윤이 있는 카페 쪽을 바라보며 부드럽게 미소 짓던 은
성은 바로 택시에 몸을 실었다.

　정신이 없었다. 전화가 뚝 끊기고 나서 재하는 한동안 멍
한 표정으로 그 자리에 서 있었다.

　'네 아이일 거라는 생각은 한 번도 안 해 본 거야?'

　수윤이 제 아이를 낳았을 거라는 생각은 단 한 번도 하지
못했다. 수윤과 관계를 할 때 다른 건 몰라도 피임만큼은
완벽하게 했다고 생각했다. 은성의 아이라는 사실에 의심
의 여지는 없었다.

　"일찍 낳았다면서……."

　재하가 머리를 쓸어 넘기며 짙은 숨을 뱉어 냈다.

　아니, 딱 한 번. 그 아이가 제 아이가 아닐까 하는 의심을
한 적이 있었다. 자신을 닮은 것 같기도 하고, 은성을 닮은
것 같기도 한 지우의 얼굴을 보며 도저히 그 가능성을 지울
수 없었다. 명희에게 물어봐야겠다고 생각했다. 아닌 게 확
실하지만 명희의 입술을 빌려 단정 짓고 싶었다.

　혹시 내 아이가 아니냐는 질문에 명희는 아니라고 딱 잡

아꼈다. 지우가 40주를 다 채우지 못하고 태어났기 때문에 생일이 빠른 거라고 했다.

재하는 명희의 말이 거짓말일 거라고는 생각하지 않았다. 명희의 말을 있는 그대로 믿은 것이다. 그 이후로는 지우가 누구의 아이이든 중요하게 생각하지 않았다.

"하아……."

가슴이 묵직했다. 무언가 목을 틀어막은 것처럼 갑갑한 느낌이 들었다. 수윤이 은성과 가정을 꾸린다는 생각을 할 때와는 또 다른 감정이 심장을 쥐고 흔들었다.

더 이상 그 자리에 가만히 있을 수가 없었다. 재하는 옷걸이에 걸어 두었던 코트를 챙겨 바로 호텔을 나섰다. 지금 자신이 제주도에 있어서 아주 다행이라는 생각이 들었다.

차에 올라 시동을 걸고 주저 없이 액셀을 밟았다. 당장 수윤의 얼굴이 보고 싶었다.

수윤은 은성을 보내고 나니 마음이 싱숭생숭했다. 미안하고, 고맙고, 이런 마음을 어떻게 설명할 수 있을까.

가끔 은성이 생각날 때면 그의 소식이 궁금했다. 잘 지내고 있는지, 어머니와의 관계는 좀 나아졌는지. 은성에게 씻을 수 없는 상처를 준 건 아닌지.

은성을 만나고 나자 그런 걱정은 모조리 사라졌다. 은성이 소식을 알려 주어서 그저 고마울 뿐이었다.

수윤은 은성과 작별을 한 후 손님이 들이닥쳐 바쁜 시간을 보냈다. 한참 뒤 조금 한가해진 덕에, 함께 일하는 혜미가 잠깐 손님이 없는 틈을 타 간식거리를 사 오겠다며 밖을 나갔다.

가게 안에는 웬일로 손님이 하나도 없었다. 잠시 앉아서 숨을 돌리기 위해 수윤이 막 카운터를 벗어나고 있을 때였다. 짤그랑거리며 거칠게 문을 여는 소리가 들려 고개를 돌리자 재하가 카페 안으로 들어오는 모습이 보였다.

늘 단정하던 머리가 오늘따라 헝클어져 있었고, 항상 깔끔했던 옷깃은 잔뜩 구겨져 있었다.

아직 올 시간이 아닌데. 조금은 이른 시간에 방문한 재하를 물끄러미 바라보자, 그가 수윤을 발견하고는 그녀에게로 성큼성큼 걸음을 옮겼다.

"왜……."

조금 무서운 표정을 짓는 재하에게 왜 그러느냐고 묻고 싶었지만 그러기도 전에 그가 수윤을 품에 한가득 안았다. 너무 갑작스러운 상황에 수윤은 아무런 말도 하지 못하고 그 자리에 굳었다.

"미안해."

이게 무슨 상황인지 파악이 되지 않았다. 그럼에도 심장은 미친 듯이 뛰기 시작했다. 정도를 모르고 뛰는 심장에 가슴이 아플 지경이었다.

"······이러지 마세요. 이거 놓고 얘기해요."

싫었다. 여전히 재하의 행동 하나하나에 반응을 보이는 자신이 한심하게 느껴졌다.

"내가······ 내가 정말 미안해."

재하는 수윤을 품에 안고 미안하다는 말을 쉼 없이 반복했다. 그의 목소리에 물기가 섞여 있는 것 같았다.

낯설었다. 누군가에게 미안하다는 말을 쉽게 하는 사람이 아닌데, 요즘의 재하는 그녀가 알고 있던 재하와 전혀 다른 사람처럼 느껴졌다. 제멋대로 구는 게 일상인 남자가 지금 제게 말하고 있다.

"혼자 둬서 미안해."

몸이 굳어 움직일 수 없었던 수윤은 억지로 재하의 가슴을 밀어냈다. 순순히 밀려난 재하가 수윤의 얼굴을 내려다보았다. 수윤은 그런 재하와 눈을 마주했다.

"미안해할 필요 없어요."

"······."

"뭘 사과하는 건지는 모르겠지만."

잠시 말을 끊은 수윤이 다시 차분하고 나긋한 목소리로 말을 이었다.

"당신을 좋아한 것도 내 선택이었고, 당신을 떠나겠다고 결심한 것도 내 선택이었어요. 은성 씨와의 결혼도 파혼도. 모두 다 내 선택이에요. 내 선택에 당신이 미안해할 이유는 아무것도 없어요. 그러니까 사과하지 마세요."

"……지우를 가진 건 네 선택이 아니잖아."

묵묵하게 수윤의 말을 듣고 있던 재하가 입술을 열어 지우의 이름을 입에 담자 순간 가슴이 철렁했다. 하지만 수윤은 이내 마음을 가다듬고는 재하를 똑바로 보며 말했다.

"네. 가진 건 제 선택이 아니었어요. 하지만 낳은 건 내 선택이에요."

"……."

"이렇게 불쑥불쑥 찾아오지 마세요. 마음대로…… 끌어안지도 말고요."

차분하게 말을 마친 수윤이 재하를 향해 고개를 숙였다. 그만 가 보라는 의미였다. 수윤이 인사를 하고 뒤돌아서자 재하가 그녀의 팔을 잡아 돌려세웠다.

"못 돌아가."

"차재하 씨."

"아니. 안 돌아가."

"……."

"나한테 한 번만 기회를 줘."

수윤은 재하의 행동이 하나도 이해되지 않았다. 재하가 뭘 원하는 건지 알 수가 없었다.

"무슨 기회를 달라는 거예요?"

멋대로 자신을 찾아와 마음을 흔들어 놓는 재하가 짜증이 났다. 매번 재하에게 흔들리는 스스로가 지독히도 미련하게 느껴졌다.

"뭘 어쩌고 싶은 거예요? 난 지금 당신이 나한테 뭘 바라는 건지 하나도 모르겠어. 왜 맨날 찾아와서 날 이렇게 곤란하게 하는지 하나도 모르겠다고요."

시작이 잘못된 관계였다. 사랑이 없는 몸뿐인 관계였다. 재하는 자신을 섹스 파트너로밖에 생각하지 않았다. 그래서 수윤은 단 한 가지밖에 생각할 수 없었다.

"설마 다시 섹스 파트너 같은 걸 하고 싶어서 날 찾아온 거예요? 나만 한 사람이 없었어요?"

"······."

"귀찮게 굴지도 않고 바보처럼 당신이 하자면 군말 않고 따르는, 그런 사람이 없었던 거예요?"

차재하가 이수윤에게 진심일 리가 없다. 그 생각은 시간이 지나도 변하지 않았다. 그렇게밖에 다른 생각은 할 수 없었다.

오랫동안 재하를 좋아했고, 그동안 그가 제게 마음을 준 적이 한 번도 없었기 때문에 재하가 자신을 좋아한다는 건 수윤의 상식으로는 이해할 수 없는 일이었다.

은성과의 결혼을 막기 위해 그가 좋아한다는 말을 했을 때도 믿지 않았다. 진심을 하나도 느낄 수 없었기에 그 말이 모두 다 거짓이라고 생각했다.

재하의 말은, 정말 아무것도 믿을 수가 없었다.

"······나는 너한테 정말 나쁜 놈이었구나."

재하가 그와는 어울리지 않는 죄스러운 표정으로 시선을

아래로 떨구었다.

"내가 너무 늦게 알았어."

"……."

"너를 좋아하고 있다는 걸."

수윤이 말도 안 된다는 듯 입술을 벌렸다. 믿을 수가 없었다.

"이런 말 우습게 들릴지도 모르지만 네가 내 옆에 있는 게 익숙해서 그게 사랑이라는 걸 몰랐어."

"……거짓말."

"네가 그리웠어."

"……못 믿겠어."

"정말이야."

어느새 수윤의 두 눈가에 눈물이 그렁그렁 맺혔다.

"내가 못 미더웠을 거야. 이해해."

재하가 수윤에게로 한 걸음을 옮겼다. 하지만 수윤이 반사적으로 두 걸음 뒤로 물렸다. 재하는 수윤에게 손을 뻗다 허공에 손을 멈추었다.

"이렇게 은근슬쩍 다가오지 말아요."

"……."

"당신 마음이 진심이라는 건 믿어 줄게요. 근데 그게 다예요. 나한테 아무것도 기대하지 마세요. 당신 마음이 어떻든 나랑 상관없는 일이니까."

수윤이 눈물을 훔치며 화장실로 향했다. 재하는 수윤을

붙잡을 수 없었다. 눈물이 그렁그렁해진 수윤을 보니 그저 마음이 아팠다.

"어?"

그때 문이 딸랑거리며 떡볶이를 사 온 혜미가 카페 안으로 들어왔다. 조용한 가게 안에 수윤이 없다는 것을 확인한 혜미가 빠르게 계산대 안쪽으로 돌아 들어갔다.

"죄송해요. 오래 기다리셨죠? 주문하시겠어요?"

"……미안합니다. 나중에 다시 오죠."

재하는 가볍게 인사를 하고는 카페를 빠져나왔다. 밖으로 나온 재하는 차마 발걸음이 떨어지지 않았다.

수윤을 혼자 둔 게 미안했다. 아이를 낳을 때 곁에 있어 주지 못 했다는 생각에 심장이 조이는 것 같은 기분이 들었다.

"하아……."

말은 믿어 주겠다고 하지만 수윤은 자신이 여전히 거짓 말을 하고 있다는 생각을 하고 있는지도 몰랐다.

나는 이수윤에게 그런 사람이었으니까. 단호하게 선을 긋는 수윤의 모습을 떠올리자 한숨이 절로 새어 나왔다.

하지만 아이를 핑계로 그녀와의 관계를 개선하고 싶지는 않았다. 아이를 이용하여 수윤의 마음을 흔드는 것만큼 최악은 없었다. 여기서 수윤에게 더 잃을 신뢰도 없긴 하지만.

재하는 카페 안쪽을 보았다. 통유리로 된 창 안쪽에 수윤이 혜미와 얘기를 나누는 모습이 보였다. 처음부터 어그러진 관계였기에, 재하는 수윤과의 관계를 바로잡고 싶었다.

다시, 처음부터.

점심을 먹고 느지막이 출근을 한 수윤은 옷을 갈아입고 매장으로 나왔다. 동시에 헬멧을 쓴 남자가 가게 안으로 들어왔다. 차림을 보니 퀵서비스 같았다.

"이수윤 씨 계십니까?"

"네, 제가 이수윤인데요."

수윤이 의아해하며 눈을 크게 뜨자 남자가 수윤을 향해 화려한 꽃바구니를 건네주었다.

"여기 꽃 배달 왔습니다."

"네?"

"여기 사인 좀 해 주세요."

얼떨떨한 표정으로 서 있는 수윤에게 배달 기사가 말했다. 탐스러운 붉은색 장미가 안개꽃과 함께 풍성하게 꽂혀 있었다. 몇 송이인지 셀 수도 없이 많은 장미가 꽂혀 있었다.

"저한테 온 거 맞아요?"

"이수윤 씨 아니에요?"

"맞긴 한데……."

"얼른 사인해 주세요."

수윤은 얼떨결에 꽃바구니를 받아 들고는 사인을 했다.

수윤의 사인을 받은 배달 기사는 쿨하게 그 자리를 떠났다.

"뭐예요, 언니? 누가 보낸 거예요?"

함께 일을 하고 있던 혜미가 눈을 반짝이며 물었다.

"……아무리 생각해도 잘못 온 것 같은데."

제게 이런 걸 보낼 사람이 없었다. 수윤이 고개를 갸웃하며 가까운 테이블 위에 꽃바구니를 올렸다.

"언니. 여기 카드 있어요."

혜미는 수윤보다 더 신난 듯한 얼굴로 꽃바구니 안을 살펴보더니 꽃 사이에 카드가 있는 것을 발견했다. 차마 자신이 꺼내지는 못하고 상기된 표정으로 수윤을 보며 얼른 읽어 보라 재촉했다.

수윤은 머뭇거리며 카드를 집어 들었다. 카드를 열어 보자 정갈한 글씨가 눈에 들어왔다.


[일이 생겨서 오늘 아침에 서울로 돌아가. 당분간은 카페에 못 들를 것 같아. 좋은 하루 보내.]


눈에 익은 글씨였다. 이름이 적히지 않았으나 누가 보냈는지 금세 알아차릴 수 있었다.

"친구가 보낸 것 같아."

수윤은 자세하게 설명하고 싶지 않아서 대충 웃으며 말을 얼버무렸다. 혜미는 별다른 의심 없이 고개를 여러 번 주억였다.

"그 친구 혹시 남자예요?"

"응?"

"남자면 백 퍼센트의 확률로 언니 좋아하는 것 같아서요. 그러지 않고서는 이런 선물 보낼 수가 없어요."

진지한 표정을 지은 혜미가 단호한 표정으로 말했다. 그러고는 수윤을 부러운 눈빛으로 바라보았다.

"와. 근데 언니 진짜 좋겠어요. 드라마에서만 나오는 줄 알았던 꽃바구니를 현실에서도 받는 사람이 있구나. 나도 이런 선물 받아 보고 싶다."

"곧 받게 될 거야."

"근데 이게 몇 송이예요? 하나, 둘······."

수윤보다 더 들뜬 혜미가 꽃을 하나씩 세기 시작했다. 하나하나를 빠른 속도로 세어 보더니 이내 그녀의 눈이 휘둥그레졌다.

"언니. 이거 백 송이인가 봐요. 아직 반밖에 안 셌는데 이만큼이나 남았어요. 음, 향기도 진짜 좋다."

수윤은 호들갑을 떠는 혜미가 귀여워 쿡쿡 웃었다.

혜미와 웃으며 얘기를 나누고 난 수윤은 붉은 장미가 가득 담긴 꽃바구니를 보며 작게 한숨을 내쉬었다.

재하에게서 이런 선물을 받는 것이 부담스러웠다. 무엇보다 재하와는 이런 걸 주고받을 사이가 아니었다. 다시 돌려주고 싶었지만 서울에 간 재하에게 꽃바구니를 보낼 수도 없는 노릇이었다. 수윤은 할 수 없이 꽃바구니를 카페 구석에 놓아두었다.

하지만 꽃 배달은 그날 하루로 끝나지 않았다. 다음 날에는 수국이, 그다음 날에는 백합이, 또 그다음 날에는 이름 모를 푸른색 꽃이 연이어 도착했다.

그렇게 일주일 동안 수윤은 7개의 꽃바구니를 선물 받았다.

"봐요, 언니. 제 말 맞죠? 그분, 언니 좋아하는 게 분명해요."

혜미의 말에 수윤은 어색하게 웃었다. 이미 꽃바구니 몇 개를 집으로 들고 갔지만 바구니가 너무 많아 처치 곤란이었다. 장식 차원에서 카페에 몇 개를 뒀더니 오랜만에 카페를 방문한 민혁이 의아한 표정으로 물었다.

"이게 다 뭐야?"

형형색색의 꽃으로 카페가 산뜻하게 변해 있었다. 수윤 대신 옆에 있던 혜미가 해맑게 웃는 얼굴로 대답했다.

"이번 주 내내 언니한테 꽃 배달 오고 있어요. 진짜 예쁘죠?"

혜미는 지난 일주일 동안 수윤이 꽃을 받을 때마다 자신이 받는 것처럼 설레는 표정을 지었다. 혜미의 말을 들은 민혁이 수윤을 보며 심각한 표정으로 물었다.

"누가 보낸 건지 알아?"

"아, 응."

"혹시 이상한 사람이 보낸 건 아니지?"

"……아니야."

수윤의 대답에 민혁이 안도의 숨을 내뱉었다. 혹시나 이상한 손님에게 이상한 방식으로 괴롭힘을 당하고 있는 건 아닌가 하는 생각이 들었던 것이다.

"카페에 두는 건 좀 그렇지? 미안해. 내가 오늘 집에 다 가져갈게."

"그래서 물어본 거 아니야. 카페에 꽃이 있으니까 화사하고 좋은데 뭐. 그렇죠, 혜미 씨?"

"네! 엄청 예뻐요!"

"그럼 우리 이거 꽃병에 꽂아서 테이블마다 하나씩 둘까요?"

"너무 좋죠!"

민혁의 말에 혜미는 적극 찬성을 했다.

어제 말이 나오자마자 민혁은 꽃병을 사러 다녀왔다. 사온 꽃병에 꽃을 세 송이씩 담아 테이블을 꾸몄다. 나머지 꽃은 카페 구석구석에 장식용으로 사용되었다.

아침 일찍 출근을 한 수윤은 꽃향기가 가득한 카페 안을 둘러보았다. 재하가 보내온 꽃 선물이 부담스럽다고만 생각했는데 가게가 꽃으로 가득한 걸 보니 새삼 기분이 좋았다.

"오늘은 어떤 꽃을 보내려나."

무의식적으로 말을 한 수윤이 화들짝 놀라며 손으로 입을 가렸다.

"……뭐야. 왜 기다리고 있는 건데?"

어느새 그녀는 일상이 된 것처럼 꽃 배달을 기다리고 있었다. 괜히 바깥을 힐끔거리면서 배달 기사가 언제 올지 확인하고 있는 제 모습에 수윤이 한숨을 내쉬었다.

재하가 꽃을 보낸 건 고작 일주일 정도일 뿐인데, 벌써 거기에 익숙해진 모양이었다. 꽃을 기다리는 제 모습이 꼭 예전에 재하를 한없이 기다리던 제 모습 같아 왠지 싫었다.

수윤은 고개를 좌우로 내저으며 행주를 꺼내 들고는 매장으로 나갔다. 잡생각이 들 때는 다른 일에 집중을 하는 것만큼 좋은 게 없었다. 테이블을 박박 문질러 닦으며 애써 기대를 접으려 했다.

한참 준비를 하고 있으니 혜미가 뒤늦게 출근을 하여 오픈을 도왔다.

"언니. 근데 오늘은 꽃 배달 안 와요?"

오픈을 마무리하고 잠깐 쉬고 있는 사이 혜미가 눈을 동그랗게 뜨고 궁금한 얼굴로 물었다. 카페 안을 아무리 둘러보아도 새 꽃바구니가 보이지 않았기 때문이었다.

"……그러게."

수윤이 홀가분한 얼굴로 웃으며 어깨를 으쓱했다. 시간을 확인하니 매일 꽃이 배달되던 오전 11시가 어느새 훌쩍 넘어 있었다.

"잘됐지, 뭐. 안 그래도 너무 많아서 처치 곤란이었는데."

"아, 아쉽다. 오늘은 무슨 꽃일지 기대하고 있었는데."

그건 수윤도 마찬가지였다. 하지만 뭐든 기대를 하면 실망이 큰 법이었다. 수윤은 아무런 기대도 하지 않으려 마음을 다잡았다. 재하가 제 기대를 충족한 적은 단 한 번도 없었으니까.

그렇게 퇴근 시간까지 바쁜 시간을 보낸 수윤은 유니폼을 갈아입기 위해 탈의실로 들어갔다.

오늘은 퇴근을 할 때까지 꽃바구니가 오지 않았다. 괜히 서운한 마음이 들었다. 사람 마음이라는 게 참으로 간사했다.

줄 때는 그렇게 부담스럽고 받기 싫었는데, 주다가 더 이상 주지 않으니 서운하고 속상한 기분이 들었다. 지금 자신이 이런 생각을 하고 있는 게 수윤은 참으로 웃기고 어이가 없었다.

수윤은 재하를 생각하지 않으려고 애쓰며 카페를 빠져나왔다. 막 밖으로 나와 집 쪽으로 향하려는데, 그 앞에 익숙한 실루엣이 보였다. 언제 온 건지 재하가 그녀에게 한 걸음 다가섰다. 그의 손에는 분홍색 리시안셔스 꽃다발이 들려 있었다.

"딱 맞춰 왔네."

"……."

"기다렸어?"

"……내가 왜요."

수윤의 퉁명스러운 반응에 재하가 아쉬운 표정을 지으며 말했다.

"이렇게 하면 네가 날 기다릴 거라 생각했는데."

"안 기다렸어요."

제 속마음을 그대로 다 드러내고 싶지는 않았다. 수윤은 무뚝뚝하게 대답을 하고는 재하를 피하려 했다. 하지만 그러기도 전에 재하가 가지고 온 꽃다발을 수윤에게 내밀었다.

"한 번도 너한테 꽃 선물은 한 적이 없는 것 같아서 준비해 봤어."

"……."

"꽃 좋아하잖아."

수윤이 입술을 꾹 다물었다. 꽃을 좋아하는 티를 낸 적이 없는데 어째서 재하가 그 사실을 알고 있는지 모를 노릇이다.

재하가 얼른 받으라는 듯 수윤의 앞으로 꽃을 밀었다.

"무슨 꽃을 좋아할지 몰라서 종류별로 준비해 봤어."

"괜한 일 하셨네요. 저 꽃 안 좋아하거든요."

수윤의 말 한마디에 좀 전까지 미소를 짓고 있던 재하가 입술을 꾹 닫았다. 어쩔 수 없었다. 차 회장이 있는 한 수윤은 재하와 단 한 순간도 엮이고 싶지 않았다.

"나랑 잘 해 보고 싶어서 이러는 거라면 포기해요. 그때도 말했다시피 난……."

"2년이 넘는 시간 동안 몇 번이고 잊어 보려고 했어."

"……."

"근데 포기가 안 돼. 이건 내가 어떻게 할 수 있는 부분이 아니잖아."

"……그게 내 잘못이라고 말하고 싶은 거예요?"

수윤은 재하의 한 마디 한 마디가 모두 뼈딱하게 들렸
다. 마음이 마음대로 되지 않는다는 걸 누구보다 잘 알면
서도 재하가 저런 말을 하니 왠지 모르게 억울했다.

"아니. 내 의지대로 되지 않는다는 뜻이었어."

재하는 수윤에게로 가까이 걸어왔다. 수윤의 앞에 선 그
가 수윤의 품에 꽃다발을 안겨 주었다.

"그러니까 선물 정도는 하게 해 줘. 널 생각하면서 고른
거니까."

—명희야. 나 지금 마쳤는데 지우 데리러 갈까?

"뭐하러. 나 이제 곧 퇴근하니까 내가 데리고 갈게."

퇴근 준비를 마친 명희가 막 가방을 챙겨 사무실을 나섰
다. 그때 재하가 어린이집 안으로 들어오는 모습이 보였다.

"오셨어요?"

"지우는?"

"지금 혼자 놀고 있어요."

명희가 찝찝한 기색을 지우지 못하며 대답했다. 그동안
재하가 주기적으로 어린이집에 방문할 때마다 명희는 죄를
짓는 것 같은 기분이 들었다. 수윤을 기만하고 있는 것 같
아 마음이 편하지 않았다.

"보고 가시게요?"

"응."

재하는 지체하지 않고 지우가 있는 다람쥐 반으로 걸음을 옮겼다. 수윤이 알면 기겁을 할 테니 절대로 함부로 입을 놀려서는 안 된다고 다짐하며 명희는 작은 한숨을 내쉬었다.

"참. 근데."

재하가 다람쥐 반으로 들어가려다 말고 멈추어 서서 뒤에 서 있는 명희를 돌아보았다.

"왜 거짓말을 한 거지?"

"네?"

갑작스러운 재하의 말에 명희가 움찔했다. 무슨 말인지 모르겠다는 듯 눈을 크게 뜨고 재하를 보자 그가 말을 이었다.

"지우 내 아이잖아."

"어, 어떻게……."

명희는 당황했는지 크게 떴던 눈을 더 크게 떴다.

어떻게 안 거지? 무슨 대답을 해야 할지 알 수 없었다. 갑작스럽게 이런 상황을 마주하자 머릿속은 혼란 그 자체였다. 아니라고 해야 하는데 놀란 마음에 긍정하는 말이 먼저 나오고 말았다.

"나한테 말할 생각이 전혀 없었나 보군."

"……어떻게 아신 거예요?"

"그런 게 중요한가?"

"그런 건 아니지만……."

이미 다 알고 온 재하에게 더 이상 거짓말을 할 수 없어 명희는 솔직하게 대답했다.

"수윤이가 원하지 않았어요. 사장님은 절대로 몰라야 한다고, 누가 물어봐도 절대로 말하지 말라고 했어요."

"그랬군."

"거짓말해서 정말 죄송해요. 근데 제 입장도 이해해 주세요. 만약 그걸 말했으면 저 수윤이랑 인연 끊어야 했을지도 몰라요."

명희가 사과했다. 수윤이 원했든 원하지 않았든 은성의 아이냐고 묻는 말에 긍정을 한 건 사실이었다. 뒤늦게 사실을 안 재하가 얼마나 놀랐을지 명희는 상상이 되지 않았다.

"수윤이는 왜 그렇게 생각한 거지?"

명희는 망설였다. 어디까지 말을 해야 할지 확신이 서지 않았다. 그렇다고 해서 또 거짓말을 하는 건 재하에게 미안했다.

"……차 회장님이 아시면 혹시나 지우를 강제로 데려갈 것 같아서요."

충분히 가능한 일이었다. 원하는 것이 있으면 차 회장은 물불 가리지 않고 얻어야 하는 성격이었다. 만약 아이의 존재를 알았다면, 절대 지우를 이대로 두지 않을 것이다.

"저는 여기까지밖에 말 못 해요. 나머지는 수윤이한테 들으세요."

"수윤이한테는 내가 아는 거 얘기하지 마."

"네?"

"내가 알고 있다는 사실을 당분간 몰랐으면 좋겠어."

영문은 알 수 없었지만 재하의 표정이 진지해서 명희는 고개를 끄덕일 수밖에 없었다.

"네. 그렇게 할게요."

명희의 대답을 들은 재하는 다시 걸음을 옮겨 다람쥐 반 안으로 들어갔다. 지우는 다른 아이와 장난감을 가지고 놀고 있었다.

재하는 아이의 곁으로 가까이 다가갔다. 제 아이라는 사실을 알고 나서는 한동안 지우를 볼 용기가 나지 않았다.

아직 아무것도 모르는 아이이지만 얼굴을 마주하기가 두려웠다. 죄를 지은 것 같아서. 수윤과 지우에게 너무 몹쓸 짓을 한 것만 같아서. 아직 간단한 의사 표현밖에 하지 못하는 아기인데도 자신을 비난할 것만 같아 두려웠다.

"……지우야."

이름을 부르자 지우가 동그란 눈으로 재하를 보았다. 자주 봤다고 그새 기억을 하는 건지 지우가 꺄르르 웃으며 재하에게로 걸어왔다. 재하가 팔을 벌리자 지우가 그대로 재하의 품에 안겼다.

재하는 조그만 아이를 제 품에 안았다. 아이의 작은 몸을 꼭 안고는 소중하게 쓰다듬었다.

"아이구. 우리 예쁜 지우. 누구 닮아서 이렇게 예쁠까?"

"함모니. 함모니."

"아유. 이쁜 내 새끼."

할머니를 닮았다는 말에 애순이 지우의 볼에 쪽 하고 뽀뽀를 했다. 그러자 지우가 헤헤, 하고 웃음을 터뜨렸다.

"이지우. 벌써 사회생활도 할 줄 알아? 이럴 땐 엄마 닮아서 예쁘다고 해야지. 듣는 엄마 섭섭하게."

민혁이 옆에서 지우의 통통한 볼을 톡 건드리며 귀여워 죽겠다는 표정으로 지우를 보았다. 민혁의 말을 들은 명희가 지우에게 물었다.

"지우야. 지우는 엄마 닮았어, 할머니 닮았어?"

명희의 물음에 지우는 잠깐의 고민도 없이 우렁찬 목소리로 대답했다.

"함모니!"

"그래. 너 할머니 닮았다. 됐지?"

"웅!"

똑 부러지는 대답에 모두 웃음을 터뜨렸다.

"아이고. 우리 지우 얼굴 보느라고 앉으라는 말도 안 했네. 다들 얼른 아침부터 먹자."

어젯밤 비행기로 제주도에 돌아온 애순은 오랜만에 아침

식사 준비를 했다. 아침부터 상다리가 부러질 정도로 많은 찬이 식탁 위에 올라와 있었다. 명희가 자리를 잡으며 눈을 반짝반짝 빛냈다.

"와. 어머니 음식 완전 그리웠어요."

"얼른 많이 먹어."

애순이 흐뭇하게 웃었다. 수윤과 민혁이 차례로 앉자 오랜만에 네 사람의 아침 식사가 시작되었다. 애순은 세 사람이 식사를 하는 동안 지우를 끌어안고 놔줄 생각을 하지 않았다.

"내가 우리 지우 보고 싶어서 혼났지. 요 예쁜 걸 두고 병원에 있으려니 좀이 쑤셔서 죽을 지경이었어."

애순은 3개월 전 허리 통증이 심해져 급히 서울에 있는 병원에 입원을 했다. 원래도 허리가 좋지 않았던 것이 재발을 한 것이다. 때문에 애순은 한동안 서울에서 생활을 했다. 다행히 서울에는 애순의 여동생이 살고 있어 생활을 하는 데 크게 불편하지는 않았던 모양이었다.

민혁 역시 최근 2호점 개업으로 서울에 길게 머물 일이 많아졌고 일을 하는 틈틈이 애순을 만난 듯했다.

"이제 몸은 괜찮으세요?"

"치료하고 약 먹으니까 괜찮아졌어. 이제 여기서 쭉 눌러 살려고. 서울은 왜 그렇게 복잡한지. 난 제주도가 좋더라."

애순이 오랜만에 고향에 온 것 같이 편안한 미소를 지었다.

"어때? 수윤이 넌 일 좀 할 만해?"

"네. 손님 많은 것만 빼면요."

수윤이 싱긋 웃으며 대답하자 애순이 쿡쿡 웃었다.

"손님이 많아야지, 무슨 소리를 하는 거야?"

민혁이 핀잔을 주자 애순이 그의 옆구리를 쿡 찔렀다.

"원래 남의 집에서 일하면 다 그런 거야. 넌 주인이라 모르겠지만."

가볍게 아침 식사를 마친 명희는 지우를 데리고 먼저 자리에서 일어났다. 식사 후 뒷정리를 한 수윤도 출근 준비를 하고 나왔다. 마당으로 나오니 민혁과 애순이 함께 서 있었다.

"엄마도 가시게요?"

"응. 개업하고 한 번도 안 가 봤잖아. 궁금해서 한 번 가 봐야겠어."

그렇게 세 사람은 도란도란 이야기를 나누며 걸음을 옮겼다.

카페에 거의 다 도착했을 무렵, 카페 앞을 서성이고 있는 한 남자가 보였다. 민혁이 아직 오픈 전임을 알리려고 남자를 향해 걸음을 빠르게 옮겼으나, 그보다 애순이 더 먼저 그에게 다가갔다.

"아이구. 잘생긴 총각. 커피 하러 온 거예요?"

눈에 익은 모습이라 생각했는데 예상이 맞았다. 질리지도 않는지 카페 앞을 서성이는 재하를 보며 수윤이 옅은 한숨을 내쉬었다.

"누가 보면 스토커인 줄 알겠네."

수윤의 얼굴에서 미소가 사라지는 모습을 보며 민혁이 조그맣게 속삭였다. 카페의 주인인 민혁보다 재하가 더 자주 카페에 들르는 것 같았다. 민혁이 올 때마다 재하가 없었던 적이 거의 없었다.

수윤이 말은 하지 않았지만 꽃바구니를 열성적으로 보낸 사람도 재하일 거라 짐작했다. 이 정도로 따라다니면 범죄 수준이 아닌가? 민혁은 재하가 좀 불쾌하게 느껴졌다.

"얼른 들어가요. 여기가 그렇게 맛있대."

수윤과 민혁의 속을 알 리 없는 애순은 재하의 곁에 바짝 붙어 서서 그를 카페로 안내했다.

"총각 참 잘생겼네. 우리 아들보다 더 잘생겼어."

민혁은 아직 오픈하지 않은 가게에 재하를 들이고 싶지 않았다. 그건 수윤도 원하지 않는 일이라는 생각했다.

"근데 우리 어디서 본 적 있어요? 왜 이렇게 낯이 익지?"

애순이 재하의 얼굴을 보며 고개를 갸웃했다. 어디선가 들어 본 질문에 민혁이 애순을 향해 빠르게 걸어갔다.

"엄마. 얼른 들어가."

그러고는 애순의 등을 카페 쪽으로 떠밀었다. 그다음으로 할 말이 뭔지 충분히 예상이 되었기 때문이었다.

"빨리."

"어유. 얘가 왜 이래?"

애순이 왜 이러냐며 민혁의 손을 뿌리쳤지만 민혁은 거

센 힘으로 애순의 등을 밀었다.

"아직 오픈하려면 한 시간 넘게 남았어요. 한 시간 뒤에 오시던지."

민혁이 잊고 있었다는 듯 재하에게 흘긋 시선을 주며 말하고는 한편에 오도카니 서 있는 수윤을 불렀다.

"누나도 그러고 있지 말고 빨리 들어와."

민혁의 말에 수윤이 고개를 끄덕였다. 수윤이 대답하는 모습을 확인한 민혁은 재빨리 애순을 데리고 가게 안으로 들어갔다.

두 사람이 안으로 들어가고 난 후, 수윤은 재하에게로 시선을 옮겼다. 수윤이 잠시 동안 가만히 재하를 쳐다보자 그가 수윤에게 한 걸음 다가섰다.

"아침부터 네가 보고 싶더라."

"……."

"그래서 왔어. 내 욕심 채우려고."

"그럼 봤으니까 이제 가세요."

수윤은 재하를 매정하게 외면하며 카페 쪽으로 걸음을 옮겼다. 하지만 재하가 수윤의 앞을 조심스럽게 막아섰다.

"미안."

"……."

"줄 게 있어."

수윤이 멈칫하며 자리에 서자 재하가 머뭇거리며 손에 들고 있던 작은 케이스를 내밀었다.

"어제 주려고 했는데 깜빡했어."

"……."

"새로 론칭하는 브랜드에서 만든 귀걸이야. 너하고 잘 어울릴 것 같아서."

수윤은 받을 생각 없이 케이스를 물끄러미 내려다보았다. 그러다 재하의 앞에서 짙은 한숨을 쉬어 냈다.

"부담스러워요. 꽃도, 선물도 안 받고 싶어요."

"수윤아."

"안녕히 가세요."

"잠깐만."

수윤이 걸음을 옮기자 재하가 조급한 마음에 수윤의 손목을 잡았다. 수윤이 휙 몸을 돌려 재하를 노려보다시피 바라보자 이내 그가 잘못을 깨달은 듯 수윤의 손목을 스르르 놓았다.

"내 바닥이 어딘지 확인하는 것 같아서 이런 말은 안 하려고 했는데요."

"……."

"사장님 안 만난다는 조건으로 저 차 회장님한테 돈 받았어요."

재하는 처음 듣는 말이었다. 놀랄 틈도 없이 수윤이 말을 이었다.

"저 그 돈 돌려줄 능력 안 돼요. 그러니까 다시는 저 찾아오지 마세요. 한 번만 더 찾아오면 차 회장님께 직접 연락드릴 거예요."

수윤은 매정하게 뒤돌아섰다. 그녀는 재하에게 조금의
여지도 주지 않았다.

아침부터 재하를 만나 진을 빼서 그런지 하루가 길게 느
껴졌다. 집으로 돌아온 수윤은 혼란스러웠다. 재하가 말하
는 진심이 진짜인지 가짜인지 구분되지 않았다.

자신의 마음조차도 제대로 알 수가 없었다. 재하를 밀어
내야 한다는 생각이 이미 오래 전부터 마음에 박혀 있어서
그를 습관적으로 밀어내는 건 아닐까.

하지만 확실한 건, 재하가 자신을 진심으로 좋아한다고
해도 문제는 여전히 남아 있었다. 차 회장은 하나밖에 없
는 제 손자가 수윤을 만나는 걸 가만히 두고 볼 사람이 아
니었다.

재하 역시 평생 선진 그룹을 위해 살아온 사람이었다. 자
신을 위해 가진 것을 버릴 만큼 멍청하지 않았다. 수윤은
재하가 선진 그룹을 포기한다는 게 상상이 되지 않았다.
수윤도 그걸 바라지 않았다.

그저 재하와 자신은 갈 길이 다른 것뿐이었다. 그러니 이
쯤에서 재하가 빨리 깨달아 주길 바랐다. 서로가 좋아해도
우리 둘은 안 된다는 걸.

수윤은 제 옆에 곤히 잠든 지우의 얼굴을 보며 슬픈 미소를 지었다.

"미안해, 지우야……."

다른 건 다 괜찮았다. 하지만 지우에게 온전한 가정을 만들어 줄 수 없다는 사실은 무척이나 괴로웠다.

"못난 엄마 만나서 우리 지우가 고생이 많네."

수윤은 지우의 통통한 볼을 어루만지며 뺨으로 흐르는 눈물을 닦아 냈다. 재하에게 지우가 그의 아이라고 솔직하게 말하고 싶지 않았다.

이기적이라고 해도 상관없었다. 혹시나 지우와 떨어지게 될까 봐. 그냥 지우는 은성의 아이로 남아 있는 게 그를 위해서도, 자신을 위해서도 최선이었다.

"회장님. 사장님께서 오셨습니다."

똑똑, 노크를 하고 들어온 박 비서가 차 회장을 향해 말했다. 들어오라는 말을 하지 않았지만 재하는 아랑곳하지 않은 채 박 비서를 지나쳐 안으로 들어갔다.

차 회장은 여느 때와 다름없이 재하를 거들떠보지도 않고 하던 일에 집중을 하고 있었다. 재하가 안으로 들어가고 나자 박 비서가 문을 닫고 밖으로 나갔다. 재하가 걸음을 움직여 소파에 앉으니 그제야 재하를 흘긋 본 차 회장이 자리에서 느긋하게 일어나며 말했다.

"쓸데없는 짓을 하고 돌아다니더구나."

"……."

"제주도까지 가서 뭐하러 호텔을 짓고 있는 게야?"

재하가 제주도에서 독단적인 사업을 꾸리려 한다는 정보가 귀에 들어왔다. 차 회장은 그 소식을 듣고 굉장히 불쾌했다. 이제 슬슬 후계자를 정해야 할 시기에 재하가 멋대로 행동하고 다니는 꼴을 가만히 눈 뜨고 볼 수 없었다.

차 회장이 쯧쯧 하고 혀를 차며 재하의 앞자리에 앉았다. 말을 가만히 듣고 있기만 하던 재하는 차 회장이 소파에 앉는 모습을 보며 입술을 뗐다.

"독립하겠습니다."

"……뭐?"

청천벽력 같은 소리에 차 회장이 인상을 찌푸렸다. 재하는 재킷 안주머니에 넣어 두었던 사직서를 꺼내 차 회장의 앞으로 밀어 놓았다.

"독립하겠다고 말씀드렸습니다."

"지금 무슨 소리를 하는 게냐?"

차 회장은 단 한 번도 재하가 제 품을 떠날 수 있을 거라 상상하지 못했다. 어렸을 때부터 그렇게 교육을 시켰었다. 선진 그룹은 언젠가 반드시 네 것이 될 거라고, 내가 시키는 대로 하기만 하면 된다고.

"네가 지금 무슨 말을 하는 건지 알고 하는 게야?"

차 회장의 목소리가 높아졌다. 차 회장이 화를 내는데도 재하는 차분했다. 이미 생각을 모두 정리한 듯 단호하게 고개를 끄덕였다.

"포기할 수 있냐고 물으셨죠?"

그 언젠가 차 회장이 제게 물은 적이 있었다. 수윤을 선택하려면 선진을 모두 포기해야 한다고.

그때는 의미가 없는 말이라고 생각했다. 수윤이 제 곁에 없었던 적이 없었고, 선진 그룹 또한 마찬가지였으니까.

"생각해 보니까 포기할 수 있을 것 같습니다. 선진 그룹 없이 저는 아무것도 아닐 거라 생각했는데, 하늘이 무너져도 솟아날 구멍은 있다고 하잖습니까."

"차재하."

"그렇게 무섭게 이름 부르셔도 제 뜻은 변함없습니다."

어머니와 선진 그룹 중에서 어머니를 선택한 아버지는 멍청한 사람이라 생각했다. 차 회장이 그런 말을 누누이 해서 그런 것도 있었지만 가질 수 있으면 둘 다 가지는 게 현명하다고 생각했다.

하지만 현명한 쪽은 제 아버지 쪽이었다. 그렇게 어정쩡한 태도로는 가져도 가진 게 아니라는 걸 그때는 몰랐다.

"선진 그룹 없이는 살아도, 수윤이 없이는 안 됩니다."

재하의 말에 차 회장이 처음으로 동요하는 표정을 보였다. 할 말을 잃고 잠시 침묵하던 차 회장이 이를 악물며 물었다.

"……네 아버지처럼 되고 싶은 게야?"

"두고 보면 아시겠죠."

"불행할 거다."

"불행해진다고 해도 제 선택이니 회장님께서 관여하실 문제가 아닙니다."

"……."

"그리고 후회할 일 없습니다."

재하는 자리에서 일어나 뒤도 돌아보지 않고 그대로 문을 향해 걸어갔다.

"참. 수윤이한테 주신 돈은 제가 오늘 중으로 보내드리겠습니다. 그래도 10억이나 주신 건 잘하셨습니다."

재하가 정중하게 고개를 숙이고는 회장실을 빠져나갔다. 차 회장은 재하가 나가 버린 문을 바라보며 주먹을 꾹 쥐었다.

"멍청한 놈."

재하를 보고 있으면 하나밖에 없는 아들, 인석이 자연스레 떠올랐다. 말투나 행동, 그리고 별 볼 일 없는 아이를 곁에 두고 애정을 쏟아붓는 것까지 무엇 하나 다른 게 없었다.

3대 독자였던 차 회장의 아들, 차인석은 어렸을 때부터 총명했다. 하나를 가르치면 열을 알았고, 누가 가르치지 않아도 공부를 곧잘 했다. 예의가 바르고 상냥한 청년이었다. 사람들이 모두 부러워할 정도로 주변의 평판도 좋았다.

차 회장의 아내는 인석을 낳고 얼마 지나지 않아 숨을 거두었다. 일찍이 아내를 여의고 마음 둘 곳 없었던 차 회장에게 인석은 든든한 버팀목이었다.

명석한 두뇌로 유학 생활을 일찍 끝내고 돌아온 인석은 바로 회사에 들어오지 않고 조금 다른 세상을 보고 싶다는 의사를 내비쳤다.

아직 20대 초반이었기에 차 회장은 인석의 뜻을 존중했다. 큰사람이 되려면 더 큰 세상을 보는 것도 좋은 경험이었다.

제 뜻을 한 번도 어긴 적이 없었고 믿음직한 아들이었기에 차 회장은 인석이 하고 싶은 대로 할 수 있도록 두었다.

그게 화근이었다. 1년 동안 전 세계를 전전하며 봉사활동을 다녔던 인석은 한국에 들어올 때 혹을 달고 들어왔다.

'아버지. 제가 사랑하는 사람이에요.'

핏기 없는 얼굴에 유독 새빨간 입술이 돋보이는 여자였다. 나이는 스무 살 남짓 되어 보였다. 김세희라고 자신을 소개한 여자는 수줍게 웃으며 '안녕하세요, 아버님' 하고 인사를 했다. 그 모습을 보며 차 회장은 배신감을 느꼈다.

인석의 짝은 이미 오래전부터 정해져 있었고, 지금 다른 여자를 데려온 것은 바꿔 말하면 차 회장의 뜻을 거스르겠다는 뜻이었다. 차 회장은 어디서 굴러먹다 들어온 건지 알 수 없는 여자를 집안에 들일 수는 없었다.

조사를 해 보니 1년 전 한국에서 함께 봉사활동을 하면서 만난 듯했다. 모친은 집을 나갔고 아버지는 병으로 어릴 때 세상을 떠났고, 키워 준 조모까지 얼마 전에 세상을 등진 모양이었다.

차 회장은 그런 조건의 여자가 선진의 후계자를 넘보는 걸 용납할 수 없었다.


'그 아이를 포기하든, 선진을 포기하든 선택은 네 몫이다.'


그렇게 말하면 인석이 세희를 포기할 거라 생각했다. 하지만 인석의 대답은 차 회장의 예상을 빗나갔다. 인석은 한 치의 망설임도 없이 대답했다.


'죄송합니다, 아버지. 전 선진 그룹 없이는 살아도, 세희가 없으면 못 살아요.'


인석은 그렇게 차 회장의 곁을 떠났다. 그 후로 오랫동안 차 회장은 인석의 소식을 듣지 않고 살았다. 아비까지 버리고 간 자식 따위 멋대로 살라지. 궁금했지만 참았다. 불행하게 살고 있다면 용납할 수 없을 것만 같았다. 그러다 인석의 소식을 듣게 된 것은 그 후로 6년쯤 되던 어느 날이었다.

'차인석 씨가 사망하셨습니다.'

사고 현장은 처참했다. 경찰은 길거리에서 시비가 붙은 모양이라고 말했다.

정신 질환이 있던 가해자가 세희를 추행했다. 그걸 본 인석이 그녀를 보호하려다 칼에 여러 번 맞았고, 인석은 길거리에서 비참하게 죽었다. 아이를 데리러 어린이집에 가는 길이었다고 했다. 인석이 그렇게 세상을 떠나고 난 뒤 세희마저 죄책감에 한 달을 버티지 못하고 스스로 목숨을 끊었다.

그때 내 말을 들었으면 이런 일은 없었을 텐데. 아들을 생각하면 억지로라도 말려야 했다는 후회가 여전히 마음에 남아 있었다.

"……."

과거를 회상하던 차 회장이 눈을 지그시 감았다. 재하까지 인석처럼 그렇게 허망하게 보내고 싶지 않았다. 그러나 재하는 제 마음처럼 움직여 주지 않았다.

제 아비를 닮아 똑똑한 아이였다. 연민을 느낄 줄 아는 아이였다. 그래서 더 봉사활동을 데리고 다녔다.

계속 보면 무뎌지니까. 저들은 불쌍한 게 아니라 그저 다른 사람에게 보여 주기 위해 이용하는 도구일 뿐이라는 것을 일깨워 주고 싶었다.

하지만 어느 날 재하가 수윤을 데리고 집으로 들어왔다.

인석이 세희를 데리고 왔던 그 날처럼.

"……절대 그렇게는 안 되지."

마지막으로 보았던 아들의 얼굴이 아직도 눈에 선했다. 아무것도 없는 단칸방에서 처참하게 죽어 있던 세희의 모습도 어제 본 것처럼 선명했다. 손주까지 그런 거지꼴을 하고 살다가 죽는 꼴은 보고 싶지 않았다. 그렇게 허망하게 다 잃고 싶지 않았다.

"회장님? 괜찮으십니까?"

언제 들어왔는지 박 비서가 차 회장의 안색을 살피고 있었다. 그런 박 비서를 보며 차 회장이 무거운 목소리로 입을 열었다.

"박 비서. 재하가 이수윤하고 언제부터 접촉했는지 알아봐."

"안녕."

퇴근을 하고 가게를 나오자 그 앞에 재하가 꽃을 들고 서 있었다.

지지리도 고집이 센 인간이었다. 원래 하나에 꽂히면 포기를 모르는 사람이라는 건 알고 있었지만 그게 저한테도 적용될 줄은 꿈에도 상상하지 못했다.

"내 말…… 뭐로 들은 거예요?"

"새겨들었어."

"새겨들었다는 사람이 지금 여기서 뭐 하는 건데요?"

감정적으로 대하고 싶지 않은데 재하만 보면 저도 모르게 감정적으로 변하게 된다. 수윤은 후, 하고 마음을 가다듬고는 재하를 향해 말했다.

"이젠 이렇게 와도 말도 안 섞을 거예요. 난 당신이랑 얽히고 싶지 않……."

"솔직하게 말해 봐."

재하가 수윤의 말을 끊으며 물었다.

"얽히고 싶지 않은 게 나야, 차 회장이야?"

"선진 그룹 사람이라면 치가 떨려요. 그러니까……."

"잘됐네."

"……?"

"나 이제 선진 그룹 사람 아니거든."

"……뭐라고요?"

"사직서 냈어."

큰일을 저지르고도 태연한 얼굴로 말을 하는 재하를 보며 수윤은 경악했다. 절대로 일어날 수 없다고 생각했던 일이 일어나고야 만 것이다.

"그러니까 이제 그렇게 막 밀어내는 건 하지 말지그래."

"……제정신이에요?"

"물론."

수윤이 황당한 표정으로 재하를 바라보았다. 재하는 뭐 그렇게 놀라느냐는 표정으로 어깨를 으쓱했다. 본인은 그게 얼마나 놀라운 일인지 전혀 알지 못하는 모양이었다.

"그렇게 충격적인가? 네가 결혼한다고 했을 때와는 비교도 안 될 정도로 사소한 일인데."

"그게 어떻게 사소한 일이에요?"

사소한 일이라 치부할 수 없었다. 선진 그룹의 후계자가되기 위해 재하가 어렸을 때부터 얼마나 스스로를 갈고 닦았는지 수윤은 아주 잘 알고 있었다. 재하의 곁에서 그를지켜본 것이 자그마치 20년이었다.

"이제 그룹의 후계자도 뭣도 아니야."

그가 홀가분한 표정을 지으며 수윤의 앞으로 천천히 걸어왔다.

"이런 남자는 매력 없나?"

"……사장님."

"이제 사장님도 아니고."

수윤의 앞에 선 재하가 살짝 고개를 기울여 수윤의 눈을들여다보았다.

"다른 호칭으로 부르는 건 어때."

"……."

"예전에는 곧잘 불렀잖아."

그가 지칭하는 호칭이 뭔지 수윤은 금방 알아차렸다.

오빠.

재하의 손에 이끌려 그 커다란 집에 들어가고 나서 수윤은 재하를 친오빠처럼 따랐다. 친오빠가 된 줄 알았으니 당연히 오빠라고 부를 수밖에 없었다. 스무 살이 넘어가면서 수윤은 단 한 번도 재하를 오빠라고 불러 본 적이 없었다.

대학을 다니면서 재하가 제 오빠가 아니라는 사실을 깨달았고, 재하를 좋아하게 된 후에는 오빠라는 단어가 그와 자신을 남매로 묶어 두는 것만 같아서 거부감이 들었다. 마침 재하가 유학을 마치고 바로 회사에 입사를 했기에 그를 부를 적당한 호칭이 생겼었다.

"싫으면 안 불러도 돼. 강요하는 거 아니야."

수윤이 망설이자 재하는 바로 뒤로 물러났다. 수윤은 최근 재하의 이런 모습이 낯설었다. 수윤이 싫은 기색을 보이거나 말을 아끼면 빠르게 알아채고는 수윤의 기분을 맞추어 주었다.

예전의 재하는 이런 사람이 아니었다. 예전의 그는 수윤이 받아들일 때까지 자신의 생각을 강요하곤 했었다.

"어이, 이봐, 하고 불러도 괜찮아."

수윤이 대답 없이 가만히 있으니, 오빠라고 불러달라고 한 게 민망한 모양이었다. 재하가 수윤의 시선을 피하며 다른 호칭을 찾아보려 애썼다.

"아니면……."

"차재하 씨."

수윤의 입에서 흘러나온 말에 재하가 시선을 들어 수윤과 눈을 마주했다.

"그렇게 부르는 게 좋겠어요."

"……그거 마음에 드네."

재하의 입술에 옅은 미소가 번졌다.

"이름 불러 주는 거 좋다."

수윤이 제 이름을 부르는 목소리가 듣기 좋았다. 재하는 그 호칭 하나가 뭐라고 실실 웃음이 나왔다. 그런 재하를 보는 수윤의 얼굴에는 그림자가 드리워졌다.

재하와 얽히고 싶지 않다는 마음과는 별개로 앞으로 그의 미래가 걱정되었다. 선진 그룹에서 벗어난 삶이 그렇게 호락호락하지만은 않을 것이다.

"……정말 괜찮은 거예요?"

"왜 진작 포기하지 않았을까 하는 생각이 들어. 사실 별거 없었는데 말이야."

차 회장은 재하가 어렸을 때부터 선진 그룹 없이 네가 할 수 있는 건 아무것도 없다는 말을 해 왔다. 그런 말을 듣고 자랐으니 선진 그룹과 자신을 동일시하는 것도 무리는 아니었다.

재하는 선진 그룹을 잃는 게 두려웠다. 그룹이 없으면 제 존재가 가치가 없어지는 것 같은 기분이 들어서 포기할 수가 없었다.

수윤과 그룹 사이에서 아무런 선택도 하지 않고 가만히 있으면 수윤이 영원히 제 곁에 있을 거라 착각을 했는지도 모른다. 그래서 수윤을 향한 제 감정을 돌아보지 않았다. 수윤과의 관계를 그대로 방치했다. 그게 수윤에게 상처를 줄 거라는 건 생각도 하지 못하고.

"그럼 이제 어떻게 하실 생각이에요?"

"일단 오늘 밤 묵을 곳을 찾아봐야겠지."

재하의 말에 수윤의 표정이 심각해졌다.

장난스럽게 던진 말에 수윤이 심각한 표정을 짓자 재하는 터져 나오는 미소를 꾹꾹 눌러 참았다. 장난이라며 호텔로 돌아가겠다는 말을 하려고 하는데 수윤이 먼저 말을 꺼냈다.

"그럼…… 우리 집으로 가실래요?"

"어?"

갑작스러운 제안에 얼빠진 목소리가 새어 나갔다.

"아니, 다른 의미가 있는 건 아니고…… 잘 곳이 없다고 하니까……."

"그래도 돼?"

이런 기회를 놓칠 재하가 아니었다.

11

무슨 생각을 한 건지는 모르겠지만 수윤은 재하가 아주 빈털터리가 되었다고 생각하는 모양이었다. 덕분에 동정표를 얻은 재하는 수윤의 집으로 향했다. 수윤이 직접 초대를 하는데 거절할 이유가 없었다.

수윤의 집은 대문 안에 두 채의 집이 나누어져 있는 주택이었다.

"저쪽 집에는 민혁이하고 민혁 어머니께서 살고 계세요."

"아, 그래?"

"이쪽은 저랑 명희랑…… 지우가 살고 있고요. 이쪽으로 오세요."

지우를 데리고 돌아온다던 명희가 아직 집에 도착하지 않은 모양이었다. 수윤이 불을 켜고 안으로 들어섰다. 재하가 그 뒤를 따라 들어오며 주변을 눈으로 훑었다.

집 안은 단출했다. 텔레비전 옆에 큰 책장이 하나 있었고 그 안에는 지우가 볼만한 책들이 잔뜩 꽂혀 있었다. 텔레비전 앞에는 우드 톤으로 된 작은 커피 테이블 하나와 3인용 정도 되어 보이는 패브릭 소파가 놓여 있었다.

테이블 아래에는 큼직한 러그가 깔려 있었고 테이블 위에는 재하가 선물했던 분홍색 튤립 꽃바구니가 놓여 있었다.

수윤이 제 선물을 버리지 않았다는 생각에 재하는 저도 모르게 웃음이 새어 나왔다. 재하는 수윤에게 줄 타이밍을 놓친 꽃다발을 그 옆에 나란히 올려놓았다.

그 사이 수윤은 방으로 들어가 이부자리를 깔고 나왔다.

"제 방 쓰세요. 저는 명희랑 같이 쓸게요."

"알았어."

재하는 수윤의 말에 군말 없이 고개를 끄덕였다.

"저녁은 드셨어요?"

"아니."

"그럼 저녁 준비할게요. 잠깐 앉아서 텔레비전 보고 계세요."

"……."

재하는 참 이상한 기분이 들었다. 수윤과 이렇게 한 공간에 있는 것이 굉장히 낯설었다.

사람들이 말하는 평범함이 이런 걸까. 수윤과는 항상 목적을 가지고 호텔에 가거나 제집에서 시간을 보냈을 뿐,

이렇게 일상적인 생활을 해 본 적이 없었다. 집에서 그 흔한 식사조차 제대로 한 기억이 없어 이 순간이 아주 소중하게 느껴졌다.

수윤은 차분한 얼굴로 텔레비전을 켜 주고는 빠르게 주방으로 들어갔다. 잠시 동안 텔레비전 화면을 보고 있던 재하는 수윤을 따라 주방으로 들어갔다.

탁탁탁탁. 안으로 들어가자 수윤은 능숙한 손길로 양파와 감자를 네모나게 썰고 있었다.

"텔레비전 보고 있어요."

"평소에도 잘 안 봐."

등 뒤에서 재하의 기척을 느낀 수윤이 들어가 있으라고 말했지만 재하는 수윤의 곁으로 더 가까이 다가갔다. 그녀의 모습을 더 가까이에서 눈에 담고 싶었다.

"요리하는 건 처음 보네."

"요리를 할 일이 별로 없었잖아요."

"뭐 만드는 거야?"

"된장찌개 하려고요."

"도와줄까?"

"금방 해요."

수윤이 원래 요리를 잘했었는지 어땠는지 알 길이 없었다. 자신이 그동안 정말 무심한 사람이었다는 걸 깨닫는 순간이었다. 수윤의 입장에서 자신이 얼마나 쓰레기 같은 인간이었을지 감히 상상도 되지 않았다.

"요리할 줄 알아요?"

"아니."

"그럴 줄 알았어요."

"요리를 할 일이 별로 없었잖아."

수윤의 말을 재하가 그대로 따라 했다. 수윤이 픽 웃으며 끓는 물에 재료를 집어넣었다. 그렇게 각종 재료를 넣고 끓이자 맛있는 향이 후각을 자극했다.

"벌써 냄새가 맛있어."

재하는 수윤이 레시피를 보지 않고도 뚝딱뚝딱 요리를 해내는 게 신기했다. 보글보글 끓는 찌개가 무척이나 맛있어 보였다. 수윤이 처음으로 만들어 준 음식이라 생각하니 기분이 이상했다.

"맛볼래요?"

"응."

그런 재하의 마음을 알아차리기라도 한 듯 수윤이 묻자 재하는 덥석 대답을 했다. 수윤이 찌개를 한 숟가락 뜨고 는 아직 뜨거운 국물을 후후 불어 재하에게 내밀었다.

"뜨거워요."

수윤의 말에도 재하는 망설임 없이 국물을 호로록 맛보 았다. 매콤하고 따끈한 국물이 제 입에 딱 맞았다.

"맛있어."

"정말요?"

"장사해도 되겠어."

수윤의 얼굴에 옅은 미소가 떠올랐다. 수윤 역시 재하와 이런 시간을 보내고 있다는 사실이 낯설었다. 하지만 싫지는 않았다. 오랫동안 이런 순간이 오기를 간절히 바라 왔었기에.

수윤이 현실감이 없다는 생각을 하며 찌개를 좀 더 보글보글 끓였다. 그때 현관문이 열리는 소리가 나며 민혁의 목소리가 들려왔다.

"누나! 어디 있어?"

민혁의 커다란 목소리에 수윤이 거실 쪽으로 고개를 돌렸다.

"에엑?"

막 거실로 들어와 주방으로 고개를 돌린 민혁이 수윤을 발견하고는 이상한 소리를 내며 멈칫했다. 정확히는 수윤의 옆에 서 있는 재하 때문이었다.

민혁이 못 볼 사람을 봤다는 듯 수윤과 재하를 번갈아 쳐다보았다. 잘못 본 것 같다는 생각에 한참 동안 두 눈을 깜빡거리던 민혁이 수윤을 보며 물었다.

"왜 여기 계셔?"

"오늘 자고 가실 거야."

"뭐어어?"

"그럴 일이 좀 생겨서."

수윤은 재하가 회사를 그만둔 게 꼭 자신의 탓인 것만 같았다. 재하가 그렇다고 말하지는 않았지만 신경이 쓰였다. 그래서 갈 곳이 없다는 재하를 그냥 내버려 두기가 어려웠다.

수윤의 말에 민혁은 재하를 경계하는 듯한 눈빛으로 쳐 다보았다.

"근데 무슨 일이야?"

"무슨 일은. 집에 불 켜져 있길래 같이 저녁 먹으러 왔지."

민혁이 익숙하게 냉장고를 열어 반찬을 꺼냈다. 그러면 서 틈틈이 재하를 마음에 안 든다는 눈빛으로 힐끔힐끔 보 았다.

"근데 손님이 계실 줄은 몰랐네."

"얼른 밥 먹자. 앉아."

민혁을 향해 말한 수윤이 재하에게도 앉으라고 손짓했 다. 두 사람이 자리에 앉으니 수윤이 밥과 찌개를 그릇에 덜어서 내어 왔다.

민혁은 얼떨결에 재하와 마주 앉게 되었다. 수윤이 민혁 의 옆자리에 앉으며 세 사람의 식사가 시작되었다.

민혁은 제 앞에서 염치없이 밥을 먹고 있는 재하를 물끄 러미 쳐다보았다. 재하는 아무렇지도 않은지 수윤이 차려 준 밥을 맛있게 먹고 있었다. 민혁의 시선을 느끼지 못한 것은 아니었는지 재하가 민혁을 보지도 않고 물었다.

"내 얼굴에 뭐 묻었습니까?"

내내 깨작거리며 젓가락으로 밥알을 세고 있던 민혁이 기다렸다는 듯 바로 재하에게 물었다.

"여기 방도 없는데 염치없이 자고 가시게요?"

"집주인이 괜찮다는데 왜 제삼자가 나섭니까?"

"오늘 묵을 숙소 하나 못 구할 정도로 가난하신가?"

"가난이 죄는 아니라고 생각합니다만."

"그럼 돈 줄 테니 밖에 가서 주무세요. 누나들 불편하게 만들지 말고."

민혁이 주머니에서 지갑을 꺼내려 하자 수윤이 민혁의 손을 잡았다. 수윤이 하지 말라는 표정으로 고개를 젓자 민혁이 왜, 한다.

재하가 그 모습을 보며 픽 웃었다. 번데기 앞에서 주름을 잡아도 유분수였다. 정말 가난했었다면 자존심에 금이 갔을지도 모르겠지만 재하는 민혁이 그저 귀여워 보일 뿐이었다.

"왜. 재미있는데. 계속해 봐요."

재하가 입술 끝을 비스듬하게 올리고는 민혁을 자극하자 민혁의 얼굴이 붉으락푸르락해졌다.

"그쪽도 그만해요. 계속 이러면 둘 다 쫓아낼 거예요."

그 말에 재하가 입을 다물고 식사에 집중했다. 이 공간에 두 사람만 두고 나갈 수 없던 민혁도 마찬가지로 입을 다물었다.

식사가 거의 끝났을 무렵, 민혁은 생각에 생각을 거듭한 끝에 결심한 듯 말했다.

"우리 집으로 가시죠. 남는 방이 있거든요."

애순이 마지막 검진을 하러 서울에 갔기에 방이 하나 비어 있었다. 아무리 생각해도 여자들만 있는 이 집에 재하를 혼자 두는 게 찜찜했다.

"괜찮습니다."

"아니면 누나랑 지우가 우리 집으로 오든가. 누나 방 쓰기로 했다면서."

재하의 단호한 대답에 민혁은 바로 방법을 바꾸었다. 그러자 재하의 얼굴에 못마땅한 기색이 서렸다. 수윤이 뭐라고 말을 하기도 전에 재하가 먼저 대답을 했다.

"내가 가죠."

식사를 마친 재하는 명희와 지우가 돌아오는 것을 확인하고 나서야 민혁의 집으로 갔다. 집으로 들어가자마자 민혁이 제 방문을 휙 열며 말했다.

"제 방 쓰세요. 전 엄마 방 쓸 테니까."

재하가 고개를 끄덕였다. 민혁은 내내 못마땅한 얼굴로 재하를 보면서도 수건에 칫솔에 갈아입을 옷까지 챙겨 주었다. 거기에다 화장실 위치까지 알려 주고는 방으로 들어가려고 걸음을 옮겼다.

"그럼 쉬세요. 아침에 저 일어나기 전에 나가 주시면 더좋고요."

재하는 잠깐 동안 방문 앞에 서 있더니 진지한 목소리로 민혁을 불렀다.

"박민혁 씨."

"이민혁입니다."

재하가 이름을 잘못 부르자 민혁의 표정이 있는 대로 찌푸려졌다. 하지만 곧이어 들려오는 말에 민혁의 미간이 서서히 펴졌다.

"고맙습니다."

"……별말씀을."

"한 번은 꼭 인사해야겠다고 생각하고 있었습니다. 수윤이 옆에서 잘 챙겨 줘서 고마웠어요."

재워 주는 게 고마워서 인사를 한 줄 알았더니 그게 아니었다. 재하의 입에서 나온 말에 민혁의 기분이 순식간에 나빠졌다.

"……당신이 뭔데 그런 소리를 해."

누가 부탁해서 수윤과 가족처럼 지내는 게 아니었다. 뒤늦게 나타나 놓고 꼭 부탁을 한 사람처럼 구는 모습이 마음에 들지 않았다.

"당신 때문에 누나가 얼마나 고생하고 살았는지 알아?"

"……."

"아직도 지우 낳을 때만 생각하면……!"

여태껏 지우의 존재도 모르고 살았으면서. 수윤이 힘들게 지낼 때는 관심도 없었으면서. 이제 와 조금 나아지려하는 때에 얼굴을 들이미는 재하가 뻔뻔해 보였다.

"누나가 좋다고 해도 내가 말릴 거예요. 다시 또 누나를 잃고 싶지는 않거든."

민혁은 제 할 말을 마치고는 쌩하니 방 안으로 들어갔다. 그 모습을 보며 재하도 방으로 들어갔다.

씻고 돌아와 침대에 누웠지만 잠이 제대로 오지 않았다. 조금 전 민혁이 한 말만 귓가를 맴돌고 있었다.

'아직도 지우 낳을 때만 생각하면⋯⋯!'

수윤의 곁에 없던 그 시간 동안 많은 일이 있었던 것 같았다. 재하는 죄책감에 쉽게 잠을 이룰 수 없었다.

아침에 민혁의 집으로 가니 재하는 이미 돌아가고 없었다. 수윤은 막연히 재하가 서울로 돌아갔을 거라 짐작했다. 일을 그만두었으니 더 이상 제주도에 머물 이유도 없을 것이라는 생각이었다.

"서울로 간 거 아니었어요⋯⋯?"

하지만 재하는 오후 늦은 시간에 카페로 모습을 드러냈다.

"당분간은 여기 있으려고."

"⋯⋯설마 비행기 표 살 돈도 없는 건 아니죠?"

수윤이 심각한 얼굴로 물었다. 차 회장이라면 재하의 재산을 모조리 다 몰수할지도 몰랐다. 철저히 그룹을 위해 행동하는 차 회장이 후계자 자리를 마다하는 재하를 가만히 내버려 두는 게 더 이상한 일이었다.

"아무래도 여기 눌러앉아야 할지도."

수윤의 순수한 반응에 재하가 쿡쿡 웃으며 대답을 했다.

"지금 웃음이 나와요?"

수윤은 앞길이 캄캄하게 느껴졌다. 서울을 떠나 제주도에서 홀로 자리를 잡으려 했을 때보다 더 막막한 기분이 들었다. 그럼 이제 어떻게 해야 하나 하는 생각에 머릿속이 복잡한데 재하는 별로 심각하게 생각하지 않는 듯했다.

재하는 그런 건 아무렇지도 않다는 듯 여유로운 미소를 입술에 가득 머금고 있었다. 수윤은 그런 재하가 이해되지 않았다. 씀씀이라는 게 하루아침에 바꿀 수 있는 게 아니었다. 재하는 사태의 심각성을 전혀 모르는 모양이었다.

"서울에 있는 집은요? 그것도 뺏긴 거예요?"

"글쎄."

시원치 않은 대답에 수윤이 고개를 갸웃하자 그가 계속해서 말을 이었다.

"날씨가 따뜻해서 밖에서 자는 것도 나쁘지 않을 것 같아."

그 말에 수윤은 뭔가 이상함을 느꼈다. 재하가 저런 말을 웃으면서 한다는 게 말도 안 된다는 생각이 들었던 것이다.

"……지금 장난치는 거죠?"

"응. 장난."

재하가 부드럽게 미소 지으며 그녀를 바라보았다. 그의 반응에 수윤은 걱정했던 마음을 조금 내려놓았다.

"난 진짜 줄 알았잖아요."

"집에 초대받는 영광을 놓치고 싶지 않았어."

재하는 수윤에게 동정을 얻는 게 그리 기분이 나쁘지 않았다. 굳이 좋고 나쁨을 따지자면 전자였다. 여태껏 자신을 피하려고 했던 수윤이 제게 관심을 가져 주는 게 새삼 기쁘기까지 했다.

수윤의 심각한 얼굴이 귀여워서 조금 더 장난을 치고 싶었지만 재하는 이쯤에서 그만하기로 했다.

"그럼 회장님께서는······."

"별말씀 없는 걸 보면 회사에 내가 꼭 필요한 건 아닌가 봐."

그럴 리가 없었다. 차 회장이 재하에게 가지는 애착은 남달랐다. 수윤은 차 회장이 재하를 쉽게 포기하지 않을 거라는 생각이 들었다.

"제주도에서 곧 호텔 사업을 시작할 거야."

"호텔 사업이요?"

"이제 오픈하는 일만 남았어. 그러니까 너무 걱정하지 않아도 돼."

수윤은 고개를 끄덕였지만 여전히 재하가 걱정이 되었다.

재하는 수윤의 걱정이 기분 좋은 듯 내내 입가에서 웃음이 떠나지 않았다.

"언니! 오늘은 회식 꼭 가요! 네? 저번에 애기 때문에 못 왔잖아요. 네? 네?"

혜미가 옆에서 팔짱을 끼며 달라붙었다. 그에 함께 일하는 직원들이 너도나도 한마디씩 덧붙였다.

"그래요, 누나. 대표님이랑 누나도 오세요. 맨날 우리끼리만 회식하니까 재미없어요."

"원래 대표가 끼면 재미없는 거 아냐?"

민혁이 한마디를 덧붙였다. 그러자 여섯 명의 알바생들이 동시에 고개를 절레절레 저었다.

"절대로 아니에요!"

매장에서 일을 하는 친구들과 나이 차이가 조금 나다 보니 수윤과 민혁은 항상 자리를 비켜 주었다. 하지만 오늘은 아르바이트생들의 적극적인 주장에 못 이겨, 지우를 명희에게 맡기고 처음으로 회식에 참석했다.

회식은 번화가에 있는 한 치킨집에서 시작되었다.

"언니. 소맥? 소맥 좋아하세요?"

"누나. 혜미가 소맥 진짜 기가 막히게 잘 말아요. 마셔 보면 반할걸요?"

"그 정도야?"

민혁이 묻자 혜미가 자기만 믿으라는 듯한 얼굴로 가슴을 팡팡 치더니 콧노래를 부르며 소맥을 제조하기 시작했다.

"제가 환상적인 비율로 만들어드리겠습니다."

이미 혜미가 술을 제조하는 게 익숙한 듯 모두들 그녀에게 잔을 맡겼다.

수윤은 이런 분위기가 낯설었다. 회사를 다닐 때도 회식을 하긴 했지만 이렇게 자유로운 분위기는 아니었다. 대학 때는 이런 자리에 단 한 번도 참석해 본 적이 없었다.

"자, 언니. 여기요."

흥이 많은 혜미가 분위기를 주도하기 시작했다. 수윤과 다른 직원들에게 술을 건네고는 들뜬 목소리로 잔을 들었다.

"자, 우리 건배해요, 건배!"

짠, 하고 잔을 부딪친 수윤이 술을 맛보았다.

"어때요?"

혜미가 눈을 초롱초롱 빛내며 물었다. 맥주와 소주가 적절하게 섞여 마시기 좋았다. 소주를 잘 마시지 못해, 주로 맥주만 마시던 수윤은 섞어 마시는 게 이렇게 괜찮은 맛이 날 줄 몰랐다.

"너무 맛있어."

"아, 다행이다. 오늘 언니 술은 제가 다 만들어 줄게요."

수윤의 반응에 혜미는 엄청 뿌듯해했다. 술맛도 좋고 분위기도 좋아서 그런지 수윤은 오늘따라 술이 아주 잘 넘어갔다. 분위기에 취해 한두 잔 마시다 보니 금세 취기가 도는 것 같았다. 이렇게 술을 많이 마시는 것도 참 오랜만이었다.

그렇게 한참을 마시니 눈앞이 팽글팽글 돌기 시작했다.

"언니 취했어요? 괜찮아요?"

"아, 응. 괜찮아, 괜찮아. 나 잠깐 밖에 바람 좀 쐬고 올게."

"네. 그럼 갔다 오세요."

다행히 취해도 티가 잘 나지 않는 체질인 수윤이 평소와 다름없는 얼굴로 말을 하자 혜미는 걱정 없이 고개를 끄덕였다.

수윤은 곧장 자리에서 일어나 바깥으로 나갔다. 시원한 공기가 뺨에 닿자 기분이 좋았다.

"아, 시원하다."

여름이 다가오는데도 아직 밤바람이 서늘했다. 차가운 바람을 맞으니 조금 정신이 돌아오는 듯했다.

구석에 쪼그리고 앉아 밤바람을 맞으며 얼마나 한참을 있었을까. 가로등 불빛 아래로 보이는 제 그림자 위에 새 그림자 하나가 겹쳐졌다. 수윤이 고개를 들어 그림자의 주인을 바라보았다.

"……여긴 또 어떻게 알고 왔어요?"

이제 재하가 자신이 있는 곳을 찾아오는 게 놀랍지도 않았다.

"내 몸에 위치 추적기라도 붙였나?"

제가 말을 해 놓고도 말도 안 되는 소리를 했다는 생각에 수윤이 픗 웃음을 터뜨렸다.

"명희한테 들었어."

수윤도 그럴 거라고 생각했다. 명희와 정건이 수시로 연락을 주고받으니 제 소식이 재하의 귀에 들어가는 것도 무리는 아니었다.

수윤이 다시 고개를 숙여 바닥으로 시선을 두었다. 그러면서 혼잣말을 하듯 작은 목소리로 중얼거렸다.

"명희랑 언제부터 그렇게 친했지?"

"네가 내 눈앞에서 사라지니까, 물어볼 사람이 명희밖에 없잖아."

"그러니까 떠나기 전에 잘했어야지."

"그러게 말이야."

"이제 와서 잘해 준다고 내가 넘어갈 것 같아요?"

수윤이 흥, 하고 콧방귀를 뀌었다. 괜찮다고 생각했는데 다시 취기가 오르는 기분이 들었다.

"난 죽어도 안 넘어갈 건데."

수윤이 샐쭉한 표정을 지으며 고개를 저었다. 재하는 그것마저도 어쩔 수 없다는 듯 고개를 끄덕였다.

"존중할게."

"……."

바닥만 보며 쪼그리고 앉아 있던 수윤이 자리에서 몸을 일으켰다.

"차재하 아니고 다른 사람 같아."

재하와의 거리를 천천히 조금씩 좁혀 온 수윤은 숨결이 닿을 정도로 가까운 거리에서 재하를 올려다보았다.

"차재하 맞아요?"

알딸딸하게 취한 그녀가 재하의 뺨을 톡, 하고 건드렸다. 그녀의 체취와 술 냄새가 섞여 자극적인 향을 만들어 냈다. 당장이라도 안고 싶은 마음이 들었지만 재하는 그 욕심을 꾹꾹 눌러 담으며 느리게 대답했다.

"맞아."

"내가 아는 차재하는 무례하고 예의 없고 내 생각은 하나도 안 해 주는 사람인데."

"……."

"지금은 너무 고분고분하잖아."

수윤이 재하의 왼뺨을 손으로 감싸 쥐며 뺨을 쓸었다. 재하는 수윤이 지금 제 앞에서 자신을 똑바로 마주 보며 얼굴을 쓰다듬고 있는 것이 꿈만 같아 가슴이 저렸다. 이런 순간이 제게 다시 올 수 있을 거라고는 상상도 하지 못했다.

그녀의 손길이 뺨에 닿아 재하의 마음을 어지럽혔다. 재하는 그녀의 가녀린 손 위에 제 손을 포개었다. 맞닿은 체온이 따스하게 전해져 온다. 이 체온을 얼마나 그리워했었는지 말로는 다 설명이 되지 않았다.

"나는 당신이 너무 미워요. 당신한테서 벗어나고 싶었어."

"……."

"다른 사람이랑 결혼하면 벗어날 수 있을 것 같았는데. 왜 그것도 못 하게 해."

"……내가 잘못했어."

"나는 당신 얼굴 보는 게 힘들어요. 그냥 지우랑 알콩달콩 둘이 살 거야."

"……."

"당신 때문에 마음 아픈 거 더 이상 못 해요."

이번에는 정말 아프게 하지 않을 자신이 있었다. 하지만 말로 표현하는 건 의미가 없었다. 시간을 두고 지켜봐달라는 말을 하고 싶었다.

바로 그때 수윤이 입술을 비죽이며 불만스러운 표정으로 말했다.

"여자 많잖아요. 왜 나만 이렇게 못살게 구는 건데?"

"누가 여자가 많은데."

"차재하."

"누가 그래?"

"나랑 만날 때도 다른 여자들 만났잖아요. 내가 다 아는데."

"알긴 뭘 알아."

"이미 소문이 다 났어."

재하가 한숨을 터뜨려 냈다. 여자가 많다는 소문이 도는 건 재하도 알고 있었다. 하지만 굳이 정정을 하지 않았던 건 그런 소문이 있는 쪽이 더 편했기 때문이다.

그 소문 덕분에 혼삿길이 막힌 거나 다름없었고 정략결혼 제안 같은 건 들어오지도 않았다. 그 때문에 차 회장이 얼마나 골머리를 썩었는지 모른다.

"내가 다른 여자 만날 시간이 어디 있어?"

"……."

"너 만날 시간도 부족했어."

생각해 보면 항상 그랬다. 바쁜 와중에도 언제나 수윤을
만날 시간을 비워 뒀다. 수윤을 제 두 눈으로 보아야 마
음이 편해졌다. 그렇게 오래전부터 차재하에게는 이수윤뿐
이었다.

과거의 제 행동을 떠올리면 떠올릴수록 제 마음은 항상
수윤을 향해 있었다. 어째서 그걸 그 오랜 시간 동안 알아
차리지 못한 건지 한심스럽기 그지없었다.

"진짜로?"

"그럼."

"그래도 미워요."

재하가 제 얼굴을 잡고 있는 수윤의 손등을 쓸자 그녀가
손을 획 뺐다.

"내가 좋아한다고 했을 때 못 들은 척했잖아. 회장님한
테 말하지 말라는 소리나 하고."

숨겨야 한다고 생각했다. 수윤이 제게 마음을 두고 있다
는 사실을 차 회장이 알게 된다면 수윤을 선진 그룹에서
내칠 것은 자명한 일이었다.

당시 회사 내에서 힘이 약했던 재하는 그룹을 떠나서는
수윤을 지킬 수 없다고 생각했다. 선진 그룹 안에 있어야
안전이 보장되고 풍족한 삶을 이어 갈 수 있다고 믿었다.
물질적인 행복이 전부라고 믿던 때였다.

"변명의 여지가 없군."

"……좋아한다는 거짓말도 아무렇지 않게 하고."

"아직도 그게 거짓말처럼 들려?"

"네. 내 마음 모른 척해 놓고 내가 딴 남자한테 가려고 하니까 좋아한다고 했잖아. 그 말이 어떻게 진심으로 들리겠어요."

"타이밍이 안 좋았네."

재하가 쓰게 웃었다.

"그럼 지금은 어때."

"지금?"

"좋아해."

"……."

"수윤아."

다정한 목소리가 귓가를 울렸다. 수윤은 그 목소리에 아랫입술을 꾹 깨물었다.

"네가 좋아."

담담한 목소리에 진심을 꾹꾹 눌러 담았다. 수윤은 생각에 잠긴 듯 가만히 재하를 보았다. 그러더니 입술을 천천히 열었다.

"난……."

뭐라고 말을 하려던 수윤은 그대로 재하의 품으로 고꾸라졌다. 취해서 정신을 잃은 듯했다. 재하가 수윤을 안아 들며 옅은 숨을 내쉬었다. 조금 전까지 수윤이 취한 줄 전혀 눈치채지 못하고 있었다.

"······이런 술버릇이 있었네."

왠지 오늘 일을 하나도 기억하지 못할 것 같은 불길한 예감이 들었다.

"으······."

"괜찮아? 어제 과음했다면서?"

"아, 어머니. 오셨어요?"

수윤이 머리를 짚었다. 오랜만에 술을 마셔서 그런지 몸도 무겁고 두통도 있었다.

"어제 왔지. 콩나물국 끓여 놨어. 시원하게 한 그릇 해."

"감사해요."

"명희랑 지우는 벌써 어린이집 갔어. 지우가 순해서 다행이야. 나랑 명희랑 있어도 잘 울지도 않고."

수윤이 고개를 끄덕였다. 갓난아기 때부터 함께 지내서 그런지 지우는 명희와 애순을 잘 따랐다. 덕분에 수윤은 특별한 일이 있으면 어렵지 않게 명희와 애순에게 지우를 맡기곤 했다.

수윤이 육아에 전념하지 않고 일을 할 수 있었던 이유도 지우가 순하기 때문이었다. 수윤의 옆에 찰싹 달라붙어 떨어질 생각을 하지 않았다면 아직도 육아에 전념하고 있어야 했을지도 몰랐다.

"근데 어제 너 데리고 온 사람은 누구야?"

"네?"

"며칠 전에 카페 앞에서 봤던 그 사람 맞지?"

"……어제 제가 그 사람이랑 같이 왔다구요? 민혁이가
아니라요?"

"응. 민혁이는 어제 너보다 두 시간 정도 더 늦게 왔어."

기억이 나지 않았다. 어젯밤 재하를 만나 무슨 얘기를 한
것 같긴 한데 누가 잘라 내기라도 한 것처럼 재하를 만난
이후의 기억이 끊겨 있었다.

대체 무슨 대화를 나눈 거지. 기억이 없으니 답답해지기
시작했다. 수윤이 아픈 머리를 굴리며 어젯밤에 있었던 일
을 애써 떠올리고 있는 사이, 수윤의 옆으로 은근슬쩍 다
가온 애순이 주저 없이 물었다.

"혹시 그 사람이 아이 아빠야?"

"……네."

확신을 가지고 물어보는 말에 수윤은 솔직하게 대답을
했다. 더 이상 숨길 이유도 없었다.

"어쩐지. 지우랑 많이 닮았더라."

수윤의 대답에 애순이 고개를 끄덕였다. 민혁이 손님에
게 적대적으로 대하는 건 처음이라 그 얼굴을 어디서 봤는
지 생각을 해 봤더니, 지우의 얼굴과 똑 닮아 있었다.

"우리 지우도 나중에 여자 여럿 울리고 다니겠네."

애순은 벌써부터 상상이 되는지 기분 좋은 웃음을 지었다.

"다시 잘 해 보자고 찾아온 거지?"

수윤이 고개를 끄덕였다.

"자식 혼자 키우는 거 정말 보통 일 아니다? 잘 생각해 봐."

애순은 수윤이 혼자서 아이를 키우는 게 마음에 걸렸다.

아무리 자신과 명희가 번갈아 가며 지우를 돌봐 준다지만 아이에게 아빠가 있는 것과 없는 것은 천지 차이였다.

민혁이 열다섯 살 때 애순의 남편은 사고로 운명을 달리했고 그 후로 애순은 혼자서 두 아이를 키웠다. 억척스럽게 일을 했다. 밖에서 일을 하면서 한계에 부딪칠 때도 많았다.

그때마다 애순은 일찍 죽은 남편이 미웠고, 또 그리웠다. 혼자 몸으로 아이를 다 키워 낸 지금도 가끔 남편이 원망스러울 때가 있었다. 그랬기에 수윤이 자신과 비슷한 길을 가고 있는 것이 내내 마음이 쓰였다.

"저는 잘 모르겠어요. 뭘 어떻게 해야 할지."

수윤은 힘없이 고개를 숙였다. 어두운 얼굴을 하고 있는 그녀의 옆으로 애순이 자리를 옮겨 앉았다. 그러고는 수윤의 두 손을 꼭 잡았다.

"네 마음은 어떠니?"

"……제 마음이요?"

수윤이 고개를 들어 애순을 마주 보았다.

"지우도 지우지만 네 마음이 제일 중요하잖아."

내 마음…….

수윤이 작게 읊조리자 애순이 잡은 손에 힘을 꾹 주었다.

"네 마음을 한 번 천천히 들여다봐. 그러면 답이 나올 거야."

"사장님과 이수윤 씨, 얼마 전부터 만나기 시작하신 듯합니다."

차 회장은 예상했다는 듯 고개를 끄덕였다. 이미 수윤을 포기 못 하겠다고 했을 때부터 눈치는 채고 있었다. 그러지 않고서야 재하가 뜬금없이 제주도로 가서 자리를 잡고 있을 리 없었다.

"쯧, 아직도 그깟 계집애 하나 못 잊어서는."

차 회장이 혀를 찼다. 수윤이 떠난 지 얼마 되지 않아 제주도로 갔다는 말을 듣고 마음을 놓고 있었던 자신이 멍청했다.

그 아이를 처음부터 집에 들이지 않았더라면. 대학생이되었을 때 멀리 유학을 보냈었더라면. 같은 회사에 입사하는 걸 말렸었더라면. 두 사람이 그런 사이가 되는 걸 애초에 왜 막지 못했는지, 자신의 안일함에 치가 떨렸다.

아니. 은성과의 결혼만 제대로 성사를 시켰어도 지금 이런 걱정은 할 일이 없었을 것이다.

"어떻게 살고 있던?"

"카페에 취직을 해서 일을 하고 있었습니다."

떠나겠다며 돈을 받아 가더니 그런 허드렛일이나 하고 있다는 얘기를 듣자 차 회장은 기가 막힐 노릇이었다.

"내가 그 아이를 좀 만나야겠구나."

"네. 바로 준비하겠습니다."

차 회장이 고개를 끄덕이자 박 비서가 가볍게 고개를 숙이고는 밖으로 나갔다. 아들과 같은 비극을 피하기 위해서는 어떻게든 수윤과 재하의 관계를 찢어 놓아야 했다.

"어제 아가씨 회식 자리에 가셨다면서요?"

"명희한테 들었나?"

"네. 이제 직장 상사도 아닌데 남의 회식 자리에 가시는 건 좀 아닌 것 같습니다."

"……."

소파에 앉아 책을 보고 있던 재하가 느릿하게 시선을 옮겨 정건을 보았다. 재하의 눈빛에 못마땅한 기색이 가득했다.

"아침부터 잔소리하려고 온 거야?"

"아가씨께서 싫어하셨을 것 같은데요."

"싫다고 하긴 하더군."

지난밤의 일을 떠올리던 재하가 깊은 한숨을 쉬었다.

'좋아해.'

딱히 수윤에게 대답을 바라고 한 말은 아니었다. 그저 그동안 한 번도 제 진심을 제대로 보여 주지 않은 것 같아 마음을 전했다.

하지만 수윤이 기억하지 못할 거라는 생각이 들자 속이 콱 막힌 것 같았다. 그 전에 고백 비슷한 걸 했을 때는 전혀 믿는 눈치가 아니었다.

자업자득. 재하는 수윤이 자신에게 거부감을 느끼는 게 어쩔 수 없는 일이라 생각했다. 수윤은 늘 제게 상처만 받아 왔었다. 그게 하루아침에 물로 씻어 내듯 씻기지는 않을 것이다.

"무슨 일 있으셨습니까?"

재하가 심각한 얼굴로 잠시 딴생각을 하는 것을 보며 정건이 물었다. 재하는 요즘 들어 정건이 자주 선을 넘는다는 생각이 들었다.

"그걸 일일이 보고 해야 하나?"

"그래야 제가 조언을 드릴 수 있지 않겠습니까."

"네 조언 같은 거 필요 없어."

재하가 보고 있던 책을 탁, 소리 나게 덮었다. 책을 소파 위에 아무렇게나 올려 두고 자리에서 일어나 침실로 향했다. 더 이상 대화를 하고 싶지 않다는 뜻이었는데 정건이 그 뒤를 따라오며 말을 걸었다.

"월급 주시는데 밥값은 해야죠."

"누누이 말하지만 그런데 에너지 소모하라고 주는 월급이 아니야."

재하가 문을 열고 침실로 들어섰다. 거기까지 들어오려는 걸 재하가 막아섰다.

"게다가 오늘은 주말이고."

"이제 사장님…… 아니 대표님께서 주시는 거니까 자원봉사도 좀 하겠습니다."

정건의 말에 재하가 픽 웃었다. 더 이상 들어오지 말라며 문을 반쯤 닫으며 휘이휘이 손을 저었다.

"명희하고 잘 돼 가고 있나 보네. 우스갯소리가 절로 나오는 걸 보면."

"네, 뭐. 나쁘지 않습니다."

정건이 해맑은 표정으로 웃었다.

"그럼 명희하고 데이트나 해. 이런 데서 노닥거리지 말고."

웃고 있는 정건의 얼굴을 보며 함께 웃은 재하가 침실 문을 쿵 닫았다. 문 앞에 홀로 남겨진 정건이 뒤통수를 긁적이며 문에다 대고 말했다.

"그럼 먼저 가 보겠습니다!"

침실로 들어간 재하가 옷을 갈아입기 위해 셔츠를 벗으며 중얼거렸다.

"놀리는 거야, 뭐야."

왠지 정건에게 농락당한 것만 같은 기분이 들어 찜찜했다.

"지우야. 오늘 엄마랑 밖에 나가서 놀까?"

"웅!"

"우리 지우도 밖에 나가고 싶었어요?"

"네!"

쉬는 날을 맞아 수윤은 오랜만에 지우와 둘이서 외출을 하려고 준비를 했다. 지우의 옷을 단단히 입혀 주고 거실로 나오자 명희가 급하게 방에서 나왔다.

"어디 가?"

"아, 응. 오늘 정건 씨랑 데이트."

그러고 보니 한껏 차려입은 모습이었다. 평소에는 입지 않는 스커트와 화사한 파스텔 톤 봄 코트에, 특별히 화장까지 힘을 준 듯했다.

"너 오늘 진짜 예쁘다."

수윤의 말에 명희가 감동을 받은 듯 입을 틀어막았다.

"사실 이상할까 봐 엄청 걱정했거든. 이렇게 꾸민 거 정말 오랜만이라서."

명희가 수줍게 웃었다. 명희와 정건 사이에 진전이 있는지, 명희의 웃는 모습이 보기 좋았다.

"너도 지금 나가게?"

"응. 잠깐 카페 들렀다가 산책이나 좀 하려고."

"그럼 같이 나가자. 나도 카페 앞에서 정건 씨 만나기로 했거든. 지우야. 이모랑 같이 나가자."

수윤은 지우를 유모차에 태우고는 명희와 함께 카페로 향했다. 조금 걸어 카페 앞에 도착하자 정건의 모습이 보였다.

"정건 씨!"

명희가 정건을 부르며 손을 흔들자 곧바로 명희를 발견한 정건 역시 반갑게 손을 흔들었다. 정건은 옆에 있는 수윤에게도 정중하게 고개 숙여 인사를 했다.

"그럼 수윤아. 나, 다녀올게."

"즐겁게 놀고 와."

"지우 엄마랑 잘 놀고 있어. 빠빠이."

"빠빠이."

명희가 신나는 얼굴로 정건을 향해 뛰어갔다. 정건은 차에 타기 전 수윤에게 한 번 더 인사를 하고는 명희와 함께 차에 올랐다.

수윤은 바로 카페에 들어갔다. 오늘은 왠지 손님이 되고 싶은 마음에 커피 한 잔을 주문하고는 지우와 놀고 있었다.

"우리 지우 진짜 얌전하네."

민혁이 대견하다는 듯 지우의 머리를 쓰다듬으며 수윤의 앞자리에 앉았다.

"오늘 쉬는 날인데 왜 나왔어? 맨날 보는 카페 지겹지도 않아?"

"지우랑 바람도 쐴 겸. 일을 하니까 지우랑 시간을 잘 못 보내는 것 같아서."

"하긴. 맨날 붙어 있다가 요즘 떨어져 있었지."

"응. 그래서 지우한테 미안하네."

"우리 지우 그래도 엄청 효자네. 엄마한테 떼쓰지도 않고."

민혁이 다시 한번 지우의 머리를 쓰다듬을 때였다.

"이수윤 씨."

자신을 부르는 소리에 고개를 돌려 보니 그곳에는 차 회장의 비서실장이 서 있었다.

"여기는 어떻게……."

당황한 수윤이 말끝을 흐렸다. 박 실장의 시선이 지우에게로 잠깐 향했다가 다시 제게로 돌아왔다. 수윤은 순간 심장이 쿵 하고 저 아래로 떨어지는 것 같았다.

"회장님께서 찾으십니다."

"……별로 뵙고 싶지 않다고 전해 주세요. 회장님 뵐 시간 없어요. 내일도 일해야 해요."

"회장님께서 직접 오셨습니다."

차 회장이 직접 왔다는 말에 수윤이 무슨 말이냐는 듯 미간을 찡그렸다.

"……여기 오셨다구요?"

"지금 밖에서 기다리고 계십니다. 오래 기다리기 싫어하시는 거 알고 계시죠?"

박 실장의 반 협박적인 어조에 민혁이 발끈하여 자리에서 벌떡 일어났지만 수윤이 그것을 제지했다.

수윤은 민혁에게 잠시 지우를 부탁한 뒤 밖으로 나왔다. 카페 밖에 검은색 차량 한 대가 서 있었다. 박 실장이 뒷좌석의 문을 열어 주자 그사이에 주름이 더 깊어진 차 회장이 그곳에 앉아 있었다.

수윤은 차 회장의 옆자리에 올랐다. 문이 쿵, 닫히자 잠시 침묵이 흘렀다.

"오랜만이구나."

차 회장이 인사를 건넸지만 수윤은 이 상황이 전혀 달갑지 않았다. 그저 이 순간이 빨리 끝났으면 하는 생각이 들었다. 수윤은 빈말 섞인 인사를 하고 싶지 않아 바로 본론을 꺼냈다.

"여기까지는 어쩐 일로 오셨어요?"

자신을 만나러 여기까지 온 차 회장이 이해가 되지 않았다. 차 회장에게 수윤은 언제나 눈엣가시였다. 보기 싫은 사람은 안 보면 그만이었다. 굳이 이렇게 시간과 돈을 들여 자신을 보러 온 것이 이해가 되지 않았다.

"재하가 널 포기 못 한다고 하면서 사직서를 냈다."

아, 이거였나. 차 회장은 재하와 불화가 있을 때면 항상 수윤을 부르곤 했다. 중간에서 중재자 역할을 한 게 한두 번이 아니었다. 직접 말하면 재하가 말을 듣지 않을 테니 언제나 수윤을 이용했었다.

"네가 재하 마음을 돌려놓거라."

수윤은 어이가 없어서 실소가 새어 나왔다. 2년 넘게 흘렀지만 차 회장은 변한 게 없었다.

"싫습니다."

어렸을 때의 수윤이 아니었다. 이제 와 수윤이 차 회장과 재하의 사이를 조율하는 것도 웃기는 그림이었다.

"뭐라고 했니?"

"싫다고 말씀드렸어요."

그 말에 차 회장의 표정이 있는 대로 구겨졌다. 파여 있던 주름이 더 깊이 자리를 잡았다.

"회장님 일은 회장님께서 알아서 하셨으면 좋겠어요."

"……뭐?"

"회장님. 제가 떠나 있던 시간이 2년 반이에요. 왜 아직도 사장님과의 문제를 저를 통해 해결하려고 하세요?"

수윤의 말이 하나도 틀리지 않았다. 그래서 차 회장은 더 화가 났다. 뭐 하나 잘난 것도 없으면서 예전부터 곧잘 옳은 소리를 해 대는 수윤이 마음에 들지 않았다. 그리고 지금도 여전히 그런 수윤이 마음에 들지 않았다.

"재하를 만나지 않겠다는 대가로 돈을 받았으면 곱게 먹고 떨어져야지, 어디서 추잡하게……."

"제가 그렇게 싫으셨으면 안 주셨어야죠."

"……뭐?"

"전 이제 회장님 뜻 따르고 싶지 않아요."

차 회장의 뜻대로 움직이고 싶은 생각은 추호도 없었다.

"회장님 손자는 회장님이 알아서 하세요. 제 말은 씨알도 안 먹히니까요."

"너……."

수윤의 말에 차 회장이 얼이 빠진 얼굴로 옆자리에 앉은 그녀를 보았다. 차 회장이 그런 표정을 짓든 말든 수윤은 말을 멈추지 않았다.

"그리고 전 좀 빼 주세요. 제발 두 분 문제는 두 분이 알아서 하시고요. 저는 저 먹고살기도 바쁘거든요."

그동안 마음 깊은 곳에 있던 묵은 말을 다 털어놓고 나니 속이 시원했다.

"먼저 일어나겠습니다."

수윤은 고개를 숙여 인사를 하고는 망설임 없이 차에서 내렸다. 바로 앞에 박 실장이 서 있기에 살짝 묵례를 하고는 카페 안으로 빠르게 들어갔다.

차 안에 남은 차 회장은 못 본 사이 더 당돌해진 수윤에게 한 방을 먹어 정신을 차릴 수 없었다. 수윤의 말이 틀린 말은 아니었다. 차 회장은 언제나 재하와의 관계에 수윤을 억지로 끼워 넣곤 했었다.

재하가 제 말을 귀담아듣지 않기도 했지만 대화의 방법을 몰랐다. 강하게 키워야 한다는 생각에 재하를 비난하고 재하가 하는 일은 모두 트집을 잡았었다.

그게 차 회장의 방식이었다.

"후우."

차 회장이 한숨을 내쉬고 있는데 박 실장이 창문을 똑똑 두드렸다. 차 회장이 창을 내려 무슨 일이냐는 듯한 눈빛으로 쳐다보니 박 실장이 말을 꺼냈다.

"회장님. 이수윤 씨한테 아이가 있는 것 같습니다."

"……아이?"

차 회장이 미간을 좁혔다. 생각지도 못한 말에 차 회장의 머릿속이 복잡해졌다.

"네. 두 살 정도 되어 보이는데, 자세히 알아보도록 하겠습니다."

박 실장의 말에 차 회장이 고개를 끄덕였다. 두 살이면, 재하의 아이가 아닐지도 몰랐다. 아니기를 바랐다. 하지만 일주일 후 들려온 소식은 청천벽력과도 같은 말이었다.

"사장님의 아이가 맞습니다."

그토록 싫어했던 수윤이 재하의 아이를 낳았다. 돈을 줄 테니 떠나라고 했을 때 꿈쩍도 하지 않았던 수윤이 왜 그때 제게 돈을 달라고 했는지 단숨에 이해가 되었다.

왜 그때 눈치채지 못했었나.

"어떻게 할까요?"

"……아이를 한번 보고 싶은데."

그날 이후 계속해서 제주도에 머물고 있던 차 회장은 제주도에 있는 김에 아이를 보고 가야겠다고 생각했다. 그 말에 박 실장이 네, 하고 짧게 대답하고는 자리를 벗어났다.

박 실장은 지체하지 않고 어린이집으로 향했다. 이미 아이가 수윤의 카페에서 멀지 않은 어린이집에 다니고 있다는 조사는 마친 뒤였다. 박 실장은 어린이집으로 바로 들어가려고 했으나 예상치 못한 인물과 마주쳤다.

"……실장님?"

어린이집에 있던 정건이 박 실장을 발견하고는 표정을 굳혔다. 박 실장은 정건을 향해 예의 있게 고개를 숙였다.

"오랜만입니다, 강 비서님."

"……여기는 무슨 일로 오셨습니까?"

정건은 박 실장을 보자마자 바짝 경계했다. 차 회장의 최측근인 박주성 비서실장은 속내를 알 수 없는 사람이었다. 어린 나이에 비서실장 자리에 올라 20년이 넘도록 차 회장의 곁에서 차 회장이 시키는 일이라면 뭐든 하는 사람이었다.

정건은 그런 박 실장이 어린이집에 나타났다는 것에 입이 바짝 말랐다. 아이의 존재를, 차 회장이 눈치챈 것이다.

"회장님께서 아이를 보고 싶어 하십니다."

박 실장은 말을 돌리지 않고 단도직입적으로 말했다.

"……무슨 아이 말씀이십니까?"

소용이 없다는 걸 알면서도 정건은 말을 돌렸다. 그러자 박 실장은 아무런 표정 변화 없이 잠시 동안 정건을 물끄러미 쳐다보았다.

이내 더 이상 상대할 가치가 없다고 판단한 것인지 박 실장이 정건을 그대로 지나치려 했다. 그런 박 실장을 정건이 막아섰다.

"비키시죠."

박 실장이 조금 전보다 낮아진 목소리로 말했다.

"이러시면 재미없습니다."

박 실장은 정건보다 체구가 작았지만 그 작은 체구에서는 알 수 없는 위압감이 뿜어져 나왔다.

"뭐가 재미없는데?"

때맞춰 재하가 어린이집에서 나왔다. 그의 모습을 발견한 정건이 휴우, 하고 안도의 한숨을 내뱉었다.

어제 명희가 정건의 차에 휴대 전화를 놓고 간 게 이런 식으로 풀릴 줄은 몰랐다. 정건이 명희에게 휴대 전화를 건네주러 가는 김에 재하는 지우의 얼굴을 보러 같이 왔던 것이다.

막 지우의 얼굴을 보고 나오던 참에 박 실장과 마주치게 되어 천만다행이었다.

"안녕하십니까, 사장님."

박 실장이 재하를 향해 깍듯하게 인사했다.

"여긴 뭐 하러 오신 겁니까?"

"회장님께서 아이를 만나고 싶어 하십니다."

"왜?"

"그야 사장님 아드님이시니까요."

박 실장의 대답에는 한 치의 망설임이 없었다.

"그래서 아이를 데려가겠다는 겁니까?"

"네."

재하는 당당한 대답에 어이가 없어 실소가 터져 나왔다.

"그거 범죕니다. 박 실장님은 회장님 분부라면 그게 범죄라도 따르는 겁니까?"

"……."

"회장님이 늙으셔서 상황 판단이 잘 안 되시나 본데, 거기 맞장구치고 계시면 안 되죠."

박 실장은 아무런 대꾸도 하지 않은 채 재하의 말을 듣고만 있었다. 차 회장을 위해서라도 재하와 다투어서는 안 된다는 생각을 하는 듯했다.

"그만 돌아가세요. 회장님께는 아이 데려갈 생각, 다시는 하지 말라고 전해 주시고."

재하의 말에 더 이상 반박할 수 없었던 박 실장은 별다른 말 없이 뒤로 물러섰다. 박 실장이 타고 온 차를 끌고 어린이집을 벗어나는 모습을 보며 재하는 다시 어린이집 안으로 들어갔다. 정건이 그 뒤를 바짝 따라붙었다.

"어? 왜 다시 들어오세요?"

나간 지 얼마 되지 않아 다시 들어오는 두 사람을 보며 명희가 눈을 동그랗게 떴다.

"지우는 오늘 내가 좀 데리고 가야겠는데."

"네?"

"수윤이한테는 내가 설명할게."

친절하지 않은 대답에 명희가 뒤에 서 있는 정건을 보며 무슨 일이냐는 듯 눈썹을 들어 올렸다. 정건은 설명을 하는 대신 지우를 함께 보내 주라고 고개를 끄덕였다.

나중에 설명해 주겠다는 그 표정에 일단 명희는 알겠다는 대답을 했다. 그러고는 수윤에게 재하가 지우를 데리고 간다는 메시지를 넣었다.

재하는 지우를 안고 카페로 향했다. 정건이 카페까지 데려다준다는 걸 거절하고는 지우와 둘이서 같이 걸었다. 혼자서 지우를 데리고 나온 적은 처음이었다. 재하는 지우와 산책을 함께 하고 싶었다.

"지우 산책 나오니까 좋아?"

"웅!"

"얼마만큼 좋아?"

"이망큼."

재하의 질문에 지우는 제가 할 수 있는 가장 큰 크기의 동그라미를 만들어 보였다. 양손을 동그랗게 모은 지우가 귀여웠다. 재하는 몸을 낮추어 지우와 눈높이를 맞추었다.

"나도 지우가 좋아."

재하가 지우의 머리를 쓰다듬고는 그 작은 몸을 꼭 안았다. 그러자 지우가 재하의 뺨에 망설임 없이 쪽, 하고 입술을 맞추었다.

"……."

처음으로 지우에게 뽀뽀를 받은 재하는 놀라서 몸이 저절로 굳고 말았다. 영문을 모르는 지우는 해맑게 웃고 있을 뿐이다. 아들의 기습 뽀뽀를 받은 멍한 얼굴로 제 뺨을 만져 보았다. 그러다 저도 모르게 웃음이 새어 나왔다.

재하는 지우의 뺨에 똑같이 입술을 맞춘 후 지우를 품에 안아 들었다. 말로 설명할 수 없을 만큼 벅찬 기분이 들었다.

카페에 도착하자 수윤이 종종걸음으로 재하를 맞이했다.

"왜 그쪽이 지우를 데리고 와요?"

명희의 문자를 받고 수윤은 내내 초조했다. 자세한 내용은 모르겠지만 무슨 일이 있는 것 같다는 명희의 말에 일이 손에 제대로 잡히지 않았다.

"잠깐 자리를 옮길 수 있을까?"

"그냥 짧게 얘기해요. 자세한 얘기는 일 끝나고 들을게요."

카페 안에 보는 눈이 많았다. 수윤은 함께 일하는 직원들에게 더 이상 폐를 끼치고 싶지 않았다. 재하가 목소리를 낮추어 말했다.

"……회장님이 지우를 몰래 데려가려고 하셨어."

"……뭐라구요?"

"일단 내가 못 데려가게 했어. 당분간은 내가 지우의 등 원하고 하원을 맡아야 할 것 같아."

그제야 수윤은 왜 재하가 지우를 데리고 온 건지 이해가 되었다. 그리고 무슨 일이 생긴다면 저보다는 재하가 좋은 방패막이가 되어 줄 거라는 생각이 들었다.

"……일단 지우 집에 데려다주세요. 민혁이 어머니가 집 에 계실 거예요."

"알았어. 집에 가서 기다리고 있을게."

재하는 지우를 데리고 곧바로 그녀의 집으로 향했다. 수 윤의 집에 거의 다 도착했을 무렵 휴대 전화가 울리기 시 작했다. 전화를 건 사람은 다름 아닌 차 회장이었다.

"사장님께서 어린이집에 계셔서 아이를 데리고 오기 곤 란했습니다."

박 실장의 보고에 차 회장이 미간을 찌푸렸다.

"내가 언제 데리고 오라고 했나. 아이를 한번 봐야겠다 고 했지."

"죄송합니다."

멋대로 일을 처리한 박 실장을 보며 차 회장이 쯧쯧 혀를 찼다. 차 회장과 일을 한 지 20년이 넘었기에 박 실장은 자

신이 차 회장의 마음을 제대로 읽었다고 생각했다. 하지만
차 회장의 불같은 반응을 보니 그게 아니었던 모양이다.

"그만 나가 봐."

차 회장이 힘 빠진 목소리로 말을 했다. 박 실장은 그대
로 룸을 빠져나갔다.

"후우."

제 핏줄인 아이였다. 이대로 재하가 결혼을 하지 않는다
면 유일한 핏줄이 될지도 몰랐다. 차 회장은 어떻게 해서
든 아이를 데려오는 게 맞다는 판단을 내렸다.

혹은 그 아이를 핑계로 재하를 붙잡거나. 선택은 재하의
몫이었다.

차 회장은 재하에게 전화를 걸어 자신이 묵고 있는 호텔
의 위치를 알려 주면서 지금 당장 오라고 말했다.


얼마 지나지 않아 재하는 차 회장이 있는 호텔에 도착을
했다.

"앉아라."

"앉을 생각 없습니다. 용건만 간단히 하세요."

재하는 아이를 멋대로 데려가려 한 차 회장과 길게 대화
를 나누고 싶지 않았다. 만약 아까 박 실장이 몰래 지우를
데려갔다면 수윤이 어떤 상처를 받았을지 감히 상상도 되
지 않았다. 재하는 온몸의 피가 거꾸로 솟아오르는 기분이
었다.

차 회장이 먼저 말을 꺼냈다.

"지우 그 아이, 네 아이인 것 안다."

"지우 제 아이 아닙니다. 수윤이 아입니다. 남의 아이를 어떻게 그렇게 쉽게 데려올 생각을 하십니까? 회장님께 그럴 권리는 없습니다."

재하가 말을 끝맺음과 동시에 차 회장이 재하를 향해 종이 한 장을 집어던졌다.

"이래도 네 아이가 아니냐."

재하는 제 발아래에 떨어진 종이를 주워 들었다. 언제 검사를 했는지 거기에는 유전자 검사 결과가 담겨 있었다.

친자가 확실하다는 글자가 눈에 들어왔다. 재하는 다시 한번 지우가 제 아이라는 사실을 확인하고는 눈을 질끈 감았다가 떴다.

"……제가 자격이 있습니까?"

"자격의 문제가 아니야."

"아니요. 임신했을 때, 아이를 낳을 때 그리고 아이가 세 살이 될 때까지 저는 한 번도 아빠 노릇을 한 적이 없습니다."

"……."

"그런 제가 어떻게 지우가 제 아이라고 말할 수 있겠습니까."

말을 하면서도 지우에게 미안한 마음이 들었다. 태어날 때 곁에 있어 주지 못하고 한 번을 제대로 놀아 준 적도 없는 사람을 어떻게 아빠라고 할 수 있을까.

"지우는 그냥 두세요. 수윤이한테 다시 상처를 주는 짓은 하고 싶지 않습니다."

"난 그렇게 못 한다. 그 아이가 네 아들이라는 걸 알면서 그렇게 열악한 환경에 둘 수는 없어."

"그럼 제가 못 데려가도록 막겠습니다."

"그래. 그러면 되겠구나."

재하의 말에 차 회장이 기다리고 있던 것처럼 말을 이었다.

"다시 회사로 돌아오너라."

"……회장님."

"아이는 내가 포기하마. 그럼 너도 포기하는 게 하나 정도는 있어야 하지 않겠니."

재하가 짙은 숨을 내쉬었다. 이제 겨우 수윤과의 사이가 가까워졌다고 생각했는데 그걸 다시 원점으로 돌리고 싶지 않았다.

"제주도 사업 접고 다시 회사로 돌아와."

"끝까지…… 절 가만히 두질 않으시네요."

"싫으냐?"

차 회장의 물음에 재하는 잠시 생각에 잠겼다. 섣불리 뭐라고 대답을 할 수 없었다.

"시간을 주세요."

"사흘이면 되겠니?"

"……네."

차 회장이 원하는 대답을 하고 호텔을 빠져나온 재하는 운전석에 올라 주먹으로 핸들을 쾅, 하고 내리쳤다.

언제나 제 뜻대로 되는 것이 하나도 없었다. 수윤을 보는 것마저도 마음대로 할 수 없는 제 상황이 무척이나 끔찍했다. 하지만…….

자신만 포기하면 수윤과 지우는 편히 지낼 수 있다. 자신이 제주도로 오지 않았으면 차 회장은 수윤이 어디에 있는지 관심도 가지지 않았을 테고, 지우의 존재도 영원히 몰랐을 것이다.

모든 게 다 제 욕심에 일어난 일이라는 생각이 들자 마냥 수윤의 곁에 머무는 것만이 답은 아니라는 생각이 들었다.

그동안 수윤에게 다가가려 노력했지만 수윤도 자신을 원하지 않았다. 그녀의 곁에 있고 싶은 것은 온전히 제 욕심일 뿐이었다.


'그냥 지우랑 알콩달콩 둘이 살 거야.'


수윤이 술김에 했던 말이 떠올랐다.

수윤과 지우가 행복하게 안정적으로 지낼 수 있다는 보장만 있으면 재하는 제 욕심을 포기할 수 있었다. 또다시 수윤을 울게 하고 싶지는 않았다.

포기하는 게 맞았다. 아무리 수윤을 떠나고 싶지 않더라도.

수윤은 일을 마친 뒤 곧장 집으로 달려왔다. 지우의 얼굴을 제 두 눈으로 보아야 마음이 놓일 것 같았다. 급하게 집으로 달려간 수윤이 애순의 집 문을 열고 안으로 들어섰다.

"어, 수윤이 왔니?"

"지우는요?"

"안에서 자고 있지."

애순의 말에 수윤이 후, 하고 안도의 숨을 내쉬었다.

"괜찮아? 안색이 많이 안 좋은데?"

"아, 네. 괜찮아요."

"잠깐 들어와서 차 한잔하고 가. 엄마가 타 줄게."

그동안 수윤은 거실을 두리번거리며 재하를 찾았지만 그의 모습은 온데간데없었다.

"……근데 그 사람은요? 갔어요?"

"응. 잠깐 가 볼 데가 있다고, 지우 데려다주고 바로 갔어."

무슨 일이 생긴 건가. 기다리고 있겠다던 사람이 보이지 않자 수윤은 괜히 불안해졌다. 애순이 내어 온 차를 순식간에 마신 수윤이 자리에서 일어났다.

"지우 데리고 그만 가 볼게요. 쉬세요."

"그래. 너도 얼른 가서 쉬어."

제집으로 돌아와 방에 지우를 눕혀 놓고 거실로 나온 수윤은 소파에 앉아 불안한 듯 손톱을 물어뜯었다.

차 회장이 정말로 지우를 몰래 데리고 가면 어쩌나 걱정
이 되어 아무것도 손에 잡히지 않았다. 게다가 재하의 모
습이 보이지 않자 불안함은 배가 되었다. 기다리겠다는 그
말 한마디에 마음이 놓였었는데 그의 모습이 보이지 않자
그가 이렇게나 걱정이 되었다.

아무리 밀어내려고 해도 여전히 수운에게 있어 재하는
든든한 버팀목이었다. 아닌 척해도 결국 이렇게 제 마음은
다시 재하에게로 향하고 만다.

그때 누군가 문을 두드리는 소리가 들렸다. 수운이 급하
게 현관으로 나가 문을 열자 그 앞에 재하가 서 있었다.

"……무슨 일 있는 건 아니죠?"

재하의 안색이 좋지 않아 보였다.

"회장님께서 착각하셨나 봐."

"……네?"

"지우가 내 아들인 줄 알고 계시더라고."

"…….”

"다음부터는 이런 일 없을 거야. 그러니까 안심해. 오늘
일은 내가 대신 사과할게."

"……당신이 그러려고 한 것도 아니잖아요."

엄밀히 따지면 재하가 있어서 일어날 불행을 미연에 방
지할 수 있었다. 수운은 그 순간에 재하가 어린이집을 방
문해서 정말 다행이라고 생각했다.

"우리 지우 지켜 줘서 고마워요."

수윤의 말에 재하는 가볍게 미소를 띠고 있을 뿐 아무런 대답도 하지 않았다. 수윤은 이대로 재하를 보내기가 아쉬웠다. 어두운 얼굴을 하고 있는 그를 조금이나마 위로해 주고 싶었다.

"들어가서 차 한잔이라도 하고 갈래요?"

"……아니. 그만 돌아가 볼게."

그 전과는 다른 반응에 수윤은 이상함을 느꼈다. 재하는 그만 들어가 보라는 듯 수윤의 어깨를 토닥이고는 그녀에게서 등을 돌렸다.

"……왜 이렇게 이상한 기분이 드는 거지?"

재하가 떠나고 굳게 닫힌 문을 보며 수윤은 왠지 모를 불안감을 지울 수 없었다.

다음 날, 수윤은 처음으로 일을 하면서 재하를 기다렸다. 하지만 일이 끝날 때까지 재하는 모습을 보이지 않았다.

왜 오늘은 코빼기도 보이지 않는 건지 궁금해 견딜 수 없었다. 집으로 돌아온 수윤은 휴대 전화를 꺼내 들었다.

"……번호가 안 바뀌었으려나."

휴대 전화에 재하의 전화번호가 저장되어 있지는 않았지만 수윤은 그의 번호를 기억하고 있었다. 번호를 바꾸지 않았다면 아마 이 번호가 맞을 것이다. 수윤은 그의 번호를 하나씩 꾹꾹 눌렀다.

"나 왔다!"

그때 명희가 현관문을 벌컥 열고 들어왔다. 그 뒤에서 정건이 빼꼼 얼굴을 내밀었다.

"저도 왔습니다."

수윤은 전화를 걸려다 말고 주머니에 휴대 전화를 넣었다.

"정건 씨 내일부터 다시 서울로 돌아간다고 하셔서 내가 오늘 저녁 대접하려고 초대했어. 미리 말 안 해서 미안해."

"아니야. 그럼 두 분이서 식사 맛있게 하세요."

수윤이 괜찮다며 손사래를 치자 정건이 말했다.

"오늘만 신세 지겠습니다."

"아니에요. 편히 놀다 가세요."

수윤은 자리를 피해 주려고 애순의 집으로 가려다, 조금 전 들었던 말이 마음에 걸려 잠시 걸음을 세우고 정건을 보았다.

"근데 그게 무슨 말씀이세요? 서울로 돌아가신다고……."

"그게……."

정건이 말끝을 늘리며 볼을 긁적였다. 어떻게 설명을 해야 할지 잘 모르겠다는 표정이었다.

"무슨 일이 있었어요?"

"저도 잘 모르겠습니다."

정건이 한숨을 푹 내쉬었다.

"호텔도 완공이 되었고 계획에는 문제가 없는데 다시 선진으로 돌아갈 거라고 하시더라고요."

"……다시 돌아간다고요?"

선진 그룹이라는 짐을 내려놓아 개운한 표정을 짓던 재하였다. 큰맘 먹고 사직서까지 냈다고 했는데, 이렇게 얼마 되지 않아 다시 그룹으로 돌아간다는 게 의아하게 느껴졌다.

"자세한 말씀은 하지 않으셨지만 회장님과 의견 조율이 되지 않은 모양입니다."

"……그렇군요."

수윤이 시선을 아래로 떨구었다. 그건 재하가 이제 다시 자신을 만나러 오지 않는다는 뜻인 걸까.

알 수가 없었다. 어제까지만 해도 재하는 제게 아무 말도 하지 않았다. 표정이 어둡긴 했지만 늘 그랬던 것처럼 일상적인 인사를 하고 헤어졌었다.

"지금 어디 계세요?"

무슨 일이 있었는지 알고 싶었다. 재하를 만나야겠다는 생각에 물었으나 정건은 예상 밖의 대답을 했다.

"사장님은 오늘 아침 비행기로 먼저 서울에 가셨습니다."

제게 아무런 말도 없이 갑자기 떠났다는 사실에 수윤은 적지 않은 충격을 받았다.

"……혹시 다른 말씀은 없으셨어요?"

수윤이 조심스레 묻자 정건이 고개를 저었다. 수윤은 정건에게 고맙다고 인사를 하고는 집을 나왔다.

"……이러는 게 어디 있어."

억울했다. 미치게 억울했다. 나는 가만히 있었는데 기껏 혼자서 마음잡고 잘 살고 있던 사람을 멋대로 찾아와 흔들어 놓더니, 이번에는 멋대로 자신을 두고 떠났다. 한마디 말도 없이. 언제나 그는 제멋대로였다. 항상 그런 식이었다.

"……진짜 나쁜 놈이야."

그런데 그런 제멋대로인 남자를 수윤은 여전히 마음속에 두고 있었다. 지우를 잃을까 두려운 마음에 억지로 그를 밀어냈지만 제게 다가오는 재하가 싫지 않았다.

오히려 재하가 더 적극적으로 제게 다가와 줬으면 했다. 최선을 다해 진심을 보여 주었으면 좋겠다고, 그렇게 간절히 바라고 있었다.

"……거짓말쟁이."

내가 좋다더니. 좋아한다더니. 정말 진심이라더니. 왈칵 눈물이 쏟아질 것 같았다. 화가 났다. 그에게 더 이상 휘둘리고 싶지 않았다.

수윤은 익숙한 번호를 눌렀다. 신호음이 얼마 울리더니 이내 상대방이 전화를 받았다.

"지금 어디예요?"

—…….

"할 말 있는데 지금 시간 좀 내줘요."

—지금 서울이야. 못 가.

정건에게 들어서 다 알고 있으면서도 재하의 입으로 그 말을 듣자 서운함이 물밀 듯 밀려왔다.

"말도 안 하고 그렇게 가는 게 어디 있어요?"

—미안.

"나 좋아한다고 했잖아요."

—…….

"지금 당장 만나러 와요."

여태껏 재하에게 단 한 번도 떼를 써 본 적이 없었다. 언제나 자신은 재하의 말을 따르는 쪽이었다. 짝사랑은 그런 거라고 생각했으니까.

—수윤아.

"안 오면 다시는 안 만나 줄 거야. 아무도 못 찾을 곳으로 숨어 버릴 거야. 평생 내 얼굴 못 보고 살 줄 알아요."

수윤은 말도 안 되는 협박을 하며 전화를 끊었다. 이렇게 제멋대로 군 적은 처음이었지만 속이 후련했다.

혼자서만 전전긍긍하는 건 이제 싫었다. 재하가 자신을 좋아한다고 고백을 했는데도 관계가 한쪽으로 치우치는 건 제 쪽에서 사양이었다.

"오든지 말든지 마음대로 해."

수윤이 조금 전까지 들고 있던 휴대 전화에 물끄러미 시선을 두며 울분에 찬 목소리로 중얼거렸다.

2년이 지나도 변할 수 없었다. 힘든 고비가 찾아올 때마다 수윤은 재하를 떠올리곤 했었다. 상처밖에 주지 않은 사람이었지만 그는 수윤에게 의지가 되는 존재였다.

그를 떠나 있는 동안에도 마음을 접을 수 없었다. 몸이 멀어지면 마음이 멀어진다는 말 같은 건 애초에 믿은 적이 없었다.

오랫동안 어떻게 한 사람만 좋아할 수 있는지 이해가 되지 않을 정도로 바보같이 한 사람만 바라보는, 그런 사람이 바로 이수윤이었다.

정리할 시간을 달라던 재하는 다음 날 아침 바로 서울로 떠났다.

박 실장이 재하가 서울로 돌아간 것을 확인했다고 보고를 했다. 차 회장은 아직 제주도에 머물고 있는 중이었다. 재하의 일만 처리되면 바로 떠나려고 했지만 어쩐지 발길이 떨어지지 않았다.

"흐음……."

차 회장의 손에는 작은 사진 하나가 들려 있었다. 차 회장은 그 사진에서 눈을 뗄 수가 없었다. 아침에 보고를 하러 들어왔던 박 실장은 어디서 구한 건지 아이의 사진을 가져 왔다.

'회장님께서 보고 싶어 하실 것 같아 준비해 봤습니다.'

그렇게 아이의 얼굴을 확인한 게 화근이었다. 재하를 쏙 빼닮은 아이의 얼굴이 눈에 아른거려 견딜 수가 없었다. 재하와의 약속은 지켜야 했기에 수윤을 곤란하게 할 생각은 없었다.

하지만 재하의 아이를 한번 만나고 싶었다. 직접 얼굴을 보고 싶다는 생각이 들었다. 수윤을 그렇게 못마땅해했으면서 수윤이 낳은 아이가 이렇게나 마음에 걸릴 줄이야.

"나도 이제 늙었나."

차 회장은 씁쓸한 표정으로 한참 동안이나 아이의 모습을 눈에 담았다.

어제 전화를 그렇게 끊고 연락이 없기에 수윤은 재하가 자신을 만나러 오지 않을 거라 생각했다. 남은 미련 따위 모두 버리겠노라 다짐하며 잠이 든 지우 곁에서 몰래 눈물을 훔쳤다.

출근을 하고 평소처럼 일을 했다. 최근 두 달 동안 있었던 일을 기억에서 지우면 재하가 자신을 좋아한다고 말했던 그 기억도 사라질 것이라 마음을 다잡았다. 그렇게 혼자서 마음을 하나씩 정리하고 있는데 재하의 메시지가 도착했다.

[오늘 오후 비행기로 도착할 거야. 공항 근처로 나와.]

그 메시지가 뭐라고 마음이 놓이는 건지. 슬픔도 잠시 재하가 자신을 보러 온다는 사실에 마음이 들떴다.

수윤은 조퇴를 하고 일찍 카페를 나왔다. 곧장 공항 근처의 한 카페로 향했다. 도착해서 조금 기다리고 있으니 재하가 모습을 드러냈다. 그가 수윤을 금세 발견하고는 성큼성큼 걸어왔다.

"주문은 미리 해 뒀어요."

수윤의 앞에는 아이스 아메리카노 두 잔이 놓여 있었다. 재하는 커피 두 잔을 시선에 담으며 자리에 앉았다.

"안 올 것처럼 굴더니 오셨네요."

재하가 와 준 것이 기뻤으면서도 말은 삐딱하게 새어 나갔다.

"내가 안 본다고 한 말이 무섭긴 했나 봐."

"……마지막으로 인사하려고 온 거야."

"……뭐라고요?"

재하가 그런 대답을 할 줄은 몰랐던 수윤이 아랫입술을 깨물었다. 시작도 하지 않았는데 자기 마음대로 마지막이라 말하는 재하가 원망스러웠다.

"차재하 씨는 참 대단해요. 멋대로 시작하고 멋대로 마무리를 하네요?"

일부러 수윤이 빈정대는 말투를 썼지만 재하는 묵묵하게 듣고 있을 뿐이었다.

"내가 싫다고 할 때는 제멋대로 날 찾아오더니……."

허벅지 위에 둔 손에 힘이 꾹 들어갔다. 손이 떨려서 주먹을 쥐지 않고는 견딜 수 없었다.

"기대했던 내가 바보 같아."

수윤의 눈가에 금세 눈물이 맺히기 시작했다. 재하는 그런 수윤의 모습을 억지로 외면하며 말을 꺼냈다.

"내가 실수했어."

"……."

"널 찾아오는 게 아니었어."

수윤의 눈가에 눈물이 차오르는 모습을 보는 게 미치도록 괴로웠지만 재하는 한 마디 한마디를 억지로 뱉어 냈다.

"난 남의 아이 받아들일 만큼 관대하지 못해."

"……."

"선진 그룹 없이 사는 것도 해 보니까 못 하겠더라고."

"나쁜 새끼."

눈물이 뺨을 타고 흘렀다. 수윤은 손등으로 눈물을 아무렇게나 닦으며 자리에서 일어났다.

"……오늘 만나지 않는 게 좋았을 뻔했네요."

"……."

"당신 마음 잘 알겠어요. 또 놀아난 내가 바보였어요."

수윤은 재하를 지나쳐 걸음을 옮겼다. 재하가 뒤따라 자리에서 일어났다. 그대로 카페를 나서려던 수윤이 다시 뒤돌았다. 무언가 잊고 있었다는 듯 재하의 앞으로 돌아온 수윤이 재하의 뺨을 세게 때렸다.

철썩!

"때려서 미안한데, 당신은 한 대 맞아도 싸."

수윤은 눈물을 뚝뚝 흘리며 재하의 뺨을 때리고는 카페를 나갔다.

재하는 그 자리에 그대로 서 있었다. 통유리창을 통해 밖을 내다보니 횡단보도 앞에 수윤이 서 있는 모습이 보였다. 어깨가 잘게 떨리는 모습을 보아 우는 것 같았다.

그런 그녀의 앞으로 까만 차 한 대가 들어왔다.

"......?"

최근에 어디에선가 본 듯한 검은색 세단이었다. 재하가 어디서 봤더라 하고 잠깐 생각에 잠겼다. 수윤은 차에 타고 있는 사람과 대화를 나누는 듯하더니 그래도 차에 올라탔다.

재하가 자리에서 벌떡 일어났다.

"회장님?"

그가 빠르게 카페에서 빠져나왔다. 택시를 타고 바로 차를 뒤쫓을 생각이었다. 바로 그때였다.

콰쾅쾅!

굉음과 함께 수윤이 타고 있던 검은색 차량이 뒤집어지고 말았다.

**12**

귀가 먹먹했다. 순간 청각이 상실된 것처럼 아무 소리도 들리지 않았다. 사고가 난 그 장면만 재하의 시야를 가득 채웠다.

그렇게 얼마나 서 있었을까. 갑자기 주변이 시끄러워졌다. 얼른 구급차를 부르라는 한 남자의 목소리가 고막을 찢을 듯 크게 들려왔다. 사람들이 웅성거리며 사고가 난 곳을 보고 있었다.

재하는 지금 무슨 일이 일어난 건지 상황 파악이 제대로 되지 않았다.

"……."

수윤이 탔던 차가 저 차가 맞나. 아니야. 수윤이가 차를 타긴 했었나. 잘못 본 건 아닐까.

아니라고 믿고 싶었다. 수윤이 저 차를 타고 있는 게 아니라고 생각하고 싶었다.

지금 뒤집혀 뿌연 연기를 내뿜고 있는 저 차량에 수윤이 없기를 간절히 빌었다. 재하는 자신이 잘못 본 것이라고 스스로를 다독이며 천천히 사고 현장으로 걸음을 옮겼다.

"괜찮아요? 이봐요?"

한 남자 시민이 적극적으로 구조를 시작했다. 그 모습을 보고 재하가 차량 가까이 다가갔다. 남자는 수윤이 타고 있던 차량에서 제일 먼저 차 회장을 구조했다. 운전석에 타고 있던 박 실장은 상태가 양호해 보였다.

"회장님. 괜찮으십니까?"

"으…… 나는 괜찮다."

차 회장도 의식이 있는 상태였다. 불행 중 다행이라는 생각이 들었다. 큰 소리가 났음에도 두 사람의 상태가 괜찮은 것을 보며 수윤 역시 괜찮을 거라는 기대를 했다.

재하는 초조한 눈빛으로 수윤을 찾았다. 좀 전부터 구조 작업을 돕고 있던 시민은 차량에서 마지막으로 수윤을 꺼냈다.

"……."

재하는 제 눈을 의심했다.

"……수윤아."

수윤은 죽은 사람처럼 누워 움직이지 않았다. 머리에서는 피가 흐르고 있었다. 재하가 그 자리에 무릎을 꿇으며 떨리는 손으로 수윤의 머리를 만졌다.

뜨겁고 검붉은 피가 그의 손에 잔뜩 묻어났다. 제 손에 그녀의 피가 묻어 있다는 사실에 떨림이 멎지 않았다.

"……수윤아."

현실이 아니라고 믿고 싶은데 손으로 전해지는 감촉이 너무나 선명했다. 수윤의 얼굴에는 평소보다 더 핏기가 없는 것 같았다.

"미안해……."

눈물이 뚝뚝 흘렀다. 다 제 잘못인 것 같았다.

여기서 너를 만나지 말걸. 어제 네 전화를 받지 말걸. 제주도를 떠나지 말고 네 곁을 지킬걸. 그랬다면 이런 일 따윈 없었을 텐데. 꼬리에 꼬리를 물고 죄책감이 커졌다.

이대로 수윤을 잃을 수는 없었다. 매번 상처만 주었다. 어쩌면 마지막 순간일지도 모르는 오늘까지 재하가 수윤에게 준 건 늘 상처뿐이었다.

"눈 좀…… 제발 눈 좀 떠 봐."

눈물이 눈가를 가득 채웠다. 뺨을 흐르는 눈물을 닦지도 못한 채 재하는 수윤의 붙잡고 흐느꼈다. 수윤에게 상처를 준 것을 마지막 기억으로 남기고 싶지 않았다.

이기적이라고 해도 좋았다. 이런 기억을 품고 살아가는 건 제게 저주였다.

"수윤아…… 제발……."

재하는 차갑게 얼어붙은 수윤의 손을 꼭 잡고 울부짖었다.

수윤은 바로 수술실로 들어갔다. 손목이 골절되고 온몸 여기저기에 타박상이 심했다. 머리를 심하게 부딪친 것 같아 각종 검사를 해 봐야 한다는 말에 재하는 돈이 얼마가 들어도 상관없으니 정밀 검진을 해 달라고 했다. 재하는 수술이 끝나는 동안 초조하게 수윤을 기다렸다.

"이게 무슨 일이에요?"

소식을 들은 명희와 정건이 수술실 앞에 도착했다. 명희는 이미 오면서 눈물을 다 쏟아 낸 건지 눈가가 빨갰다.

재하는 명희의 물음에 바로 설명을 하려 했지만 차마 말이 나오지 않았다. 상황을 말하려던 그의 머릿속에 수윤이 피를 흘리며 죽은 사람처럼 누워 있었던 게 떠올랐기 때문이었다.

재하는 입술을 열려다 이내 다시 꾹 다물었다. 눈시울이 붉어지는 걸 애써 참으며 고개를 숙이자 명희의 눈에도 다시금 눈물이 차올랐다. 말을 하지 않아도 어떤 일이 있었는지 대충 짐작이 되었다.

정건은 명희의 어깨를 감싸고는 차분하게 토닥였다. 그런 정건의 눈가에도 눈물이 맺혀 있었다. 세 사람은 수술실 앞에 앉아 수윤의 수술이 끝나기를 기다렸다.

"손목이 골절되어 수술을 했고, 차체에 부딪혀 타박상이

심하긴 하지만 환자 상태는 양호합니다. 호흡도 안정적이
고요."

의사의 말에 세 사람은 동시에 안도의 한숨을 내쉬었다.

"머리를 심하게 부딪친 것 같던데 상태는 괜찮은가요?"

"뇌가 약간 부어 있긴 합니다만 크게 문제가 되진 않을
것 같습니다. 정밀 검사에서도 괜찮았고요. 입원하고 경과
를 지켜보면 될 것 같습니다."

"아, 다행이다······."

의사가 인사를 하고 떠나자 명희는 다리에 힘이 풀려 그
자리에 그대로 주저앉았다. 수윤의 상태가 괜찮다는 말을
들으니 내내 걱정했던 마음이 녹아내렸다. 다시 명희의 눈
에 눈물이 그렁그렁 맺혔다.

"······명희 씨."

그런 명희의 옆에 쪼그리고 앉은 정건이 그녀의 어깨를
감싸 안아 주었다.

"아, 내 정신 좀 봐. 엄마한테 연락드리기로 했었는데 잊
고 있었어요. 저 잠깐 통화 좀 하고 올게요."

정건의 부축을 받아 자리에서 일어난 명희는 잠시 통화
를 하기 위해 병원을 빠져나갔다.

재하 역시 안도감에 온몸에 힘이 쭉 빠진 것 같은 느낌이
들었다. 수술실 앞에 있던 의자에 털썩 앉은 재하가 후, 하
고 깊게 숨을 쉬어 냈다.

"너무 걱정 마세요. 의사 선생님께서도 괜찮다고 하셨으

니까."

재하가 대답 없이 고개를 끄덕였다. 의사의 말을 들었지만 그래도 빨리 수윤이 눈을 떠야 마음이 놓일 것 같았다.

"그런데 회장님께는 안 가 보셔도 괜찮으십니까?"

"……."

수윤에게 정신이 팔려 재하는 차 회장을 까맣게 잊고 있었다. 아마 이 병원 어딘가에서 치료를 받고 있을 거라는 생각이 들었다.

"응급실에서 치료를 받고 조금 전에 개인실에 올라가신 것 제가 확인했습니다."

정건의 말이 끝남과 동시에 수윤이 수술실에서 나왔다. 아직 의식이 없는 수윤은 침대에 편안히 누워 있었다.

의료진들이 수윤을 병실로 옮겼다. 재하는 수윤이 병실에 들어가는 것을 확인하고는 정건에게 잠시 수윤을 맡긴 뒤, 차 회장이 있는 병실로 향했다.

차 회장의 병실은 수윤의 병실과 가까운 곳에 있었다. 똑똑 노크를 하고 들어가자 차 회장이 창밖을 물끄러미 내다보고 있었다.

"……회장님."

재하의 목소리에 차 회장이 고개를 돌려 재하를 바라보았다. 차 회장의 상태는 아주 양호했다. 정신을 잃고 피를 흘리는 수윤에 비해 박 실장과 차 회장은 크게 다친 곳이 없었다. 기껏해야 몸 군데군데가 멍이 든 것뿐이었다.

왜 하필 수윤만 그렇게 크게 다쳐야 했는지 답답했다. 화가 났다. 상황을 제대로 보지는 못 했지만 전해 들은 바로는, 뒤에 있던 차량의 운전자가 운전 미숙으로 뒤에서 들이받았다고 했다.

그것뿐이면 다행이겠지만 그러고 잠깐 차를 세운 사이 트럭이 그대로 세 사람이 타고 있던 차량을 박아서 전복이 되었다. 심지어 트럭을 운전하던 사람은 음주 운전자였다. 운전을 잘못한 운전자들은 하나도 다치지 않고, 애꿎은 수윤만 지금 의식 없이 침대 위에 누워 있었다.

재하를 보던 차 회장이 느릿하게 입술을 열었다.

"……그 아이는 어떠냐?"

"수윤이요?"

"그래."

"걱정이 되십니까?"

재하의 질문에 차 회장은 고개를 아래로 떨구었다. 오늘따라 차 회장은 기운이 없는 듯 보였지만 재하는 수윤의 일로 아무것도 눈에 보이지 않았다.

"……수윤이는 무슨 일로 만나신 겁니까?"

재하가 주먹을 꽉 쥐었다. 사고가 난 게 차 회장의 탓도 아닌데 차오르는 분노를 풀 곳이 없었다.

"수윤이를 그 차에 태우지만 않았어도 오늘 이런 사고는……!"

애먼 사람에게 화풀이를 하는 것 같아 재하는 후, 하고 스스로를 달래듯 숨을 뱉어 냈다.

"……네 아이를 만나 보고 싶었다."

"……."

"수윤이한테 그 부탁을 하려고 차에 타라고 한 거였어."

"제가 회사로 돌아가면 아이는 그냥 두신다면서요."

"그래. 그냥 둘 생각이었어."

"……."

"노인네 욕심에 네 아들이 무척이나 궁금했다. 그냥 그 것뿐이었다."

차 회장도 이런 일이 벌어질 거라고는 상상도 못 했다. 뒤에 있던 차가 쿵 하고 박자 놀란 수윤은 차 회장의 안색 부터 살폈다.

차 회장이 손으로 허리를 짚자 수윤이 상태를 살피며 그 의 안전벨트를 풀었다.

'박 실장님은 사고 처리하세요. 저는 회장님 데리고 먼저 병원에 가 볼게요.'

바로 그때였다. 커다란 굉음과 함께 차가 공중으로 붕 떴 다. 그런 와중에도 수윤은 순간적으로 차 회장을 감싸 안 았다. 차에서 내리기 위해 안전벨트를 풀고 있던 수윤은 충격에 몸이 튕겨 나가 차체에 몸이 이리저리 부딪쳤다.

"……미안하다."

차 안에서 있었던 상황을 떠올리던 차 회장이 깊이 고개를 숙였다.

재하는 그런 차 회장에게 더 이상 화를 내지 못했다. 몸
조리를 잘 하라는 말을 남긴 후 재하가 병실을 나갔다.

병실에 홀로 남은 차 회장은 수윤을 떠올렸다. 그동안 수
윤에게는 못되게만 굴었었다. 고아원에서 데려온 수윤이
재하를 좋아하는 모습을 보며 같잖게 생각했다.

감히 오르지도 못할 나무를 쳐다보며 사랑을 꿈꾸는 여
자아이가 참으로 어리석어 보였다. 그래서 못되게 굴었고,
있는 대로 상처를 주었다.

그런데 수윤은 자신을 감싸다가 다치고 말았다. 그토록
악독하게 수윤을 내치려 했던 걸 알면서도 자신을 감쌌다.

"......."

저 때문에 수윤이 더 심하게 다친 것만 같아 차 회장은
죄책감이 들었다. 그렇게 못되게 굴었는데. 늙은이 따위
죽어 버리면 자신이 더 편할 텐데. 수윤은 그러지 못하는
사람이었다.

재하와 수윤에게 모질게 행동하며 차 회장에게 남은 것
은 야속하게 흐른 세월과 외로움뿐이었다.

1인실로 옮기고 하루가 꼬박 지났지만 수윤은 좀처럼 눈
을 뜨지 않았다. 걱정이 되어 의사와 간호사를 붙잡고 몇

번이나 물었지만 기다려 보자는 말뿐이었다.

"언제까지 기다리기만 해야 한대요?"

병문안을 온 민혁이 속상한 얼굴로 수윤을 바라보며 물었다. 그건 재하도 알 수가 없었다. 기약 없는 기다림이 끔찍이도 답답했다.

"상태가 다 괜찮다는데 왜 못 일어나는 거냐고."

민혁이 짧게 욕설을 내뱉었다. 그의 기분이 어떤지 잘 알기에 아무도 민혁을 탓하지 않았다.

"기다려 보자. 의사가 괜찮다고 하잖아."

수윤의 침대에 딸린 의자에 앉아 있던 애순이 그녀의 손을 잡고 부드럽게 쓰다듬었다.

"지우는…… 어디 있습니까?"

재하가 애순에게 물었다. 수윤 없이 하루 동안 지냈을 지우가 걱정이 되었다.

"수윤이 찾지는 않아요?"

"원래 수윤이 잘 안 찾는데 어젯밤에는 울고불고 난리가 났어. 아침에는 괜찮았는데."

애순이 쓰게 웃으며 한숨을 내쉬었다. 지우도 본능적으로 불안함을 느낀 건지도 몰랐다. 재하의 얼굴에 걱정이 드리우자 민혁이 재하의 등을 토닥였다.

애순이 재하를 보며 말했다.

"지우 걱정은 하지 말고 수윤이 곁에 있어 줘. 지우는 내가 잘 돌보고 있을게."

민혁과 애순이 돌아가고 난 뒤 재하는 홀로 병실에 남았다. 곤히 눈을 감고 있는 수윤의 모습을 보니 마음이 아팠다. 그녀의 사고가 모두 제 탓인 것만 같은 기분이 들었다.

어제 그곳에서 수윤을 만나지 않았더라면 이런 사고가 생기지는 않았을 텐데. 그날 수윤에게 그런 말을 하지 않았더라면. 아니, 조금만 더 시간을 끌었더라면.

어제 했던 생각들이 머릿속을 떠나지 않았다. 사소한 것 하나까지 후회가 되지 않는 게 없었다.

"이수윤. 언제까지 잘 건데."

재하는 손을 뻗어 수윤의 얼굴을 손가락으로 훑었다. 하얀 뺨에 붉게 긁힌 자국이 도드라지게 보였다. 예쁜 뺨에 흉이 질까 재하는 그녀의 볼에 정성스레 연고를 바르고는 부르튼 입술에도 조심스레 립밤을 발라 주었다.

수윤이 이 예쁜 입술로 얼른 제 이름을 불러 주기를 바랐다.

"……."

죽은 듯이 잠을 자는 수윤을 보며 재하가 침대 옆에 있는 의자를 끌고 와 앉았다. 그리고는 수윤의 손을 꼭 잡았다. 침대에 팔꿈치를 대고 그녀의 손등을 제 입술로 가져왔다.

"미안해."

피도 눈물도 없을 것만 같던 재하의 눈에 또다시 눈물이 맺히기 시작했다.

"내가 미안해. 내가……."

인연이 끊어지더라도 그동안 그랬던 것처럼 가끔 찾아가

서 얼굴을 보면 그만이라 안일하게 생각했다. 이렇게 꼼짝
없이 누워 있는 모습을 보고 싶었던 게 아니었다.

"네가 없으면 안 돼."

핏기 없는 하얀 손등에 재하가 입술을 맞추며 눈을 감았
다. 눈물이 수윤의 손등을 타고 주르르 흘러내렸다.

"얼른 눈 좀 떠 봐. 응?"

"……."

"다들 네가 일어나기를 기다리고 있잖아."

하지만 아무리 말을 걸어도 수윤은 눈을 뜨지 않았다.

옆 병실에 머물며 정밀 검진을 받고 있던 차 회장은 그동
안 수윤에게 가 보고 싶었지만 용기가 나지 않았다.

똑똑 문을 두드려도 아무런 응답이 없었다. 조심스레 문
을 열어 보니 병실에 수윤이 혼자 누워 있는 모습이 보였다.

"……."

차 회장은 의자에 앉아 그런 수윤을 가만히 바라보았다.

"넌 애가 왜 그렇게 모질지 못한 게냐."

대답이 돌아오지 않을 걸 알면서도 차 회장은 혼잣말을
멈출 수 없었다.

"네 몸을 지켰으면 덜 다쳤을 것 아니냐. 누굴 닮아서 그
렇게 바보 같은지."

재하보다 오히려 수윤이 더 인석을 많이 닮은 것 같다는 생각이 들었다. 잔정에 휩쓸려 끊임없이 봉사활동을 다니고 여러 사람들에게 친절하며 사근사근한 성격을 가진.

그래서 수윤이 더 싫었는지도 모른다. 수윤의 어렸을 적 모습에 그리운 아들의 모습이 그대로 녹아들어 있어서.

"……재하가 많이 힘들어한다. 얼른 일어나거라."

차 회장은 곤히 잠들어 있는 수윤의 모습을 보며 한숨을 내쉬었다.

"나도 이제 죽을 때가 됐나 보다. 네가 이렇게 걱정이 되는 걸 보면."

한참 동안 말없이 수윤을 지켜보던 차 회장이 자리에서 일어났다. 막 병실을 빠져나가려 하는데 문이 벌컥 열렸다. 문을 열고 들어온 사람은 재하였다. 하루 사이에 재하의 몰골은 말이 아니었다.

"……오셨어요."

"얼굴이 많이 핼쑥해졌구나."

차 회장은 별다른 말 없이 재하의 어깨를 톡 두드리고는 그대로 재하를 지나쳤다. 그때 재하가 차 회장을 불러 세웠다.

"회장님."

"……."

"아니, 할아버지."

참으로 오랜만에 들어보는 호칭이었다. 재하가 철이 들

고 나서는 항상 회장님이라고 불렀으니 족히 20년은 된 것
같다는 생각이 들었다. 차 회장이 돌아보자 재하가 말했다.

"수윤이 포기 못 하겠습니다. 아니, 안 할 겁니다."

재하의 눈시울이 붉어졌다. 한 번도 재하의 약한 모습을
본 적이 없던 차 회장은 재하의 이런 모습이 낯설게 느껴
졌다.

"왜 저를 그렇게 엄하게 키우셨는지 압니다. 아버지와
저를 동일시하셨겠죠."

"……."

"저는 아버지가 아닙니다. 저를 아버지로 보지 마세요."

차 회장은 재하가 처음으로 제 진심을 말해 준 것 같다는
생각이 들었다.

"잠깐 실례하겠습니다."

우는 모습을 보여 주고 싶지 않은지 재하가 먼저 병실을
나갔다.

차 회장은 틈틈이 시간이 날 때마다 수윤의 상태를 보러
왔다. 아무래도 자신을 감싸다 더 크게 다쳤다고 생각하니
수윤이 신경이 쓰이지 않을 수 없었다.

재하는 어제보다 더 얼굴에 그늘이 져 있었다. 수윤이 잠
들어 있는 시간이 길어질수록 재하가 더 망가지는 것만 같

은 기분이 들어 마음이 좋지 않았다.

문을 두드리고 나서 병실 문을 열자 애순이 수윤의 곁을 지키고 있었다. 물수건으로 수윤의 얼굴을 닦아 주고 있던 애순은 차 회장을 보더니 반갑게 웃었다.

"안녕하세요?"

차 회장이 가볍게 고개만 까닥였다.

"이쪽으로 앉으세요."

애순이 의자를 꺼내 주며 차 회장에게 앉을 것을 권했다. 차 회장이 의자에 앉자 애순이 말을 걸어왔다.

"몸은 좀 어떠세요? 우리 수윤이랑 같이 있다가 사고 나셨다고 들었는데."

"괜찮네."

"다행이네요. 그래도 혹시 후유증이 생길지 모르니까 검진 꼬박꼬박 받으세요."

차 회장은 애순을 보자마자 누군지 알 수 있었다. 최근 수윤을 도와주는 이가 있다는 보고를 받은 적이 있었는데, 그 사람인 모양이었다. 애순은 선한 얼굴을 가진 사람이었다.

"아 참. 지우 아빠는 지금 잠깐 저녁 먹으러 갔어요."

애순은 차 회장이 혹시라도 궁금해할까 재하의 상태를 알려 주었다.

"틈틈이 찾아오신 것 봤어요. 수윤이 많이 신경 쓰이세요?"

애순이 차 회장의 옆자리에 앉았다.

"들어 보니까 그동안 애들 반대 많이 하신 것 같던데. 어제 본의 아니게 지우 아빠랑 얘기하는 거 들었거든요."

"……."

"계속 반대하실 거예요?"

"알아서 하겠네."

"피는 안 섞였지만 수윤이, 소중한 제 딸이에요. 남의 딸 천대하는 집에 보내고 싶은 맘 없어요."

애순은 거침없이 말했다. 낳고 키운 건 아니었어도 2년이 넘도록 서로 엄마와 딸로 여기며 가깝게 지냈다. 어느새 민혁만큼이나 수윤과 명희가 소중해져 있었다.

"그만큼 반대하셨으면 됐잖아요. 애들 얼마나 힘들게 하셔야겠어요?"

"뭘 안다고……."

"그렇게 반대해도 어차피 저 애들 20년, 아니 10년 후에는 같이 살고 있을걸요?"

"……."

"죽고 나서까지 저 애들 반대하실 순 없을 거 아니에요."

애순이 무례하게 말을 했지만 틀린 말은 아니었다.

요즘 들어 차 회장은 생각이 많아졌다. 늘그막이 되어서야 재하와의 관계가 손 쓸 수 없이 망가졌다는 사실을 깨달았고 제게 남은 것이 아무것도 없다는 생각이 들었다.

그 좋아하는 돈과 명예가 밥을 떠먹여 주지는 않았다. 재하를 내몬 결과 지금 차 회장은 누구보다 외로운 노인이 되어 있었다.

"영원히 저 애들한테 못된 할아버지로 기억되고 싶으신 거예요? 지우 재롱 보면서 애들이랑 행복하게 지내고 싶지 않으세요?"

"……."

"우리 지우가 얼마나 예쁘고 사랑스러운데."

'저는 아버지가 아닙니다. 아버지와 저를 동일시하지 마세요.'

재하의 말이 떠올랐다. 그동안 차 회장은 재하가 인석과 똑같은 삶을 살게 될까 봐 두려웠다. 그래서 불안에 떨며 재하에게 매몰차게 대했다. 하지만 재하와 인석은 엄연히 다른 사람이었다. 두 사람을 동일시해서는 안 되는 거였다.

"지우 사진 보여드려요?"

애순이 얄밉게 입술을 씰룩이며 차 회장을 도발했다. 차 회장은 유혹에 넘어가지 않으려 했으나 그럴 수 없었다.

"동영상도 있는데."

잠시 후 병실에 지우의 노랫소리가 가득 퍼졌다.

"좀 팍팍 드세요. 이렇게 먹어서 버티겠습니까?"

정건은 사흘 내내 수윤의 병실에 처박혀서 꼼짝을 하지

않는 재하가 신경 쓰여 죽을 지경이었다. 애순의 권유로 재하는 떠밀리듯 밥을 먹으러 나왔지만 그마저도 제대로 먹지 않았다.

정건은 답답해하며 재하의 밥숟가락 위에 멸치 반찬을 얹어 주었다.

"너나 먹어."

"저는 팍팍 먹고 있습니다."

정건은 보란 듯이 밥을 한술 크게 떠서 입 안으로 집어넣었다. 그러든 말든 재하는 전혀 관심이 없었다. 식당에 앉아 있지만 마음은 벌써 수윤의 병실에 있었다.

"그럼 잠이라도 푹 주무세요."

재하는 수윤이 언제 깰지 몰라 잠을 자지도 않고 그녀의 곁을 지켰다.

그것 또한 벌써 사흘째. 정건은 제 몸을 혹사시키는 재하가 탈이 날까 봐 걱정이었다.

"아가씨 깨어나면 제가 바로 깨워드리겠습니다."

"……됐어."

밑도 끝도 없는 고집에 정건이 한숨을 푹 내쉬었다. 이러다가는 수윤이 깨기도 전에 재하의 장례를 먼저 치를지도 몰랐다.

"오늘은 아주머니께서 봐주신답니다. 그러니까 좀……."

"먼저 간다."

정건의 잔소리를 버텨 낼 재간이 없던 재하는 밥을 제대로 뜨지도 않고 자리에서 일어났다. 정건도 밥을 먹다 말고 재하를 뒤따랐다.

며칠 사이 재하는 살이 쭉 빠진 듯했다. 병원으로 돌아가는 내내 정건은 재하가 쓰러질까 두려웠다. 아니나 다를까, 고집스럽게 버티던 재하는 수윤의 병실 앞에서 비틀거리며 쓰러졌다.

커다란 몸이 그대로 바닥으로 향하는 걸 뒤따르던 정건이 재빠른 몸놀림으로 잡았다.

"이봐요! 누구 없어요?"

정건이 소리치자 가까운 곳에 있던 의사가 그쪽으로 달려왔다. 의료진의 도움으로 재하는 빠르게 병실로 옮겨졌다.

"과롭니다. 까딱하다간 죽는 수가 있어요."

의사가 주의하라는 말을 남기고 병실을 나갔다. 재하는 눈을 감은 채 링거를 꽂고 있었다. 이제야 제대로 잠이 든 재하의 모습을 보며 정건이 한숨을 푹 내쉬었다. 이렇게라도 재하가 잠을 푹 잘 수 있게 되어 다행이라는 생각이 들었다.

애순과 함께 지우의 동영상을 보고 난 차 회장은 혼자 잠시 수윤의 병실에 앉아 있었다. 애순은 잠시 음료수를 뽑아 오겠다며 자리를 비웠다.

"왜 안 일어나는 거야. 벌써 사흘이나 지났는데."

애순의 말을 듣고 어렵사리 마음을 고쳐먹기로 했는데 수윤이 깨어나질 않으니 답답한 노릇이었다.

"마음 바뀌기 전에 얼른 일어나거라."

그 말을 듣기라도 한 걸까. 수윤이 꿈질거리며 손가락을 움직이더니 미간을 좁히며 스르르 눈을 떴다.

"회장님……?"

아주 기분 좋은 꿈에서 헤매다 들려오는 말소리에 수윤은 스르르 눈을 떴다. 몸이 욱신거렸다. 흠씬 얻어맞은 것처럼 몸이 쑤셨다. 아프지 않은 곳이 없어 으, 하고 옅은 신음을 터뜨리며 몸을 뒤척였다. 그러자 그녀의 시야에 익숙한 얼굴이 보였다.

"회장님……?"

수윤이 미간을 찌푸렸다. 아직 꿈인가. 차 회장이 제 곁에 있을 리가 없었다. 이건 또 무슨 꿈인가 싶어 다시 눈을 스르르 감았다.

잠깐 눈을 감았다 뜨자 시끄러운 소리가 들려왔다.

"환자분. 괜찮아요? 정신이 좀 들어요?"

"아……."

머리가 깨어질 것 같은 통증이 들었다. 수윤이 머리를 짚으며 의사를 향해 물었다.

"……뭐가 어떻게 된 거죠?"

"교통사고가 났어요."

의사의 목소리에 수윤은 그제야 잊혔던 기억들이 떠올랐다. 재하와 만나고 집으로 돌아가던 길에 차 회장을 만났고, 차에 타라는 차 회장의 말에 동승을 했다.

그리고……. 그 후 들렸던 굉음이 그녀의 마지막 기억이었다.

"여기가 어딘지 알겠어요?"

"……네. 병원이요."

오랫동안 입을 다물고 있었던 건지 목소리가 갈라져 나왔다. 몸이 너무 아파서 확인을 해 보니 어깨와 손목에 붕대가 친친 감겨 있었다.

"……우리 지우는 어디 있나요?"

수윤의 물음에 의사가 차 회장을 쳐다보았다. 지우가 어디 있는지 차 회장은 알 턱이 없었다. 어깨를 으쓱하자 의사가 말을 전했다.

"어르신께서 모르신답니다. 좀 누워 있으면 다른 가족들이 오실 겁니다."

수윤은 알겠다고 고개를 끄덕였다. 의사가 나가고 난 뒤 수윤은 억지로 몸을 일으켜 앉았다. 좀 전에는 잘못 본 게 아닌가 싶었는데 정말로 제 앞에 차 회장이 앉아 있었다.

"어떻게 제가 제일 먼저 눈 뜨자 보는 사람이 회장님이

세요."

"불만이냐?"

그 말에 수윤이 거리끼지 않고 대답했다.

"네. 회장님이랑 저 그렇게 친한 사이 아니잖아요."

"이제 정신이 제대로 드나 보구나."

말은 그렇게 해도 차 회장의 기분은 그리 나빠 보이지 않았다.

"그냥 둬도 죽지는 않았을 텐데 뭐하러 그런 짓을 했니."

차 회장의 말에 수윤이 어깨를 으쓱했다. 왜 그랬는지 스스로도 알 수가 없었다. 차 회장에게 정이 있는 것도 아닌데. 오히려 미워했었는데 그 순간에 본능적으로 몸이 튀어나갔다. 수윤은 다시 생각해도 제 행동이 이해되지 않았다.

"저도 잘 모르겠어요."

"……."

"그렇게 불편한 표정 짓지 마세요. 제가 더 불편해요."

"흠흠, 내가 언제 불편한 표정을 지었다고."

"그냥……, 크게 의미 두지 마세요. 그 타이밍에 차가 뒤집힐 줄은 저도 생각 못 했는걸요."

어쩐지 차 회장의 모습이 달라진 듯했다. 수윤이 가볍게 말했지만 차 회장은 마음이 무거운 모양이었다.

"대신 한 가지만 부탁드릴게요."

"……."

"다른 건 탐내지 않을게요. 그냥 사장님하고 만날 수 있게만 해 주세요."

"내 목숨을 구했다고 대놓고 요구하는 거냐?"

"요구가 아니라 부탁이에요."

"……네 마음대로 해라."

"네?"

수윤이 잘못 들었다는 듯 두 눈을 크게 뜨며 되물었다.

"애까지 낳았는데 내가 뭘 어떡하겠니."

"알고…… 계셨어요?"

"내가 너한테 했던 짓이 있으니 용서해달라고는 못 하겠구나."

꼬장꼬장하던 차 회장은 어느새 세월의 흔적을 맞아 많이 유해진 듯했다. 수윤은 예상치 못한 허락에 한참 동안이나 얼떨떨한 표정으로 그 자리에 앉아 있었다.

차 회장이 자리를 뜨고 난 뒤 얼마 되지 않아 병실 문이 열렸다. 문이 열리자 수윤은 소리가 나는 곳으로 고개를 돌렸다.

"오셨어요? 민혁이도 같이 왔네?"

수윤이 생긋 웃으며 말했다. 수윤이 깨어 있을 줄 상상도 하지 못 했던 애순이 수윤을 향해 달려와 그녀를 껴안았다.

"수윤아!"

"걱정 많이 하셨죠? 죄송해요."

수윤이 팔을 들어 애순의 등을 감싸고는 토닥였다. 애순이 수윤을 안고 흐느끼며 몸을 조금씩 떨었다.

"다행이다. 정말 다행이야."

"죄송해요, 엄마."

수윤이 깨어나지 않는다는 소식에도 의연하게 민혁과 명희를 다독이던 애순은 그제야 눈물을 뚝뚝 흘렸다. 민혁은 그 모습을 보며 코끝이 찡했다. 어찌 되었든 수윤이 기운을 차려서 다행이었다.

"엄마. 그만 울어. 수윤 누나가 걱정하잖아. 아픈 사람 걱정시킬 거야?"

"나이가 드니 눈물이 많아지네."

민혁이 협탁에 있는 티슈를 몇 장 뽑아 주자 애순이 티슈를 받아 들며 눈물을 훔쳤다.

"이제 정말 괜찮은 거지?"

"네. 몸이 좀 욱신거리기는 하는데 금방 나을 거래요."

애순의 물음에 수윤이 싱긋 웃으며 대답했다. 다른 것보다 우선 지우가 제일 궁금했다.

"저 사흘 동안 누워 있었다면서요? 저 없어서 지우가 많이 울지 않았어요?"

"안 그래도 너 찾고 난리도 아니었어. 좀 이따 저녁에 명희한테 데리고 오라고 할게."

수윤이 고개를 끄덕였다. 며칠 동안 지우를 못 봤다고 생각하니 마음이 좋지 않았다. 의도했든 의도치 않았든 지우가 찾을 때 옆에 없었던 게 미안했다.

"어유. 지우 아빠가 너 깨어난 거 보면 정말 좋아하겠다."

"……지우 아빠요?"

지우 아빠라는 호칭이 낯설었다. 수윤의 물음에 애순이 고개를 끄덕였다.

"너 의식 없던 사흘 동안 지우 아빠가 계속 옆에 있었어. 잠깐 밥 먹으러 갔는데 그 사이에 네가 딱 깼네."

"내가 명희 누나한테 연락해서 어디 있는지 물어볼게."

민혁은 금방 통화를 하고 오겠다며 밖으로 나갔다.

"……."

그대로 떠난 게 아니었나. 수윤은 재하와 마지막으로 만났던 것을 떠올렸다.

사고 소식은 어떻게 안 거지? 하긴. 모르는 것도 이상했다. 차 회장과 같이 사고가 났으니 재하의 귀에도 자연스레 그 소식이 들어갔을 것이다.

"……그 사람이 계속 여기 있었어요?"

"그래. 너 의식 차리는 거 본다고 계속 있었어."

"……."

"밥도 제대로 못 먹고 며칠 새 안색이 얼마나 안 좋아졌는지 몰라."

재하가 밤새 제 옆을 지켰다는 게 잘 상상이 되지 않았다. 그 사이 잠시 병실을 나갔던 민혁이 얼마 되지 않아 다시 문을 열고 들어왔다. 그 뒤로 정건의 얼굴이 보였다.

정건이 수윤을 발견하곤 급하게 병실 안으로 들어왔다.

"괜찮으십니까, 아가씨?"

"네, 비서님. 저는 괜찮아요."

수윤이 웃으며 말했다. 재하가 함께 온 줄 알았으나 그의 모습이 보이지 않자 수윤이 정건에게 물었다.

"근데 사장님은요?"

"지금…… 사장님께서 아래층에 입원 중이십니다."

"네? 무슨 일 있었어요?"

"요 며칠 무리하시더니 쓰러지셨어요."

쓰러졌다는 말에 거기에 모인 사람들이 깜짝 놀랐다. 수윤은 몸을 일으켜 자리에서 일어났다.

"……지금 가 봐도 될까요?"

정건이 고개를 끄덕였다. 수윤은 정건의 안내를 받아 재하가 있는 병실로 향했다.

재하는 2인용 병실에 홀로 누워 있었다. 수윤은 팔에 링거를 맞고 있는 그의 모습을 보며 무거운 숨을 내쉬었다.

"나 간호하려면 잘 먹고 잘 자고 잘 지냈어야지, 왜 이렇게 누워 있어요?"

수윤이 의자를 끌어와 앉으며 재하의 얼굴을 바라보았다. 수윤이 손을 뻗어 그의 얼굴을 조심스레 어루만졌다.

저를 무심하게 바라보았던 눈과 다디단 숨결을 지닌 코와 못된 말만 하는 입술을 차례로 하나씩 더듬었다. 그러다 재하의 이마에 조심스럽게 입술을 맞추었다.

"좋은 꿈 꿔요."

수윤은 곧장 제 병실로 돌아가려 했지만 재하를 혼자 두고는 발길이 떨어지지 않았다.

재하의 손을 꼭 잡으니 따스한 온기가 그대로 전해져 왔다. 얼른 재하가 눈을 떴으면 좋겠다는 생각을 하며 수윤도 스르르 눈을 감았다.

"으……"

낮게 신음을 흘리며 눈을 뜨자 무언가가 손에 잡혔다. 따뜻한 느낌이 들어 재하가 고개를 돌려 그것을 바라보았다.

"아……"

그러자 아주 거짓말 같게도 제 시야에 수윤이 들어왔다. 수윤은 침대에 엎드린 채 곤히 잠들어 있었다.

"……다행이다."

잠시 의식을 잃은 사이 수윤이 일어났다는 걸 알아차린 재하는 온몸에 힘이 다 빠져 나가는 기분이었다. 잠든 수윤의 머리칼을 사랑스러운 손길로 쓸어 넘기던 재하가 자리에서 일어났다. 엎드려 잠이 든 수윤을 침대 위에 눕히고는 이불을 꼼꼼하게 덮어 주었다.

새근새근 숨소리가 안정적으로 들려왔다. 그 숨소리 하

나에 답답했던 마음이 싹 가시는 것 같았다. 재하는 한동안 수윤이 잠든 모습을 가만히 눈에 담고 있었다.

"으음……."

아, 언제 잠이 들었지. 누운 기억이 없는데 침대 위에 누워 있자 수윤이 화들짝 놀라며 자리에서 일어났다. 재하가 옆에서 자신을 빤히 쳐다보고 있었다.

"환자가 그런 데서 잠이 들면 어떡하자는 거야."

조금 화가 난 듯한 그 얼굴에 수윤이 비죽 내밀었다. 의식을 차리고 처음 보는 건데 첫 마디가 저게 뭐야.

"과로로 쓰러진 사람이 할 말은 아니지 않아요?"

하지만 과로인 것 치고 재하는 컨디션이 나쁘지 않은 모양이었다.

"몸은 괜찮아요?"

"좀 잤더니 괜찮아. 넌?"

"팔에 깁스한 것만 빼면 괜찮아요."

"그만 돌아가자. 네 병실로."

재하의 말에 수윤이 고개를 끄덕였다. 재하가 수윤을 향해 손을 내밀자 수윤이 재하의 손을 잡았다. 두 사람은 재하의 병실을 빠져나와 수윤의 병실로 향했다.

"……왜 서울로 돌아가지 않았어요?"

얼떨결에 손을 잡았지만 수윤은 확실히 하고 싶었다. 수윤의 물음에 재하가 바로 대답했다.

"네가 깨어나는 모습을 봐야 내가 살 수 있을 것 같아서."

재하에게는 지옥 같은 사흘이었다. 수윤이 가만히 누워 있는 모습을 보는 건 너무나도 가혹한 일이었다. 차라리 제게 사고가 나서 자신이 누워 있었으면 좋겠다고 생각했다. 이렇게 괴로운 것보다 몸이 아픈 게 훨씬 나았다.

"그룹을 못 버리겠다고 했잖아요."

"내게 방해받지 않고 네가 지우와 행복하길 바랐으니까."

"바보네요."

"응. 바보였어."

슬며시 미소를 짓던 수윤이 느리게 운을 뗐다.

"있죠. 난 혼자서는 아무것도 못 해요. 명희랑 엄마랑 민혁이가 있었기 때문에 제가 버틸 수 있었어요."

"……."

"그런데 그렇게 도움을 받으면서도 계속 당신 생각이 났어."

힘이 들 때면 재하가 어김없이 생각이 났다. 잊으려고 마음을 먹으면 먹을수록 재하는 제 마음에서 자라나기만 했다. 도저히 마음을 접을 수가 없었다.

"당신이 싫은데, 미워해야 하는데…… 그러면서도 당신이 너무 그리웠어."

"그동안 옆에 있어 주지 못 해서 미안해."

어느새 수윤의 병실 안으로 들어온 두 사람은 서로를 마주 보고 섰다. 수윤과 시선을 맞추며 재하가 입술을 열었다.

"나에게 다시 기회를 주지 않겠어?"

"마지막 기회예요."

수윤이 단호하게 대답했다.

"놓치면 두 번 다시는 없을 줄 알아."

수윤의 경고에 재하가 고개를 끄덕였다. 그러고는 수윤의 여린 몸을 품에 가득 안았다.

"……놀라지 말고 들어요."

재하의 허리에 붕대를 감지 않은 팔을 두르고 있던 수윤이 조심스레 말문을 열었다. 더 이상 재하를 속이고 싶지 않았다.

"지우 말이에요."

"응."

갑자기 제 아이라는 말을 들으면 놀랄까 봐 수윤은 최대한 조심스럽게 말을 꺼냈다. 이미 지우가 제 아이라는 것을 알고 있는 재하는 슬며시 미소를 짓고 있을 뿐이었다.

수윤은 막상 제 입으로 그 말을 꺼내려니 긴장이 되는 모양이었다. 수윤이 작게 심호흡을 했다.

"지우…… 당신 아들이에요."

수윤이 떨리는 목소리로 말을 했다. 재하의 반응이 궁금했다. 하지만 재하는 아무런 반응도 보이지 않았다. 수윤은 재하가 아무런 반응을 보이지 않자 순간 불안해졌다.

"왜…… 아무 말이 없어요?"

재하의 품에 안겨 있던 수윤은 그의 표정을 볼 수 없었다. 수윤이 재하의 가슴을 밀어내며 그를 올려다보았다. 그러자 입술 가득 미소를 짓고 있는 재하의 얼굴이 보였다.

"……알고 있었어요?"

"응."

"언제부터?"

"글쎄."

재하가 대답을 얼버무렸지만 수윤은 알 것도 같았다. 지우의 얼굴을 보고 재하를 닮지 않았다고 생각하기가 더 힘들었으니까.

"지우가 당신을 많이 닮았어요."

"내가 보기엔 널 더 많이 닮은 것 같은데?"

"어머니랑 민혁이는 당신 처음 보자마자 지우 아빠인 거 바로 알았어요."

"그 정도야?"

지우를 처음 만났을 때부터 재하는 아이의 얼굴에서 수윤과 닮은 곳만 찾아냈다. 제 아이가 아니라고 굳게 믿고 있어서였을까. 재하는 지우가 자신을 닮았다는 생각은 별로 해 보지 않았다.

"회장님도 그러시던 걸요? 당신 어릴 때 판박이라고."

"……회장님, 만났어?"

"네."

재하는 걱정이 되었다. 차 회장에게 막무가내로 말을 했지만 어떤 일을 벌일지 알 수 없었다.

"너와 지우는 내가 지킬 거야."

재하가 다시 한번 수윤을 품에 꼭 안았다. 수윤이 팔을 들어 재하의 허리를 꼭 껴안았다. 입가에 저절로 미소가 지어졌다.

"앞으로 그런 걱정은 안 해도 돼요."

재하가 무슨 말이냐는 듯 수윤의 얼굴을 들여다보았다.

"회장님께서 제 마음대로 하라고 하셨어요."

"응?"

"회장님도…… 생각이 많이 바뀌신 것 같아요."

아무리 그렇다고 하더라도 쉽게 차 회장을 받아들일 수는 없었다. 하루아침에 개선될 여지가 있는 관계가 아니었다.

"……용서가 돼? 널 내게서 떼어 내려고 수단과 방법을 가리지 않았던 사람이야."

"저도 회장님 뜻에 장단을 맞췄으니까요."

"……."

"회장님이 시켰다고 해도, 결과적으로 보면 전 제가 하고 싶은 대로 다 했어요."

수윤이 빙긋 웃으며 말했다. 수윤의 웃는 얼굴이 시야에 들어온 순간 재하는 다른 건 어떻게 되든 상관없다는 생각이 들었다.

감회가 새로웠다. 2년 전, 수윤을 그리워하며 술에 절어 살 때는 이렇게 수윤과 웃으며 다시 얘기를 나눌 수 있을 거라고 상상도 하지 못 했다.

"수윤아."

재하가 낮고 부드러운 목소리로 그녀의 이름을 불렀다. 그러자 수윤이 재하를 올려다보았다.

"네?"

"사랑해."

난데없는 고백에 얼굴이 홧홧했다.

"뜬금없이 그런 말씀을 하시면⋯⋯."

"네가 너무 사랑스러워서 입에서 말이 그냥 나오네."

능청스러운 대답에 수윤이 풋, 하고 웃음을 터뜨렸다. 예전에 차갑기만 했던 그 남자가 맞나 하는 의심이 들었다. 재하가 수윤의 웃는 입술에 가볍게 입술을 맞추었다.

그때 문이 활짝 열렸다.

"엄마! 지우 왔어요!"

명희가 큰 소리로 말하며 문을 열었다. 그 옆에는 지우를 안고 있는 정건이 있었다.

"어이쿠."

노크도 없이 문을 연 두 사람은 병실 안에서 재하와 수윤이 서로 끌어안고 있는 모습을 보며 황급히 뒤돌아섰다.

"죄송합니다."

"하시던 거 계속하세요."

수윤은 민망함에 재하의 품에서 황급히 빠져나왔다.

"아니야, 아니야. 어서 와. 어서 와요, 비서님."

수윤이 문을 닫고 나가려던 두 사람을 다급하게 붙잡았다. 명희와 정건은 나가려다 수윤에게 붙잡혀 다시 안으로 들어왔다.

"지우야. 엄마한테 와."

병원에 오기 전까지 별 탈 없이 놀고 있던 지우는 수윤의 얼굴을 보자마자 울음을 터뜨렸다. 병실이 금세 아이의 울음소리로 가득 찼다.

"엄마가 미안해. 우리 지우 엄마 많이 보고 싶었지?"

수윤이 무릎을 굽혀 아이와 눈을 맞추고는 한참이나 달랬다. 지우는 울다가 제풀에 지쳐 잠이 들었다.

"고마워요. 두 사람 다. 지우 챙겨 줘서."

"컨디션은 좀 어때?"

"많이 좋아졌어."

수윤의 웃는 모습을 보는 명희의 눈가에 눈물이 고였다. 누워 있는 모습만 보다가 말을 하는 수윤을 보니 어찌나 반가운지 명희가 수윤의 옆자리로 바짝 당겨 앉으며 그녀를 세게 끌어안았다.

그것을 보고 있던 재하의 눈썹이 불만스럽게 치켜 올라갔다.

"수윤이 팔 아파. 안정 취해야 하니까 조심 좀 해."

수윤은 재하에게 괜찮다는 신호를 보내며 명희를 끌어안았다. 재하가 마음에 안 든다는 표정으로 명희를 보고 있으니 그 모습을 발견한 정건이 쿡쿡 웃었다.

그렇게 수윤은 명희와 정건과 함께 앉아서 시시콜콜한 대화를 나누었다. 창틀에 기대어 세 사람의 대화를 듣고 있던 재하는 그게 마음에 들지 않았다.

"사장님은 이제 좀 괜찮으십니까?"

"보다시피."

"혈색이 많이 돌아왔네요. 하마터면 정말 돌아가시는 줄 알았습니다."

정건이 가슴을 쓸어내리며 진심을 담아 말했다. 재하는 재수 없는 말을 아무렇지 않게 잘도 하는 정건을 못마땅한 눈빛으로 보았다.

재하의 눈빛이 '눈치 없는 것' 하고 말하고 있었다.

"더 할 말이 남았나?"

재하가 정건과 명희를 번갈아 보며 물었다. 그 말에 명희가 고개를 저었다.

"아니요."

그럼 이제 가겠군, 하고 생각하는 찰나.

"근데 더 있다가 가려고요. 수윤이랑 더 같이 있고 싶어서."

명희가 진지한 얼굴로 말했다. 수윤과 둘만 있고 싶은 재하의 마음을 눈치채고는 일부러 둘만의 시간을 방해하려고 자리를 뜨지 않는 것 같았다. 못 알아듣는 척을 하면 알아듣게끔 말을 하는 수밖에 없었다.

"눈치 없이 뭐 하는 거야. 얼른 가지 않고."

"좀 더 있다가 갈 건데요?"

"그럼 저도 명희 씨 갈 때 함께 가겠습니다."

저 바보 커플이……. 재하는 인내심의 한계를 느끼며 직설적으로 말했다.

"둘만 있고 싶다는 뜻을 이렇게 못 알아듣나?"

그 말에 명희가 그제야 쿡쿡 웃으며 가방을 챙겨 자리에서 일어났다.

"사장님 눈에서 레이저 나와서 더 이상 못 앉아 있겠다."

명희가 수윤을 보며 장난스럽게 말하자 수윤의 얼굴이 금세 붉어졌다.

"그럼 우리는 내일 또 올게."

"몸조리 잘 하고 계세요, 아가씨."

두 사람이 손을 흔들며 병실을 나갔다. 그러고 나서 수윤은 눈에 힘을 주며 재하를 쳐다보았다.

"명희랑 비서님한테 왜 그러시는 거예요! 민망하잖아요."

"눈치 없이 계속 눌러앉아 있으니까 그렇지."

"그렇게 눈치 안 줘도 곧 갈 텐데, 정말."

"방해받았으니까."

수윤의 타박에도 재하는 진지했다. 그러다 명희와 정건이 병실을 들어왔을 때부터 생각하고 있던 말을 내뱉었다.

"아까 하던 걸 마저 해야겠는데."

"아까 뭘 했다고……."

수윤이 말끝을 흐리며 재하의 지긋한 시선을 피했다.

"기억 안 나?"

"네. 안 나요."

"그럼 기억나게 해 줄게."

재하가 수윤을 자리에서 일으켜 세웠다. 그러고는 수윤의 허리를 양팔로 감아 제게로 바짝 잡아당겼다.

"지우 깨요⋯⋯."

"깊이 잠든 거 안 보여?"

재하가 천천히 수윤에게로 다가왔다. 심장이 터져 버릴 것처럼 뛰었다. 재하와 입술을 맞춘 게 한두 번도 아닌데 왜 이렇게 긴장이 되는지 알 수 없었다.

수윤은 재하의 셔츠 자락을 양손으로 꾹 쥐고는 스르르 눈을 감았다. 수윤의 도톰한 입술에 재하의 입술이 다시금 막 겹쳐지려 하는 순간이었다.

"우에엥. 무쪄어."

자다가 깬 지우가 갑자기 큰 소리로 울음을 터뜨렸다. 놀란 수윤이 황급히 재하를 밀어내고는 곧장 지우에게로 달려갔다.

"엄마. 흐아앙."

"지우야. 괜찮아? 무서운 꿈 꿨어?"

지우의 배를 토닥이며 달래는 수윤을 보며 재하는 갈 길이 험난하다는 생각이 들었다.

수윤은 몸이 근질거려 2주 만에 퇴원을 하고 싶었지만 재하의 완강한 고집에 두 손 두 발을 다 들 수밖에 없었다.

그래서 결국 한 달 넘게 병원 신세를 지고 나서야 퇴원을 할 수 있었다.

"집에 가니까 너무 좋아요."

"그렇게 좋아?"

"네."

수윤이 홀가분한 표정으로 웃었다.

"근데 이제 서울 가야 하는 거 아니에요? 너무 오래 회사를 비워 두는 것 같아서요."

"비워 두긴. 몸은 여기 있었지만 중요한 일은 다 처리했어."

그 말에 수윤의 눈이 휘둥그레졌다.

"네? 일을 했다고요? 언제요?"

"이수윤 씨가 잠든 사이에."

"말도 안 돼."

수윤은 믿을 수가 없었다. 한 달간 내내 붙어 있으면서 재하는 단 한 번도 수윤보다 늦게 일어난 적이 없었다. 매일 자신보다 더 일찍 눈을 뜨고 늦게 잠이 들었다는 사실에 수윤은 경악했다.

"앞으로 밤에 일하는 거 금지예요. 밤에는 잠을 자야죠."

"알겠습니다. 명심하죠."

어느새 재하가 수윤의 집 앞에 차를 세웠다. 수윤은 오랜만에 집에 왔다는 사실에 너무 기분이 들떴다.

"얼른 들어가자."

재하의 말에 고개를 끄덕인 수윤이 문을 활짝 열었다. 그러자 거실에는 애순과 민혁, 명희와 정건, 그리고 지우까지 모두가 모여 있었다.

"수윤아, 퇴원 축하해!"

"축하합니다!"

거실 중앙에는 흡사 잔칫날처럼 진수성찬이 차려져 있었다. 민혁이 만든 케이크와 명희와 애순이 정성스레 준비한 음식이었다.

"받으시죠."

정건은 수윤에게 꽃다발을 내밀었다. 누구의 아이디어인지 알 것 같아 옆에 서 있는 재하를 흘긋 보자 그가 슬며시 웃었다.

"축하해!"

그렇게 퇴원 파티를 빙자한 술 파티가 시작이 되었다.


파티를 마음껏 즐긴 수윤과 재하는 왁자지껄한 틈을 타 밖으로 나왔다.

"잠깐 산책하자."

재하가 수윤에게 손을 내밀자 수윤이 환하게 웃으며 재하가 내민 손을 잡았다. 마주한 손바닥에서 따뜻한 체온이 전해져 온다. 수윤은 지금 이 순간이 꿈인 것만 같은 기분이 들었다.

"병원에 있을 때 나 사흘 동안 잠들어 있었잖아요."

수윤의 말에 재하가 벌써부터 표정을 굳혔다. 재하는 악몽 같던 그 사흘을 떠올리는 것이 아직까지는 고통스러웠다.

"그때 사실 엄청 긴 꿈을 꿨어요."

"좋은 꿈이었나 봐. 그렇게 오랫동안 꿈을 꾼 걸 보면."

수윤이 수줍게 웃으며 고개를 끄덕였다.

"당신과 한 가정을 이루고 아이를 낳고 행복하게 사는 꿈이었어요."

"진짜 좋은 꿈이었네."

"꿈속에서 지우가 동생들이랑 뛰어놀고 있는 걸 우리 둘이서 엄청 행복하게 바라보고 있었어요. 그냥 그것만으로 너무 행복해서 깨고 싶지 않았나 봐요."

손을 잡고 걷던 재하가 걸음을 멈추었다. 수윤이 왜 그러냐는 듯 고개를 돌려 그를 바라보았다.

"수윤아."

재하가 수윤의 양손을 꼭 잡으며 진심을 담아 그녀에게 말했다.

"우리 결혼하자."

"……네?"

갑작스러운 말에 수윤이 얼떨떨한 표정을 지었다.

"순서가 뒤죽박죽이긴 한데, 너하고 지우와 같이 살고 싶어."

언제 준비한 것인지 그가 주머니 안에서 네모난 케이스 하나를 꺼냈다.

수윤이 떠난 후, 재하는 반쯤 미친 사람처럼 살았다. 원할 때 그녀를 볼 수 없고 만질 수 없으니 미칠 노릇이었다.

그럴 때마다 그녀에게 어울릴 만한 선물을 샀다. 지금 재하가 꺼낸 반지 케이스는 재하가 가장 처음에 산 선물이었다. 다시 말하면 수윤에게 가장 주고 싶은 선물이기도 했다.

재하는 반지 케이스를 열어 다이아가 박힌 세련된 디자

인의 반지를 꺼냈다. 수윤의 가녀린 손을 잡고 그녀의 네 번째 손가락에 반지를 끼웠다. 자로 잰 듯 사이즈가 수윤에게 딱 맞았다.

"결혼해 줘."

표정 변화는 없었으나 재하의 목소리가 어울리지 않게 떨려 나왔다. 수윤이 대답이 없이 제 손에 끼워진 반지를 물끄러미 내려다보았다. 그러자 그가 초조한 표정으로 그녀를 향해 묻는다.

"해 줄 거야?"

재하에게서 청혼을 받을 거라고는 상상조차 해 본 적 없었다. 오랫동안 그의 마음을 간절히 바랐기 때문일까. 다른 말보다 눈물이 먼저 흘러나왔다. 당황한 재하가 그녀의 눈물을 손으로 닦아 주었다.

"내가 너무 급했지? 네가 싫으면……."

"아니, 그런 게 아니라."

수윤이 고개를 좌우로 저어 냈다.

"……좋아요. 좋아서 그래요."

"그럼……."

"결혼해요, 우리."

수윤의 대답에 재하는 자신이 먼저 청혼을 해 놓고서, 결혼이라는 말이 실감이 나지 않는지 한참 동안 넋이 나간 얼굴로 서 있었다.

"싫어요?"

그 모습을 보며 수윤이 장난스럽게 웃으며 묻자 재하는 그제야 정신을 차리고는 그녀를 향해 대답했다.

"그럴 리가."

재하는 그답지 않게 쑥스러운 듯 미소를 지었다.

"어떡하지. 좋아서 미치겠는데."

벅차오르는 마음을 어쩌지 못하고 수윤의 양 볼을 손바닥으로 감싸 쥔 재하가 그녀의 입술에 제 입술을 겹쳤다.

산책을 다녀오자 명희가 수윤의 옆에 찰싹 붙었다. 그러더니 곧장 수윤의 변화를 알아챘다.

"뭐야? 수윤이 너 손에 그 반지 언제부터 끼고 있었던 거야?"

명희가 수윤의 손을 잡으며 호들갑을 떨었다.

"아, 그게……."

"프러포즈하셨어요?"

수윤의 옆에 찰싹 붙어 반지를 구경하던 명희가 재하를 휙 돌아보며 물었다.

"응."

재하가 망설이지 않고 대답을 했다. 그 말에 그 자리에 모여 있던 사람들이 전부다 눈을 크게 떴다.

"그럼 누나랑 그쪽 결혼하는 거예요?"

"어머. 잘 됐구나."

민혁은 말도 안 된다는 반응을 보였으나 애순은 그것을 완전히 무시하고는 짝짝짝 박수를 쳤다.

"축하드립니다."

"축하해요!"

정건과 명희가 저마다 한 번씩 축하의 말을 건넸다.

"고마워."

수윤이 수줍게 웃으며 대답을 했다. 민혁은 그 모습이 못마땅한 표정이었다.

"난 우리 누나 못 보내."

민혁이 팔짱을 끼고 절대 안 된다는 듯 재하를 노려보았다. 그러자 애순이 민혁의 옆구리를 쿡 찌른다.

"네가 뭔데 못 보내. 그러지 말고 축하나 해."

떠들썩한 상황에서 영문을 모르고 눈을 깜빡깜빡하고 있는 사람은 지우 혼자뿐이었다. 명희가 그런 지우의 옆으로 다가가 상황을 설명해 주었다.

"지우야. 엄마랑 아빠가 결혼한대."

"겨롱?"

지우가 눈을 동그랗게 뜨고 물었다.

"이제 지우랑 아빠랑 엄마랑 셋이 같이 사는 기야."

"아빠?"

그동안 부를 일이 없었으니 지우에게 가르쳐 주지 않은 단어였다. 수윤이 자리에 앉으며 지우와 눈을 맞추었다.

"응. 아빠라고 해 봐, 지우야."

수윤이 재하에게 가까이 오라고 손짓을 했다. 한 번도 아이의 입에서 아빠라는 말을 들은 적이 없던 재하는 수윤에게 청혼을 할 때만큼 가슴이 떨렸다.

재하가 지우의 앞에 앉자 수윤이 그를 가리키며 얼른, 하고 지우를 재촉했다. 그러자 지우가 재하를 빤히 쳐다보았다.

"아빠."

지우가 동그랗고 까만 눈동자로 재하를 보며 말했다. 말로 표현할 수 없는 감정이 가슴속에서 소용돌이치는 것 같았다.

"……응."

재하는 목이 메어 대답을 제대로 하지 못했다.

"아빠."

재하가 대답을 하자 지우가 한 번 더 그를 불렀다. 가슴이 뭉클했다. 미안함과 기쁨과 죄책감이 뒤섞여 재하의 눈가가 촉촉해졌다. 재하가 커다란 손으로 눈가를 가렸다.

"죄송합니다."

재하가 자리에서 일어났다. 수윤이 그런 재하를 방으로 데리고 들어갔다. 재하의 그런 모습에 그 자리에 있던 모든 사람들이 숙연해졌다.

방으로 들어온 수윤은 재하를 토닥였다.

"미안해요."

"뭐가?"

"내가 내 생각만 했던 것 같아서."

조금 전 재하와 지우의 모습을 보고 있던 수윤은 그에게 미안한 마음이 들었다. 자신이 재하를 떠나는 선택을 하면서 재하는 아이의 존재를 모르고 살아왔다.

그때는 재하가 그걸 원하지 않을 거라 생각했다. 더 불행해지고 싶지 않았다. 제 아이를 뺏기고 싶지도 않았고. 아이가 태어나는 기쁨과 아이가 성장하는 기쁨을 재하에게서 뺏은 것 같은 기분이 들었다.

"네가 네 생각을 하는 건 당연한 거야."

"하지만……."

"너한테 확신을 주지 못한 내 잘못이야. 네가 미안해할 필요는 하나도 없어."

재하는 고해성사를 하듯 미안한 마음을 하나씩 풀어놓았다.

"네가 아이를 품고 있을 때 옆에 있어 주지 못 해서 미안해. 낳을 때 옆에 있어 주지 못 해서 미안하고."

"……."

"제일 힘들 때 육아를 함께 못 한 것도 미안해."

미안한 게 너무 많아서 말로 다 꺼낼 수가 없었다. 수윤은 그런 재하를 꼭 안아 주었다.

"앞으로는 어디 안 가고 네 옆에 꼭 붙어 있을게."

수윤이 재하의 등을 토닥이며 쿡쿡 웃었다.

"네가 날 떠나면 지구 끝까지 널 따라갈 거야."

"그게 뭐예요."

재하가 수윤을 품에 꼭 안았다. 그동안 하고 싶었던 말이 많았다. 그중에 가장 궁금했던 것을 수윤에게 조심스레 물었다.

"지우 가졌을 때…… 어떤 기분이었어?"

"음…… 잘 기억 안 나요."

"거짓말."

"듣고 싶어요?"

"물론."

"사실 그때는…… 정말 다 포기하고 싶었어요. 차재하 씨가 날 너무 못 살게 굴어서."

수윤이 웃으며 말했지만 재하는 웃을 수 없었다.

"그때의 나는 뭐랄까, 행복한 가정에 집착하고 있었어요. 그게 깨어지자 무기력하기도 했고요."

수윤은 당시 상황을 떠올렸다. 정말 다 포기하고 싶었던 때 지우는 제게 선물처럼 와 주었다.

"근데 지우를 가졌다는 걸 알게 된 거예요. 그때부터는 왠지 모르게 힘을 내야겠다는 생각이 들더라고요. 내가 아니면 이 작은 생명을 지켜 줄 사람이 없으니까."

아무것도 기댈 곳이 없던 그녀의 삶에 아이는 유일하게 버틸 수 있는 힘이었다. 아이를 위해서라도 열심히 살아야 겠다는 생각이 들었었다.

"그래서 밝게 지내려고 노력했어요. 그 덕에 어머니랑 민혁이도 만나고 지우 키우는 데 도움을 많이 받았죠."

재하는 그 어떤 위로의 말 없이 수윤을 품에 안았다. 그녀의 머리를 부드럽게 쓰다듬고는 그녀의 이마에 입술을 묻었다.

"지우…… 태명은 있었어?"

"당연히 있었죠."

"뭔데? 궁금해."

"튼튼이요."

굉장히 직관적인 이름이었다. 재하는 이수윤답다는 생각을 하며 다음 질문을 이어 갔다.

"지우 낳을 때는…… 어땠어?"

"오늘 궁금한 게 참 많으시네요?"

수윤이 재하의 얼굴을 올려다보며 쿡쿡 웃었다. 그렇게 말을 하면서도 재하의 질문 폭탄이 싫지 않은 모양이었다.

"진통이 그런 건 줄 정말 몰랐어요. 너무 아프더라고요. 누가 그랬는데 기차가 밟고 지나가는 것 같다고."

"누가?"

"어머니가 그러셨어요."

수윤이 쿡쿡 웃었다.

"자연 분만을 하려고 했어요. 보통 다들 일찍 낳는다고 하길래 나도 그럴 줄 알았어요. 근데 예정일이 지났는데도 나올 생각을 안 하는 거야."

그때의 기억이 떠오르는 듯 수윤이 고운 미간을 있는 대로 좁혔다. 수윤이 계속해서 말을 이었다.

"유도 분만을 해야 된다고 해서 부랴부랴 했죠. 그러면 금방 낳을 수 있을 줄 알았는데 그렇게 하루 종일 진통을 해도 낳을 수가 없었어요."

얼마나 고통스러운 순간이었을지 상상이 잘 가지 않았다. 재하는 그런 고통을 오롯이 혼자서 다 겪었어야 할 수윤에게 미안한 마음만 들었다.

"그래서 결국 제왕 절개해서 낳았어요, 우리 지우."

할 수 있는 거라고는 수윤을 안아 주는 것밖에 없었다. 재하는 그렇게 수윤을 한참 동안 안고 있었다.

"아, 아까 말하는 거 잊었는데 늦어도 내일 오후에는 서울로 가야 할 것 같아."

수윤이 아쉬운 듯 고개를 끄덕였다.

"그럼 또 잠시 이별이겠네요."

이렇게 함께 있게 된 지 얼마 되지도 않았는데 금세 이별을 해야 한다는 게 서운했다. 하지만 일 때문이니 어쩔 수 없었다.

"그래서 말인데, 같이 가자."

"······네?"

"결혼하고서도 계속 이렇게 떨어져 지낼 수는 없잖아."

수윤은 자신이 제주도를 떠난다는 생각은 한 번도 해 보지 않았다. 재하의 청혼을 받아들였지만 한동안 서울과 제주를 왔다 갔다 할 거라고 생각했다.

"이제 너와 한 시도 떨어져 있고 싶지 않아."

"서울로 돌아가는 건 좀······."

"싫어?"

"싫은 게 아니라 지금 제가 민혁이 일도 돕고 있고, 지우도 여기서 어린이집에 다니고 있고, 어머니도 여기 계시니까……."

어느덧 소중한 것들이 하나둘씩 늘어났다. 태어나고 자란 서울보다 지금 이곳이 그녀에게는 더 고향 같은 기분이 들었다. 재하 역시 그것을 모르지 않았다.

"네가 원하지 않으면 당분간은 이렇게 지내도 돼."

"정건 씨!"

명희가 반갑게 손을 흔들자 정건이 환히 웃었다.

"이 시간에 어린이집까지 웬일이에요?"

아직 이른 시각이었기에 명희가 의아한 얼굴로 물었다.

"드릴 말씀이 있어서요."

정건이 조금 진지한 얼굴로 말을 이었다.

"사장님께서 오늘 저녁에 서울로 올라가신다고 해서 저도 함께 올라가야 할 것 같습니다."

"아…… 그렇구나."

명희가 아쉬운 기색을 보였다. 언제까지 정건이 제주도에 머물 거라는 생각은 안 했지만 정건이 떠나는 날이 이렇게 빨리 올 거라고 생각하지는 못했다.

"그래서 말인데……."

정건이 머뭇거리며 말끝을 늘렸다.

"명희 씨는 저를 어떻게 생각하십니까?"

정건이 진지한 얼굴로 명희를 바라보았다. 명희는 정건의 눈을 똑바로 마주했다.

좋아지지 않으면 어쩌나 고민한 것이 무색하게 명희는 정건에게 호감이 갔다. 그것이 아직 좋아하는 마음인지 아닌지는 잘 모르겠지만 정건과 조금 더 만나 보고 싶은 마음이 들었다.

"제가 서울로 가도 명희 씨와는 계속 만나고 싶습니다."

"눈에서 멀어지면 마음도 멀어진다던데……."

하지만 명희는 확신이 서지 않았다. 어차피 이어지지 못할 인연을 억지로 끌고 가고 싶은 생각은 없었다. 명희의 말에 정건이 그녀의 어깨를 힘 있게 잡았다.

"절대로 그럴 일은 없습니다."

"정말요?"

"주말마다 내려오겠습니다."

정건이 마음에도 없는 소리를 하는 사람은 아니었다. 그는 말을 하면 지키는 사람이었다. 그동안 정건의 우직한 모습을 눈으로 봐 왔기에 명희는 그가 믿음직스러웠다.

"……저도 놀러 갈게요."

"네?"

"생각해 보니까 서울 안 간 지도 오래된 거 있죠. 서울에서 데이트하는 것도 나쁘지 않을 것 같아요."

그 말이 긍정의 의미라는 것을 깨달은 정건의 얼굴에 활짝 웃음꽃이 피었다.

"명희 씨. 잠깐만 실례하겠습니다."

"어머!"

기쁨을 주체하지 못한 정건이 명희를 품에 꽉 껴안았다.

"그럼 우리 이제 사귀는 겁니까?"

"그걸 말로 해야 알아요?"

명희는 갑작스러운 포옹이 부끄러웠지만 의외로 기분이 좋았다.

"명희 씨. 제가 항상 웃게만 해드릴게요!"

정건의 들뜬 목소리에 명희가 수줍은 미소를 지었다.

"기대하고 있을게요."

퇴근 후 저녁 준비를 하고 있으니 애순이 지우와 함께 수윤의 집으로 들어왔다. 식탁에 앉은 애순이 지우를 제 무릎 위에 앉히며 물었다.

"서울은 언제 올라갈 예정이야?"

"네?"

"우리 지우 이제 못 봐서 섭섭해서 어떡하지?"

애순이 지우의 이마에 쪽 하고 입을 맞추었다. 그 모습을 보며 수윤이 말했다.

"아직 생각 중이에요. 제주도를 떠날 엄두가 나지 않아서요."

"나랑 민혁이가 마음에 걸려서 그러는 거야?"

수윤은 대답을 하지 않은 채 미소만 지었다.

"우리는 신경 쓰지 않아도 돼. 여기서 신혼집을 차릴 수는 없잖아. 신혼부부가 떨어져서 지내는 것도 이상하고."

"……그렇긴 하죠."

"지우가 아빠한테 정붙이려면 하루빨리 같이 살아야지."

애순이 지우에게 그치, 지우야? 하고 물으며 사랑스러운 눈빛으로 아이를 바라보았다.

"……상상이 잘 안 돼요."

"뭐가?"

"엄마랑 민혁이가 제 곁에 없는 게요."

그만큼 수윤이 혼자 있었을 때 두 사람이 의지가 많이 되었었다.

"수윤아."

"네."

"원래 자식은 부모의 곁을 떠나는 거야. 언제까지고 부모와 함께 있을 수는 없어."

"……."

"지금 그런 순간이 온 거고, 엄마는 네가 사랑하는 사람과 행복하게 지내는 모습을 보면 그걸로 만족해."

애순이 빙긋 웃음을 지었다. 그러더니 섭섭하다는 목소

리로 말을 꺼냈다.

"이제 서울 가면 다시는 이쪽에 발도 안 붙일 거니?"

"아, 아니요! 그럴 리가 없잖아요."

"그런 게 아니라면 그만 고민하고 셋이서 예쁜 가정을 꾸려. 그게 엄마가 가장 바라는 일이야."

수윤이 고개를 끄덕였다. 애순에게 털어놓으니 한결 마음이 편해졌다. 지우의 손을 잡고 놀아 주던 애순은 문득 노파심이 들어 수윤에게 물었다.

"근데 설마 지우 아빠 앞에서 고민해 본다는 말 같은 거 한 건 아니지?"

"네? 아…… 글쎄요. 했던 것 같은데……."

그 말에 애순이 쿡쿡 웃었다.

"지우 아빠 많이 서운했겠네."

아. 수윤은 뒤늦게 그럴 수도 있었겠다는 생각이 들었다.

재하와는 저녁 늦은 시간이 되어서야 통화를 할 수 있었다. 하루 종일 일을 하느라 바빴던 모양이었다.

"저녁은 먹었어요?"

─응. 넌 퇴근했어?

"네. 재하 씨는요?"

─나도 좀 전에 퇴근했어. 지우는?

"좀 전에 잠들었어요."

─벌써 보고 싶네.

재하는 벌써 아들 바보가 된 모양이었다. 벌써부터 자신보다 지우를 더 많이 찾는 것 같아 수윤은 흐뭇했다.

"어제…… 같이 가자는 말 제가 거절해서 서운했어요?"

─조금?

"아, 미안해요."

─장난이야. 네가 의지하고 있는 거 잘 아는데 내가 어떻게 감히 서운해해.

재하는 전혀 섭섭하지 않았다고 말했다. 그래서 수윤은 재하를 조금 놀려 주고 싶었다.

"그럼 나 서울 안 가도 돼요?"

─……안 오려고?

안 간다는 말에 순식간에 재하의 목소리가 가라앉았다. 그에 수윤이 쿡쿡 웃었다.

"장난이었어요. 갈게요."

─……놀랐잖아.

"우리 같이 살아요. 지우랑 셋이서 알콩달콩."

수윤의 말에 전화 너머에서 재하의 웃음소리가 들려왔다.

─좋다. 알콩달콩.

수윤은 머지않아 재하와 함께 지낼 날이 몹시 기대되었다.

"저 수윤이와 함께 살기로 했습니다."

다음 날 회사에 출근을 한 재하는 아침 일찍 회장실로 향했다. 매일 아침 이른 시간에 꼬박꼬박 출근을 하는 차 회장은 오늘도 역시 회장실에 있었다. 차 회장은 갑작스러운 재하의 보고에 관심 없는 척하며 귀만 기울였다.

"알아서 하라는 말 뭐로 들었니."

"네. 알아서 할 건데 말씀은 드려야 할 것 같아서요."

"보고는 안 해도 된다. 너희들 맘대로 해."

수윤에게 마음대로 하라고 했다고 하더니 정말인 모양이었다. 재하는 제게 마음대로 하라고 말하는 차 회장이 낯설게 느껴졌다.

한편으로는 좋기도 했다. 살면서 차 회장은 한 번도 자신을 존중해 준 적이 없었다. 재하는 이제야 존중받는 기분이 들어 저도 모르게 웃음이 나왔다.

"아직 지우 한 번도 못 보셨죠?"

관심 없는 듯 신문을 보고 있던 차 회장이 지우라는 한마디에 재하를 슬쩍 쳐다보았다. 차 회장은 지우가 보고 싶어서 수윤을 찾아가기까지 했지만 여건이 되지 않아 아직까지 지우를 보지 못 한 상태였다.

"이번 주 안으로 수윤이가 올라올 것 같습니다. 그때 다 같이 식사 한번 하시죠."

"그러도록 하지, 뭐."

재하의 말에 차 회장이 건성으로 대답하는 척했다. 그렇지만 재하는 차 회장의 말과 행동이 다르다는 걸 쉽게 눈치챌 수 있었다.

"그럼 주말에 연락드리겠습니다."

"오느라 고생 많았어."

토요일이 되자마자 수윤은 짐을 싸서 서울로 올라왔다. 재하가 공항으로 마중을 나갔다.

"근데 정말 아무 준비도 안 해도 괜찮아요?"

수윤은 지우와 자신의 옷가지만 몇 개 챙겨 서울로 올라왔다. 너무 맨몸으로 온 것만 같아 신경이 쓰였지만 재하는 그게 더 좋은 모양이었다. 수윤에게 아무것도 챙기지 말고 몸만 오라고 신신당부를 했다.

"준비는 원래 남자가 하는 거야."

재하의 말에 수윤이 픽 웃음을 지었다. 재하의 차로 가서 짐을 실었다. 지우를 태우려고 뒷좌석 문을 열자 그 안에 카시트가 놓여 있었다. 그걸 보고 수윤은 흐뭇한 미소를 감출 수 없었다.

"이건 언제 준비했대요?"

"서울 오자마자 바로."

세 사람은 차를 타고 곧장 집으로 향했다. 2년 반이 지나 다시 서울로 돌아온 수윤은 오랫동안 떠나 있었음에도 길이 익숙하게 느껴져 신기했다.

"근데 왜 이쪽 길로 가는 거예요? 원래 집 여기 아니잖아요."

"이사했어."

"언제요?"

"며칠 전에."

당연히 재하의 집으로 갈 줄 알았는데 그게 아니었다. 재하가 한참을 달려 도착한 곳은 경기도의 어느 주택이 밀집한 곳이었다.

"이제 여기가 우리 집이야."

차고의 문이 열리자 재하가 그 안에 주차를 하고는 차에서 내렸다. 트렁크에서 짐을 내린 후 지우를 한 손에 안아 들었다.

차에서 내린 수윤은 놀라서 눈을 끔뻑였다.

"……이런 곳에서 살 거라고요?"

스치듯 보아도 저택의 규모는 컸다. 오랜만에 느껴 보는 화려한 스케일이었다.

"회장님이 선물해 주셨어."

회사와의 거리를 생각하여 재하는 적당한 곳에 위치한 아파트를 얻으려고 했다. 하지만 차 회장의 생각은 달랐다.

아이가 마음껏 뛰어놀 수 있는 환경을 가장 먼저 생각한 차 회장은 사생활 보호가 되는 고급 저택을 고민 없이 구매했다.

"……회장님께서요?"

"지우가 많이 보고 싶으신가 봐. 그때 말했지? 지우 오면 점심 같이하자고 했는데 계속 언제 오냐고 물어보시더라."

수윤은 2층짜리 저택을 다시 한번 둘러보았다. 마당에는 잔디가 깔려 있었고 담이 높게 있어 밖에서는 안이 보이지 않았다.

수윤은 이상한 기분이 들었다.

"왜 그래?"

"그냥……. 회장님이 우리를 위해서 이런 집을 사 주셨다니까 기분이 이상해서요."

자신을 무척이나 싫어하던 차 회장이 이렇게 변했다는 생각이 들자 코끝이 찡했다. 재하가 그런 그녀를 집 안으로 안내했다.

"얼른 들어가자."

문을 열고 들어가자 커다란 내부가 보였다. 집의 분위기는 전체적으로 아늑했다.

1층에는 거실과 주방, 그리고 침실 두 개가 있었고 2층에는 방이 세 개가 있었다. 지하에 또 다른 공간이 있다는 걸 발견한 수윤은 곧장 지하로 내려갔다. 그 밑에는 아이가 뛰어놀 수 있는 놀이방과 아이를 위한 서재가 있었다.

"회장님 정말 대단하시네. 완전 지우 위주잖아?"

그렇게 말하면서도 재하는 기분이 좋아 보였다. 그건 수윤도 마찬가지였다. 지우는 벌써부터 그곳에 반한 듯했다. 볼 풀과 미끄럼틀이 아이의 시선을 사로잡았던 것이다.

지하 구경을 끝내고 올라온 수윤은 방문을 모조리 다 열어 보았다. 잘 꾸며진 방을 보며 감탄을 하다 2층 맨 구석에 있는 방의 문을 열었을 때였다.

그 방에는 온갖 선물 상자들이 가득 했다. 몇 개인지 셀 수도 없이 많은 선물 상자에 수윤의 눈이 휘둥그레졌다.

"어…… 이게 다 뭐예요?"

함께 구경을 하러 올라온 재하에게 묻자 그가 멋쩍은 표정으로 목덜미를 쓸었다.

"선물."

"선물인 건 나도 알겠는데?"

재하가 말하기 쑥스러운지 잠깐 동안 망설이더니 설명하기 시작했다.

"너 없을 때. 네 생각나서 하나씩 산 것들이야."

"……네?"

"너한테 너무 못 해 준 것 같아서. 예쁜 걸 볼 때마다 후회가 되더라. 그때 사 줄 걸, 하고."

수윤은 코끝이 찡했다. 재하가 어떤 마음으로 선물을 샀을지 알 것 같아 마냥 웃을 수만은 없었다.

"……열어 봐도 돼요?"

"당연하지. 다 네 거야."

방으로 들어선 수윤이 작은 선물 상자를 하나 집었다. 조심스럽게 포장을 뜯자 그 안에는 팔찌가 들어 있었다.

"아마 액세서리가 제일 많을 거야."

"너무 예쁘다…….""

반짝반짝 빛나는 팔찌 끝에 하트 모양의 보석이 매달려 있었다.

"이거 채워 줄래요?"

수윤의 말에 재하가 가까이 다가왔다. 그녀의 팔에 팔찌를 조심스레 채웠다.

"잘 어울려요?"

"내가 보는 안목이 있긴 해."

슬며시 웃은 수윤이 손목에 자리 잡은 팔찌를 보았다. 그러다 방 안을 다시 한번 둘러보았다. 아직 풀지 않은 선물 상자가 무척이나 많았다.

"무슨 선물 샀을지 궁금하긴 한데, 하루에 하나씩만 풀어 볼래요. 너무 다 풀어 보면 긴장감이 떨어질 것 같아."

"그럼 아마 다 못 열어 볼걸? 내가 다시 가득 채울 거거든."

"그거 엄청 좋은데요?"

수윤이 쿡쿡 웃자 재하도 빙긋 미소를 지었다.

매일 매일 어떤 선물이 기다리고 있을지 기대가 되는 밤이었다.


집 구경을 끝낸 뒤 저녁을 간단히 시켜 먹고는 곧바로 지우를 재웠다. 먼 길을 왔더니 수윤은 피로가 누적이 된 것 같았다. 씻고 나오니 몸이 더 노곤해졌다.

"……."

근데 이렇게 같이 자는 건가? 수윤은 바짝 긴장이 되었다. 한집에 함께 사는 건 한방을 쓴다는 거였고, 그건 달리 말하면 한 침대를 같이 쓴다는 뜻이었다.

수윤이 침대를 물끄러미 바라보았다. 재하가 잠시 일 문제로 통화를 하는 사이 씻고 나온 수윤은 에라 모르겠다는 마음으로 안방 침대를 차지했다.

애까지 낳은 사인데 뭘 부끄러워하고 그래. 수윤이 긴장되는 마음을 억누르며 침대에 누워 있었다. 그러자 얼마 지나지 않아 재하가 방으로 들어왔다.

"벌써 씻었어?"

"아, 네."

"좀 기다리지."

"왜, 왜요?"

"같이 샤워하게."

재하가 태연히 말하면서 셔츠를 벗었다. 그의 탄탄한 몸매가 드러나자 수윤은 좀 전보다 더 가쁘게 심장이 뛰기 시작했다.

"씻고 올게."

재하가 씻는 소리가 들리는 동안 수윤은 긴장을 늦출 수 없었다. 수윤은 왠지 자신이 없어 자는 척을 해야겠다는 생각이 들었다. 이불을 덮고 한참 동안 눈을 감고 있던 수윤은 정말 그대로 잠이 들고 말았다.

샤워를 끝내고 돌아온 재하가 수윤의 옆자리로 들어왔다.

"수윤아, 자?"

"……."

재하의 부름에도 수윤은 피곤했는지 일어나지 않았다. 수윤이 깊은 잠에 빠진 모습을 보며 재하가 픽 웃었다. 자는 모습까지도 어쩜 이렇게 사랑스러운지 모르겠다.

재하는 수윤에게 이불을 꼭 덮어 주며 자신도 잠을 청했다.

"지우야. 오늘 할아버지 보러 가는 날이야."

"할부디?"

"응. 들어가면 안녕하세요, 하고 인사해야 해. 지우 잘할 수 있지?"

"이떠!"

지우가 씩씩하게 말을 하는 걸 보며 수윤이 파이팅 하고 두 주먹을 쥐어 보였다. 그건 제 스스로에게 건네는 응원이기도 했다.

매번 어떻게 약속 장소가 변하지도 않는지, 예전에 자주 오던 중식당에 도착한 수윤은 왠지 긴장이 되었다.

이 식당에 올 때마다 그리 좋았던 기억이 없었다. 때문에 수윤은 속이 울렁거리는 것 같은 착각이 들었다. 수윤과 재하는 지우의 손을 잡고 안으로 걸음을 옮겼다.

언제나 그랬듯 매니저의 안내를 받아 차 회장이 기다리고 있을 룸으로 향했다. 매니저가 문을 열어 주자 차 회장의 모습이 보였다.

"일찍 왔구나. 어서 앉아라."

수윤이 꾸벅 인사를 하고는 자리에 앉았다. 재하는 미리 준비되어 있던 아기 의자에 지우를 앉혔다.

"이름이 뭐라고 했지?"

"지웁니다."

"지우야. 할아버지한테 인사해야지."

"앙영하떼여."

손을 배에다 대고 지우가 인사를 하자 차 회장의 얼굴에 미소가 퍼졌다. 그 모습을 보며 수윤은 마음을 조금 편하게 가질 수 있었다. 차 회장이 웃는 일은 굉장히 드문 일이었으니까.

곧 테이블에 음식이 준비되었다.

"많이 먹어라."

수윤은 지우에게 음식을 덜어 주었다. 가리지 않고 잘 먹는 지우의 모습을 흐뭇하게 바라보고 있던 차 회장이 재하와 수윤을 향해 물었다.

"결혼식은 어떻게 할 생각이냐?"

"단출하게 할까 합니다. 수윤이나 저나 친척도 별로 없고 결혼식에 초대할 사람이 그렇게 많지 않아서요."

"그래. 그것도 나쁘지 않구나."

차 회장은 고개를 주억였다. 관심 없는 척하면서도 재하와 수윤이 어떻게 준비를 하고 있는지 궁금했다.

"가능한 한 빨리 결혼식을 올리고 싶습니다."

"너희가 알아서 해라. 내 눈치 보지 말고."

그저 결정이 되면 전달이나 해 달라는 말을 덧붙이며 차 회장이 식사를 계속했다.

어른들의 거의 식사가 끝났을 무렵, 지우는 아직 한창 식사를 하고 있었다. 차 회장은 이미 식사를 끝낸 지 꽤 되었음에도 지우가 먹는 모습을 가만히 눈에 담고 있었다.

재하가 그런 차 회장을 보며 물었다.

"회장님. 지우 보니까 어떠세요?"

"재하 너 어렸을 때와 똑같다."

재하는 왠지 자신만 바보였다는 생각이 들었다. 다들 자신을 닮았다고 하는데 지우의 얼굴을 맨날 보면서도 왜 알아차리지 못했는지, 이제 와 자신이 한심했다.

"할부디!"

지우는 제 얘기를 하는 걸 알아차렸는지 수윤이 덜어 준 음식 하나를 포크로 꼭 찍었다. 그러고는 야무지게 소스를 묻혀 차 회장을 향해 내밀었다.

"머거!"

차 회장이 머뭇거리자 재하가 쿡쿡 웃었다. 수윤이 그런 차 회장을 향해 말했다.

"드셔야 해요. 안 그러면 드실 때까지 저러고 있을 거예요."

차 회장은 수윤의 말에 반강제로 지우가 주는 음식을 받아먹었다. 지우가 눈을 초롱초롱 빛내며 물었다.

"마이쪄?"

"맛있네."

차 회장의 말에 지우가 까르르 웃음을 지었다. 수윤도 예전과는 다른 차 회장의 모습에 웃음이 터져 나왔다.

결혼 준비는 일사천리로 진행이 되었다. 레스토랑을 빌려 가족들을 초대하고 그곳에서 조촐하게 식을 올리고 식사를 할 계획이었다.

"그냥 원피스 입으면 안 돼요? 결혼식을 하는 것도 아니고."

"안 돼. 웨딩드레스는 꼭 입어야 돼."

"왜 이렇게 웨딩드레스에 집착을 해요?"

수윤이 이해가 안 된다는 듯 물었다. 그러다 수윤은 그에게 드레스 취향이 있었다는 것을 떠올렸다.

"아. 그 하얗고 여리여리해 보이는 드레스를 꼭 나한테 입혀야겠어요?"

"응?"

"왜 옛날에 파티에 입고 가라고 골라 준 드레스, 다 그런 거였잖아요."

그 말에 재하가 무슨 말이냐는 듯 고개를 한쪽으로 기울였다.

"그건 네가 하얀색이 잘 어울려서 그런 거지."

"……그런 취향이 아니라?"

"내 취향은 이수윤인데."

재하가 픽 웃었다. 은성과 결혼을 준비하며 웨딩드레스를 입었던 그 모습이 아직까지 재하의 기억 속에 선명했다. 그래서 이번에는 기억 속의 그 모습을 바꾸고 싶었다. 자신과의 것으로.

"지우 때문에 나가기 곤란하면 집으로 준비해 주지."

"네? 그럴 필요는……."

"아 참. 신혼여행 말이야. 결혼식 후에 바로 가지는 못할 것 같아."

"아……. 일이 많이 바쁜 거예요?"

"미안해. 신제품하고 관련된 일이라 미룰 수가 없었어."

일 때문이라는데 수윤은 재하에게 더 이상 뭐라고 할 수 없었다. 기다리고 기다리던 신혼여행이었지만 수윤은 어쩔 수 없는 일이라 생각했다.

"그럼 여행 일정을 조금 미뤄야겠네요."

"미안해. 많이 기대했을 텐데."

"못 가는 것도 아닌데요, 뭘."

하지만 수윤은 후에 무슨 일이 일어날지 전혀 상상하지

못했다.

다음 날. 재하의 말대로 집에는 수십 벌의 드레스가 도착했다.

"사모님. 아이는 제게 맡기시고 드레스 골라 보세요."

수윤에게 혼자 맡기면 드레스를 고르지 않을 거라 생각했는지 숍의 직원 세 사람이 함께 집으로 왔다.

한 사람은 지우를 돌보기 위해 함께 놀이방으로 들어갔고 나머지 두 사람이 수윤의 옆에 붙어 옷을 입히고 벗기고를 반복했다. 두 시간이 지나자 수윤은 하루 종일 육아를 한 것보다 더 지쳐 있었다.

"특별히 마음에 드시는 게 있나요?"

"이거랑 이거랑…… 잘 모르겠어요. 그냥 추천해 주세요."

드레스를 몇 개 고르던 수윤은 지쳐서 더 이상 아무것도 하고 싶지 않았다.

수윤이 고른 드레스 몇 개를 두고 직원들은 돌아갔다. 재하에게 어떤 게 잘 어울리는지 물어볼 생각이었다. 퇴근 시간이 되어 재하가 집으로 돌아왔다.

"드레스는 어땠어?"

"예쁘긴…… 하더라고요."

수윤이 조금 전 드레스를 입었던 제 모습을 떠올렸다. 드레스에는 사람을 아름다워 보이게 하는 힘이 있는 듯했다. 처음 입었을 때도 그랬지만 수윤은 드레스를 입은 제 모습이 참 마음에 들었다.

"그 예쁜 모습 나도 보고 싶은데."

"그래서 몇 벌 두고 가라고 했어요. 어떤 게 어울리는지 봐 줄래요? 도저히 못 고르겠어."

재하가 알겠다는 대답을 하자 수윤은 방으로 들어가 드레스를 갈아입고 나왔다.

"……미치게 예쁜데."

수윤은 재하가 중얼거리는 말을 듣지 못했다. 혼자서 뒤 지퍼를 잠글 수가 없어 낑낑거렸다.

"혼자서 입으니까 잘 안 돼요. 지퍼 좀 잠가 주세요."

그 말에 재하가 자리에서 벌떡 일어났다. 수윤의 뒤로 돌아가 지퍼를 잠그려 했지만 그보다 본능이 먼저 튀어나왔다.

"아……."

재하가 수윤의 목덜미에 입술을 묻었다. 보드라운 살결에 입을 맞추자 수윤이 황급히 뒤돌아섰다.

"뭐예요. 드레스 봐 준다면서요."

"나도 많이 참았어."

수윤의 허리를 제게로 잡아당기며 재하가 말을 이었다.

"어제도, 그제도. 피곤하다면서 잠만 잤잖아."

"아 그건……."

"내가 뭘 원하는지 알면서."

재하의 말에 수윤은 할 말이 없었다. 피곤하다는 핑계를 대며 먼저 잠든 것이 사실이기 때문이었다. 재하가 수윤의 입술에 입을 맞추며 훤히 드러난 그녀의 등을 어루만졌다. 어깨에 대충 걸쳐져 있던 끈이 아래로 툭 떨어졌다.

배가 드러나 수윤이 황급히 옷을 끌어 올리려 했으나 소용없었다. 그의 입술이 몸매의 굴곡을 타고 점점 아래로 내려왔다.

"아, 간지러워요…….."

집요한 자극을 견디지 못한 수윤이 몸을 움츠렸다. 그러자 그의 시선에 그전에는 보지 못했던 흉터 하나가 눈에 들어왔다.

"이건……."

재하가 수윤의 아랫배에 나 있는 흉터를 조심스러운 손길로 더듬었다. 재하가 뭘 보고 그런 건지 깨달은 수윤이 웃으며 말했다.

"우리 지우 예쁘게 잘 낳았다는 훈장이에요. 연고 열심히 발랐는데도 아직 흉이 좀 남았죠?"

수윤은 아무렇지 않게 얘기를 했지만 재하는 안타까운 마음을 숨길 수 없었다. 재하는 수윤에게 위로를 하는 대신 그녀의 배 위에 입술을 맞추었다. 여러 번에 나누어 입을 맞춘 그가 수윤을 안아 들고는 그대로 침실로 향했다.

거추장스러운 드레스를 벗기자 그녀의 아름다운 곡선이 드러났다. 재하가 그 곡선을 따라 입술을 움직여 그녀의 예민한 부분을 자극했다.

"흐읏⋯⋯."

머리부터 발끝까지 찌릿한 감각이 훑고 지나갔다. 수윤의 작은 숨소리 하나가, 마냥 달기만 한 숨결이, 아름다운 몸 선이 재하를 달아오르게 만들었다. 그저 수윤을 만지는 것만으로 벌써 온몸에 흥분감이 넘쳐흘렀다.

"미안."

"⋯⋯왜요?"

"오늘은 다정하게 못 할 것 같아서."

그 말과 동시에 재하가 수윤을 제 무릎 위에 앉혔다. 몸을 밀착시키며 더 깊게 그녀의 모든 것을 탐했다.

"저도 일찍 퇴근하고 싶습니다."

아침에 출근을 하자마자 사무실로 따라 들어온 정건이 울상을 지으며 말했다.

"할 일이 산더민데 무슨 소리를 하는 거야."

"할 일이 산더미인데 어제 일찍 퇴근을 하신 분은 누구실까요."

"사장은 그래도 돼."

재하의 말에 정건이 한숨을 푹 내쉬었다. 명희에게 주말마다 제주도에 갈 거라고 확언을 했으나 장장 2주째 그 말을 지키지 못하고 있었다.

저번 주 주말에는 명희가 자신이 오겠다고 했지만 정건이 거절했다. 온다고 해서 얼마나 오랫동안 함께 있을 수 있을지 알 수가 없었다.

"퇴사하고 싶습니다."

"누가 퇴사시켜 준대?"

"그것도 갑질입니다."

"억울하면 사장하든지."

말이 안 통하는 직장 상사였다.

"사장님은 행복하시겠죠. 토끼 같은 지우와 사모님이 집에서 기다리고 계시니까."

"응. 엄청나게 행복하군."

"유치하십니다."

정건은 재하가 정말 너무하다고 생각했다. 명희와의 연애를 응원할 땐 언제고 막상 사귀는 사이가 되자 못 만나게 심술을 부리는 것 같았다.

"명희는 다시 돌아올 생각 없대?"

"모르겠어요. 생각 없는 것 같아서 물어보지도 않았습니다."

묻는 말에 성실히 대답을 하던 정건은 불쑥 의문이 들었다.

"근데 서울 와도 일을 이렇게 하는데 데이트를 어떻게 합니까?"

"그럼 결혼을 하지그래?"

"하아."

정건은 대놓고 한숨을 쉬었다. 수윤과 곧 결혼을 앞두고 있어서 그런지 재하는 책임지지도 못할 말을 잘도 쏟아 냈다.

수윤과 재하의 결혼식은 지인들을 모아 조촐하게 진행이 되었다.

"축하하러 와 주셔서 모두 감사드립니다."

"저희 행복하게 잘 살게요!"

식이라고 하기도 거창했다. 주례와 사회 없이 두 사람은 식사를 하기 전 간단하게 지인들에게 감사 인사를 전했다. 결혼식이랄 것도 없이 떠들썩한 분위기에서 식사가 시작되었다.

화려한 결혼식은 아니었지만 수윤은 이 자리에 모인 모두가 결혼을 진심으로 축하해 주는 것 같아 기뻤다.

"어? 어디 가요?"

식사를 막 시작하려는데 재하가 막 레스토랑을 나서는 모습이 보였다.

"잠깐 전화 좀."

수윤이 고개를 끄덕거리자 재하가 통화를 하러 나갔다. 짧게 통화를 끝낸 건지 재하는 금방 레스토랑 안으로 들어왔다.

"수윤아."

"응?"

통화를 마치고 온 재하의 표정이 어딘가 심각해 보였다. 수윤이 무슨 일이냐는 듯 눈을 크게 떴다. 그러자 재하가 곤란한 표정으로 어렵사리 말을 꺼냈다.

"신혼여행을 못 갈 것 같아."

그 말에 수윤의 얼굴에서 웃음기가 서서히 사라졌다.

"……또 일 때문이에요?"

"정말 미안해."

재하와 처음 가는 여행이라 기대가 컸다. 그런데 번번이 일에 밀려 못 가겠다는 말을 듣자 기분이 상했다.

그것도 고작 신혼여행이 나흘밖에 남지 않았는데. 이제 막 식사를 시작했는데 기분이 별로 좋지 않았다.

"한 달 뒤에 가자. 응? 그때는 무슨 일이 있어도 꼭 갈게."

"안 믿어요."

"한 번만 봐줘."

재하도 제 의지와는 달리 흘러가는 이 상황이 달갑지만은 않았다. 수윤이 기대하고 있었다는 걸 알기에 재하도 속상했다.

"내가 신혼여행을 얼마나 기대했는지 알아요? 우리 한 번도 여행 간 적 없으니까. 그래서 내가……."

수윤이 누구의 도움도 받지 않고 직접 여행지를 선택하고 계획을 짜고 있는 것을 알고 있었다. 때문에 재하는 여행을 미루자는 말을 쉽게 할 수 없었다. 어떻게든 기한 내에 해결을 하려고 했지만 해결은커녕 문제만 더 늘어나고 있어 답이 없었다.

"정말 미안해."

재하가 사과를 했지만 수윤은 좀처럼 기분이 풀리지 않았다.

재하에게 '그럼 결혼을 하지그래?' 하는 말을 들은 정건은 깊은 고민에 빠졌다.

그전까지만 해도 명희는 명희의 삶이 있고, 자신이 그것을 망쳐서는 안 된다고 생각했었다. 그랬기에 명희에게 섣불리 서울에 올라왔으면 좋겠다는 말을 할 수 없었다. 아무리 원한다고 하더라도.

"명희 씨."

식사가 끝난 후 아무도 없는 복도에서 정건과 명희가 만났다. 정건은 누가 보든 말든 신경 쓰지 않고 명희를 와락 껴안았다.

"보고 싶었습니다."

"어, 여기서 이러지 마세요. 누가 보기라도 하면 어쩌려고……."

그런 게 무슨 상관이냐는 듯 정건은 명희를 안은 팔에 힘을 꽉 주었다. 그러고는 명희의 얼굴을 보며 말했다.

"저희 집에 한번 초대하고 싶습니다."

"……네?"

"만나고 있는 사람이 있다고 말씀드렸더니 부모님께서 보고 싶어 하세요."

명희는 정건의 말이 다 끝나기도 전에 고개를 저었다.

"죄송해요. 아직 부모님을 만나 뵙는 건 좀 아닌 것 같아요."

"저희 부모님 그렇게 무서운 분들 아닙니다. 명희 씨 얘기를 하니 너무 좋아하셨어요."

"그렇지만……."

"명희 씨가 부담스러우면 응하지 않으셔도 괜찮습니다."

명희가 망설이는 기색을 보이자 정건이 바로 말을 바꾸었다. 명희에게 부담감을 주고 싶지는 않았다.

"정말 죄송해요."

명희가 정건의 앞에서 고개를 푹 숙였다.

"지우는 오늘 내가 데리고 가서 잘게."

"네?"

"둘이서 데이트라도 해."

애순이 지우의 손을 잡으며 눈을 찡긋했다.

서울에 온 세 사람을 배려해 재하는 호텔을 잡았다. 당일에 바로 집으로 가는 건 힘드니 쉬다가 느긋하게 집으로 돌아가라는 뜻이었다.

"둘이 있을 시간 별로 없잖아."

"감사합니다."

수윤은 서울에 잠깐 들른 애순에게 지우를 맡기는 게 미안했다. 수윤이 거절을 하려고 했지만 그보다 재하의 대답이 더 빨랐다.

"아니 그래도……."

"난 오랜만에 지우랑 둘이 있어서 좋은데? 그치? 지우도 할머니랑 있어서 좋지?"

"네."

애순이 봤지? 하는 표정으로 지우의 머리칼을 헝클어뜨렸다.

"날이면 날마다 오는 기회가 아니다?"

그렇게 애순이 지우를 데리고 갔다.

"오늘 둘이서 데이트하자."

"데이트요?"

데이트라는 단어가 주는 어감이 나쁘지 않았다. 수윤은 재하가 신혼여행을 미뤄서 기분이 안 좋았던 것도 잊고 데이트 준비를 했다.

재하와 오랜 시간을 알고 지냈지만 단 한 번도 제대로 된 데이트를 해 본 적이 없었다. 두 사람은 나란히 차에 올랐다. 드라이브를 하며 사소한 얘기를 나누었다. 그것마저도 즐겁게 느껴졌다.

한참을 달려 도착한 곳은 어딘지 익숙한 느낌이 드는 곳이었다. 수윤이 고개를 갸웃했다.

내가 여길 와 봤던가……. 잠깐 생각에 잠겼던 수윤은 이내 이곳이 어딘지 알아차렸다.

"정건이가 추천해 주더군."

"……."

"서울에는 야경이 예쁜 곳이 많다고."

"예쁜 곳이 많긴 하죠."

"와 본 적 있어?"

"……네."

수윤의 대답에 재하의 미간이 좁아졌다. 정건에게 듣기로는 이곳이 데이트 코스라고 했다. 왜인지 백 퍼센트 남자와 같이 왔을 거라는 생각이 들어 불쾌한 기분이 들었다.

"은성 씨랑 같이 와 본 곳이에요."

수윤이 솔직히 말하자 그의 얼굴에 낭패가 서렸다. 하필 골라도 은성과 함께 왔던 곳을 고른 정건의 안목에 감탄할 지경이었다.

"내려가지."

"네? 벌써요?"

"와 봤다면서. 다른 데 가."

조금 전까지 야경이 좋다니 어쩌니 하는 말을 하던 재하가 단숨에 말을 바꾸자 수윤은 웃음이 났다.

"지금 다른 남자랑 먼저 왔다고 질투하는 거예요?"

"그럴 리가."

수윤이 재하의 얼굴을 들여다보며 묻자 재하가 못마땅한 표정으로 대답했다.

수윤은 그런 그의 모습이 싫지 않았다. 오히려 그의 모습이 귀엽게만 느껴져 재하를 한참이나 놀렸다.

재하와 수윤은 야경이 예쁜 다른 장소에 들렀다가 간단히 저녁을 먹고 집에 돌아왔다.

현관문이 쿵, 하고 닫히자마자 재하는 수윤을 안고 키스를 퍼붓기 시작했다.

"아, 잠깐만……."

재하는 오늘 하루 종일 이 순간을 기다리고 있었던 모양이었다. 현관에서부터 그녀의 입술을 한입에 베어 물었다.

"기다릴 틈이 없어."

입술을 탐하던 재하가 급한 손길로 수윤의 블라우스 단추를 풀어 내렸다. 새하얀 목덜미가 무방비하게 노출되었다. 재하는 맛있는 먹잇감을 발견한 짐승처럼 그녀의 목덜미에 입술을 묻었다.

윙윙거리는 진동 소리가 들렸으나 재하의 귀에는 그 소리가 들리지 않는 듯했다. 그녀의 새하얀 목덜미에 순식간에 불그스름한 자국들이 하나씩 꽃을 피워 갔다.

"아, 전화…… 전화 오잖아요……."

언제 떨어졌는지 어깨에서 흘러내린 가방이 바닥에 아무렇게나 널브러져 있었다. 그 안에 휴대 전화가 있어 수윤이 몸을 숙이려 하자 재하가 더 강하게 수윤의 허리를 감싸 안았다.

"어딜 도망가."

"도망가는 게 아니라…… 지우한테서 전화 온 거면 어떡해요."

그녀의 가슴께에 입술을 맞추던 재하가 멈칫했다. 다른 사람은 몰라도 지우의 문제라면 얘기가 달랐다. 재하가 허리를 감은 손을 스르르 풀자 수윤이 옷매무새를 다듬으며 핸드백을 주웠다. 가방을 열어 휴대 전화를 꺼내 전화를 받았다.

"어? 명희야?"

전화를 건 사람이 누구인지 확인하자 재하의 입술 사이로 짙은 한숨이 터져 나왔다.

결혼식 당일 저녁에 전화를 하는 건 어디서 배워먹은 예의지? 간만에 찾아온 둘만의 시간을 방해하는 요소가 생각보다 너무 많다는 생각이 들어 짜증이 확 솟구쳤다.

그런 재하의 생각을 아는지 모르는지 수윤은 먼저 거실로 들어가 소파에 앉았다.

―수윤아. 지금 통화돼?

"응. 통화되지."

수윤은 의아했다. 명희의 목소리가 낮과는 달리 조금 처져 있는 것 같았다. 수윤은 막 거실로 들어오는 재하에게 잠시 통화가 길어질 것 같다고 미리 언질을 하고는 거실에 딸린 테라스로 나갔다.

"무슨 일 있는 거야? 목소리가 왜 그래?"

―나 어떡하지?

"왜 그러는데?"

잠시 뜸을 들이던 명희가 조심스럽게 말을 시작했다.

―정건 씨가 부모님을 뵈러 가자고 했는데 거절했어. 용기가 안 나서. 근데 정건 씨 표정이 계속 생각나…….

그러면서 명희는 정건이 풀 죽은 표정을 짓고 있었다는 말을 덧붙였다.

―너도 알잖아. 내가 왜 무서워하는지.

누구보다 잘 알고 있었다. 전 남자친구를 사귈 때 그 남자의 부모님이 명희를 무척이나 싫어했다. 처음에는 웃으면서 명희를 대하던 남자의 부모님은 명희의 사정을 다 알고 나서는 태도를 180도 바꾸었다고 했다. 부모도 없고 직장도 변변찮다는 말을 대놓고 들은 적도 있었다.

명희는 그때의 트라우마로 오랫동안 사람을 만나지 않았고 연애도 결혼도 하지 않고 혼자서 살기로 마음을 먹었었다.

정건과 잘 지내는 모습을 보며 이제는 조금 괜찮아졌다고 생각했는데 막상 정건의 부모님께 인사를 드리러 간다고 생각하니 그때의 기억이 되살아나는 모양이었다.

수윤은 마음이 좋지 않았다. 내가 고아가 되고 싶어서 된 것도 아닌데 세상은 그걸 알아주지 않았다. 할 수만 있다면 부잣집에서 사랑받는 아이로 태어나고 싶었다.

─정건 씨는 괜찮다고 했지만 정건 씨 부모님이 내가 고아라는 알면 싫어하실 테니까.

"부딪쳐 보지 않으면 모르는 거잖아."

─그건 그렇지만…….

"난 네가 지레 겁먹고 도망가지 않았으면 좋겠어."

─……응, 그럴게. 고마워, 수윤아.

통화를 끝내고 나서 방으로 들어가자 재하가 막 샤워를 끝내고 머리를 말리고 있었다. 수윤이 들어오자마자 헤어드라이어 전원을 끈 재하는 시무룩한 표정을 짓고 있는 수윤을 걱정스럽게 바라보았다.

"무슨 일 있어?"

"그냥 명희가 생각이 많은 것 같아서요."

"명희는 생각을 좀 더 해야 해. 우리가 오늘 결혼했다는 사실을 잊어버린 모양이군."

"명희한테 너무 뭐라고 하지 마세요."

"안 해. 전화 받지 말라고 했는데도 받은 이수윤한테 할 거야."

그 말이 어딘가 야릇하게 들리는 것은 수윤의 기분 탓일까. 샤워 가운을 대충 걸치고 있는 모습이 오늘따라 굉장히 섹시하게 느껴졌다.

벌어진 앞섶 사이로 탄탄한 그의 가슴이 보였다. 물기를 말끔하게 닦지 않아 그의 가슴에는 물방울이 어지러이 맺혀 있었다.

"……뭘 할 건데요?"

수윤이 그런 재하의 몸을 시선으로 훑으며 물었다. 왠지 모르게 침이 꼴딱 넘어갔다.

"그런 눈빛으로 보면 반칙인데."

재하가 수윤과의 사이를 단숨에 좁혔다.

"네가 원하는 건 뭐든지 할 생각이야."

양손으로 수윤의 뺨을 감싼 재하가 그녀의 입술에 쪽, 하고 입을 맞추었다.

"원하는 걸 말해 봐."

수윤의 결혼식이 끝나고 어느덧 시간이 꽤 흘렀다. 오랜만에 애순과 함께 저녁을 먹고 있던 민혁이 그녀를 진지한 목소리로 불렀다.

"엄마."

"응?"

"엄마는 적적하지 않아?"

"적적할 게 뭐가 있어."

"엄마가 하루 종일 집에만 있으니까 지우 빈자리 많이

느낄까 봐."

애순이 어깨를 으쓱했다. 하지만 민혁은 애순이 신경 쓰였다. 애순은 서울에 있는 병원에 입원하기 전, 지우를 거의 도맡아 돌보았었다. 지우의 재롱을 보는 게 그녀의 낙이라 해도 과언이 아니었다.

"그렇다고 언제까지 내가 끼고 살 순 없잖니. 수윤이가 자주 초대해 줘서 자주 보니까 난 나쁘지 않아."

"수윤 누나는 나만 차별해. 난 왜 한 번도 초대 안 하는데?"

"네가 맨날 바빴잖아."

민혁은 계속 서울에서 일을 하다 최근에야 제주도로 내려왔다. 요즘 가게에 인력이 부족해서 내일도 꼼짝 말고 일을 해야 될 군번이었다.

"난 수윤 누나 떠나면 엄마가 제일 힘들어할 줄 알았는데 아니었어."

민혁이 한숨을 푹 내쉬었다.

"난 왜 이렇게 적적해 죽겠지? 아, 수윤 누나랑 지우 보고 싶다."

2년이 넘도록 매일 같이 얼굴을 보다가 하루아침에 멀리 떠나고 나니 민혁은 두 사람이 그리웠다.

"명희 누나도 요즘 연애한다고 주말만 되면 사라지기 바쁘고. 갑자기 친구를 다 잃은 것 같은 기분이야. 나랑 놀아 주는 사람은 엄마밖에 없어."

서울에서 대학까지 나온 민혁은 친구들이 모조리 다 서

울에 있었다. 제주도에 와서는 사업적으로 만난 사람들이 전부였다. 또래를 사귄 건 수윤이 처음이었고, 명희가 이사를 오며 세 사람은 정말 친구처럼 지냈다. 그때가 그리운 모양인지 민혁이 한숨을 푹푹 내쉬며 푸념을 했다.

그런 민혁을 보며 애순이 쿡쿡 웃었다. 식사를 하다 말고 숟가락을 식탁 위에 내려놓으며 진지한 목소리로 민혁을 불렀다.

"아들아."

평소와는 달리 사뭇 진지한 그 표정에 민혁이 응? 하고 되물었다. 애순이 계속해서 말을 이었다.

"엄마가 여태껏 말 안 하고 있었는데 일도 좋지만 너도 연애를 좀 해 봐. 맨날 엄마 옆에 껌딱지처럼 붙어 있지 말고."

"그게 내 마음대로 돼?"

명희가 연애를 시작하고 수윤이 재하를 만나는 모습을 보며 민혁은 괜히 초조해졌다. 그래도 나이가 제일 어리니 괜찮다며 위안을 했지만 다들 몇 년 전부터 이어져 오던 인연임을 깨닫고 민혁은 좌절했다.

민혁도 나름 연애를 하려고 노력을 하긴 했지만 마음대로 되지 않았다. 제가 먼저 호감을 느끼면 상대방은 거절을 했고, 제게 호감을 느껴 고백을 하는 이성에게는 매력을 느끼지 못했다. 그러니 연애를 전혀 할 수가 없었다.

"너도 얼른 지우처럼 떡두꺼비 같은 아들 낳아야지."

"결혼하지 말고 평생 같이 살자고 할 땐 언제고?"

"징그럽다, 얘. 다 큰 아들 끼고 살기는 싫어."

"엄마. 이러기야?"

"너 장가보내고 나서 엄마도 연애 좀 해 보자."

애순이 농담 반 진담 반으로 말했다. 민혁은 애순의 연애를 적극 찬성하고 있었다. 애순의 말에 민혁의 얼굴에 화색이 돌았다.

"그럼 엄마가 먼저 가. 내가 엄마 시집 보내 놓고 장가갈게."

"야. 엄마는 한 번 갔잖아. 그러니까 네가 먼저 가야지."

화목한 분위기에서 두 사람의 식사가 이어졌다.

"아 참. 명희는 내일 저녁에 남자 친구네 집에 인사드리러 간다더라."

"어? 정말?"

"응. 명희도 결혼 생각이 있나 봐."

명희의 소식까지 들은 민혁은 표정이 심각해졌다.

이제 진짜 나밖에 안 남았네. 어쩌지? 고민이 깊어지는 사이 애순이 한 마디를 더 거들었다.

"우리 아들 진짜 큰일 났네. 누나들은 시집 다 갔는데 혼자만 애인도 없고."

"……엄마 지금 나 놀리는 거지?"

"이제 알았니?"

애순이 호호, 하고 유쾌하게 웃었다.

명희는 아침부터 긴장되는 마음을 놓을 수 없었다. 정건의 부모님을 만나러 간다는 사실이 머릿속을 엉망진창으로 만들어 놓고 있었다. 거의 도착할 무렵이 되자 긴장은 극에 달했다.

"엄마. 저 잘하고 올 수 있겠죠? 와. 이거 미치겠어요. 심장이 내 심장이 아닌 것 같아."

"아직 서울에 도착하지도 않았는데 벌써 그러면 어떡하니?"

"떨리는 걸 어떡해요. 이것 봐요. 심장이 튀어나올 것 같아요."

명희가 애순의 손을 가져와 제 가슴 위에 올렸다. 명희의 말대로 심장이 정말 우렁찬 소리를 내며 쿵쿵거리고 있었다. 떨리는 가슴을 좀처럼 잠재울 수 없었다.

수윤과 통화를 끝낸 뒤 명희는 일주일이 넘는 시간 동안 곰곰이 생각을 해 보았다. 자신의 배경 때문에 또다시 그런 상황을 마주하고 싶지 않았다.

하지만 그런 불안감을 가지고 정건과 계속 관계를 이어 나가기는 힘들 것 같았다. 그래서 명희는 일단 부딪쳐 보기로 마음을 먹었다. 만약 정건의 부모님이 제게 무례하게 대한다면 정건과 더 깊어지기 전에 헤어지는 게 맞는 거라는 생각이 들었다.

"너무 걱정하지 마. 우리 명희라면 어른들도 반드시 예뻐하실 거야."

애순이 명희의 손을 잡고 토닥였다. 명희는 애순의 그 말 한마디에 가슴이 찡했다.

"정건 씨 부모님도 엄마 같은 분들이셨으면 좋겠어요."

"그쪽 부모님도 널 마음에 들어 할 거야."

밑도 끝도 없는 위로였지만 마음이 안정되는 것 같은 기분이 들었다. 얼마 지나지 않아 비행기가 서울에 도착했음을 알리는 안내 음성이 나왔다.

공항까지 마중을 나온 정건은 애순을 수윤의 집까지 데려다준 뒤 명희와 함께 집으로 향했다.

"아 참. 내 정신 좀 봐. 처음 인사드리러 가는 건데 빈손으로 갈 수는 없죠. 요 앞에 마트에서 내려 주세요."

급한 대로 과일 세트라도 하나 사기 위해 명희가 마트를 가리켰지만 정건은 그냥 마트를 지나쳤다.

"괜찮습니다."

"제가 싫어서 그래요. 그럼 다음에 보이는 마트에 내려 주세요."

"사장님께서 최고급 한우 세트를 선물해 주셨습니다. 명희 씨가 먼 길 오느라 미처 준비하지 못할 것 같다고요."

"네? 사장님께서요?"

명희가 눈을 커다랗게 뜨고 운전석에 앉은 정건을 돌아보자 정건이 빙긋 웃으며 고개를 끄덕였다.

"뒷좌석에 있어요. 좀 이따 저거 들고 들어가면 됩니다."

"사장님이 왜……."

명희는 재하가 갑자기 제게 왜 이런 선물을 준 건지 이해가 되지 않았다. 그러자 정건이 말을 덧붙였다.

"여동생 같은 명희……, 라고 하시더라고요."

"……."

그 말을 들은 명희는 괜히 울컥하는 마음이 들었다. 재하가 자신까지 신경을 써 줘서 고마웠다. 하긴. 기억을 되짚어 보면 수윤과 친하다는 이유로 재하는 항상 수윤의 것을 사면서 제 것을 같이 선물해 주곤 했었다.

"이제 다 왔습니다."

정건이 운전하고 있던 차량이 주택가로 들어섰다. 그가 주차를 하고는 명희를 보며 빙긋 미소 지었다.

"들어갈까요?"

명희가 전쟁터에 나가는 병사처럼 비장한 표정으로 고개를 끄덕였다. 대문 앞에 서서 초인종을 누르고 잠시 기다리자 정건과 똑 닮은 중년의 여자가 문을 활짝 열고 명희를 반갑게 맞았다.

"어서 와요, 명희 양!"

꾸ㄹㄹ

재하는 일 속에 파묻혀 누구보다 바쁜 시간을 보내고 있었다. 수윤은 그 동안 여행 계획을 더 세세하게 짰다. 낯선 나라에 가서 새로운 것들을 보며 맛있는 걸 먹을 생각에 벌써부터 가슴이 두근거렸다.

"신혼여행 어디로 간다고 했지?"

"이탈리아요."

"너무 기대되겠다."

애순은 잘 지내고 있는 수윤이 보기 좋았다. 수윤에게 잘 하는 재하도 제 마음에 꼭 들었다.

"지우는 데리고 갈 거야?"

"네. 그러려고요."

수윤이 고개를 끄덕였다. 애순은 결혼을 하기 전에 애를 먼저 낳아 신혼이 없는 수윤이 안쓰러웠다. 얘기를 들어보니 수윤과 재하는 아이를 가지기 전에도 제대로 연애도 해 보지 못한 모양이었다.

"그때 보니까 할아버지가 지우 엄청 잘 돌보던데 맡기고 가지그래?"

"에이. 어떻게 회장님께 지우를 맡겨요."

"둘이서 한 번도 여행 가 본 적 없다면서."

"그렇긴 하지만……."

"이번 기회에 둘이서 한 번 가 봐. 지우 두고. 나중에 둘째 낳고 그러면 그때는 둘이서 다니기 더 힘들어져."

애순의 말에 수윤이 손사래를 쳤다.

"둘째는 아직 생각도 없는걸요."

"애가 생각한다고 생기니? 부부생활 하다 보면 자연스럽게 생기는 거지."

애순이 커피를 호로록 마시며 말했다. 애순의 말이 맞았다. 아이가 원한다고 해서 바로 가질 수 있고, 원하지 않는다고 해서 안 가질 수 있는 것이 아니었다.

"할아버지가 안 되면 내가 지우 봐줄게."

"어떻게 매번 신세만 져요."

"신세는 무슨. 나도 요즘 집에만 있으려니 죽겠어. 민혁이한테 취직시켜 달라고 했더니 글쎄, 아직 허리 때문에 안 된다는 거야. 난 멀쩡한데."

예전에 한 번 괜찮다고 하면서 허리 상태가 악화된 적이 있었기에 민혁은 시간을 두고 애순의 상태를 보려는 모양이었다. 하지만 잠시라도 가만히 있지 못하는 성격의 애순은 그게 무척이나 답답한 듯했다.

"민혁이가 지우 보는 것 가지고는 아무 말도 안 하더라. 어쨌든 민혁이 그 녀석 때문에 나 시간 많아. 봐준다고 할 때 둘이서 다녀와."

"그럼…… 그럴까요?"

재하와 둘만의 추억이 손에 꼽힐 정도로 없었던 수윤은 애순의 말이 굉장히 유혹적이었다. 지우에게는 정말 미안하지만 이번 딱 한 번만 둘이서 여행을 가 보고 싶었다. 재하와 단둘이서 여행을 가는 것은 수윤의 오랜 바람이었다.

"근데 정말 아직 둘째는 생각도 안 하고 있어?"

애순이 기대하는 듯한 눈빛으로 수윤을 보며 물었다.

"저희 결혼한 지 이제 일주일 좀 넘었어요. 당분간은 아이 생각 없어요. 재하 씨가 너무 바빠서 지우랑 친해질 시간도 없는걸요."

"그렇구나."

애순이 아쉽다는 듯 중얼거렸다. 하지만 곰곰이 생각을 해 보니 재하와 다시 만난 이후로 피임은 한 번도 하지 않았다.

지우 때는 피임을 열심히 했는데도 떡 하니 생겼으니, 지금은 정말 언제 아이가 생겨도 이상하지 않은 것이다.

설마 바로 아이가 생기지는 않겠지? 수윤은 애순이 괜한 얘기를 꺼냈다고 생각하며 둘째에 대한 생각을 애써 떨쳐 냈다.

지우를 재우고 나서 수윤은 태블릿 피시 삼매경이었다. 여행 계획을 짜는 데에 여념이 없던 수윤은 재하가 막 씻고 나왔는데도 그를 거들떠보지도 않고 여행 정보를 찾는 것에 집중했다.

재하는 그런 수윤이 귀여워 저도 모르게 웃음이 나왔다. 대충 머리를 말리고 침대로 갔지만 수윤은 여전히 화면에서 눈을 뗄 생각을 하지 않았다.

"내 얼굴도 좀 그렇게 봐 주지."

"아, 언제 다 씻었어요?"

수윤이 재하 쪽으로 몸을 돌리자 기회만 노리고 있던 그가 순식간에 수윤의 입술을 덮쳤다. 따뜻한 감촉이 반쯤 벌어져 있던 입술 사이를 파고 밀려 들어왔다.

눈 깜빡할 사이에 입 안 구석구석을 점령당한 그녀가 여린 신음을 내뱉었다.

"으음……."

그 소리에 반응을 하기라도 하듯 재하가 자세를 고쳐 그녀의 셔츠 안으로 손을 밀어 넣었다. 그가 유난히 간지럼을 많이 타는 허리를 건드리자 수윤이 저도 모르게 신음을 터뜨렸다.

"웃……."

수윤은 제가 내뱉은 소리에 화들짝 놀랐다. 조금 떨어진 곳에서 자고 있는 지우가 혹시나 듣기라도 했을까 걱정스러운 표정이었다. 하지만 재하는 아랑곳하지 않고 그녀의 입술을 더 깊이 탐했다.

수윤은 그런 재하의 얼굴을 양손으로 감쌌다. 그러자 재하가 왜 그러느냐는 듯 고개를 들어 수윤의 눈을 마주 보았다.

"안 되겠어요. 지우 때문에 신경 쓰여서……."

"안 깨."

"그래도 싫어요."

"그럼 밖으로 나갈까?"

재하는 고민 없이 침대에서 일어나 수윤을 안아 들고는 거실로 나왔다.

"내가 못 살아⋯⋯."

"네가 이해해. 요즘 많이 바빴잖아."

"그거랑 이게 무슨 상관이에요?"

"그동안은 일에 바빴으니, 이제는 이수윤에 바빠 보려고."

재하가 그녀의 목덜미에 입술을 묻었다. 입술이 닿는 길목마다 붉은 흔적이 꽃처럼 피어났다. 새하얀 피부와 어우러져 유난히 섹시하게 느껴졌다.

"하으⋯⋯."

"예쁘다."

재하가 그녀의 붉어진 얼굴과 새하얀 나신을 눈에 담으며 말했다.

"봐도 봐도 예뻐서 미치겠어."

재하가 그녀의 붉은 입술을 집어삼켰다. 점막 곳곳을 혀 끝으로 문지르며 예민한 곳만 자극했다.

그렇게 또다시 기나긴 밤이 시작되었다.

"이제 일주일 남았어요. 우리 신혼여행."

수윤이 들뜬 얼굴로 말했다. 재하는 수윤의 그런 얼굴을 보는 게 너무나도 기분이 좋았다.

"유럽은 처음이라서 너무 기대돼요."

"나도 기대돼."

"가 보고 싶은 데도 너무 많고 먹고 싶은 것도 너무 많아요. 이러다 가서 살쪄서 돌아오는 건 아닐까요?"

수윤이 행복한 상상을 하며 말했다. 그렇지만 여기서 살이 더 찌는 건 싫다는 생각을 하고 있는데 재하가 수윤의 마음을 알아채기라도 한 듯 말했다.

"그럴 일 없을 거야."

수윤이 무슨 말이냐는 듯 고개를 갸우뚱하자 재하가 음흉한 얼굴로 웃었다.

"내가 밤마다 가만히 두지 않을 거거든."

지우가 없는 일주일을 놓칠 재하가 아니었다. 지우가 없는 그 시간 동안 재하는 수윤과 둘만이 오붓한 시간을 한껏 만끽해야겠다고 생각하고 있었다.

"싫어요. 다음 날 관광할 거란 말이에요."

"누구 마음대로?"

"안 그러면 숙소 따로 쓸 거예요."

재하가 황당한 얼굴로 수윤을 쳐다보았다.

"따로 잘 거면 결혼은 왜 한 거지?"

"따로 잘 수도 있지 뭘 그래요?"

수윤의 말에 재하가 발끈했다.

"부부는 한 몸이라고 했어. 그 말을 그대로 실천하겠다는데 뭐가 문제야."

"때를 가려가면서 하셔야죠."

"신혼여행은 원래 그러려고 가는 거 아닌가?"

"어우, 엉큼해."

"뭐가 어쨌든 숙소 따로 쓰는 건 절대로 용납 못 해."

수윤은 여행을 가기 전에 이렇게 말다툼을 하는 것조차
도 좋았다. 여행과 관련된 모든 것들이 설렘으로 다가왔다.

그렇게 시간이 흘러, 신혼여행이 3일 남게 된 날이었다.

"어?"

여행 가방을 싸기 위해 이것저것을 체크하던 수윤은 달
력을 보다 순간 깜짝 놀랐다.

"……벌써 일주일이 넘었다고?"

여행에 정신이 팔려 잊고 있었다. 이번 달 월경이 아직
없었다는 걸. 수윤은 후, 하고 한숨을 내쉬며 다시 달력을
확인했다. 정확히 8일째. 아직 월경이 오지 않았다.

"아니야. 그냥 불순이겠지……."

하지만 단순한 불순이 아니라는 건 수윤이 제일 잘 알고
있었다. 지우를 낳기 전에는 주기가 들쑥날쑥했었다. 그런
데 지우를 낳고 나서는 신기하게도 주기가 일정하게 돌아
왔다. 1년이 넘도록 주기가 30일을 넘은 적이 없었다.

수윤은 급한 대로 근처 편의점까지 나가 임신 테스트기
를 사 왔다.

"제발 착각이어라, 착각이어라……."

수윤이 두 손을 모아 기도를 했다. 지난 한 달 동안 이번 신혼여행을 가장 기다리고 기다렸었다.

물론 아이가 와 주는 것도 굉장히 소중한 일이었다. 하지만 기다리던 여행을 코앞에 두고 갈 수 없다면 엄청 슬플 것 같았다.

수윤은 눈을 슬쩍 뜨고 손에 쥐고 있었던 테스트기를 실눈으로 보았다. 임신 테스트기에는 선명한 두 줄이 떠 있었다.

"아……."

처음에는 속상하다가, 이런 마음을 가지는 게 아이에게 안 좋을 것 같아서 마음을 고쳐먹었다.

"그러게 왜 신혼여행을 미뤄서는……."

둘째가 와 준 것은 너무나도 기뻤으나 여행을 못 간 것에 대한 아쉬움이 너무나 컸다. 결혼식 당일에 일정을 바꾼 재하가 정말 원망스러웠다.

딩동, 하고 초인종을 눌렀지만 집에서는 아무런 기척이 없었다. 이상하다는 생각에 재하는 문을 열고 안으로 들어갔다.

거실에는 환히 불이 켜져 있었다. 하지만 수윤의 모습은 보이지 않았다. 재하는 바로 침실로 들어갔다. 수윤은 침대 위에 가만히 앉아 있었다.

"표정이 왜 그렇게 안 좋아. 어디 아파?"

수윤은 재하의 물음에 아무런 대답 없이 매서운 눈초리로 그를 노려보았다.

아침까지만 해도 여행이 며칠 남지 않아 수윤은 들떠 있었다. 그랬던 수윤이 하루도 되지 않는 사이에 표정이 완전 반대가 되어 있었다. 내가 없는 사이에 무슨 일이 있었던 거지? 재하는 영문을 알 수가 없었다.

수윤은 침대에서 일어나 화장대로 향했다. 화장대에서 스틱 하나를 가지고 온 수윤이 그것을 재하에게 내밀었다.

"이거."

"이게 뭔데?"

"나 임신이래요."

수윤은 낮에 지우를 데리러 어린이집에 가는 길에 산부인과를 먼저 들렀다. 이제 막 6주가 된 아기는 수윤의 배 속에서 자라고 있었다.

수윤이 재하에게 초음파 사진을 내밀었다. 재하는 얼떨떨한 표정으로 수윤에게서 초음파 사진을 받아 들었다.

뭐가 뭔지 제대로 구분은 할 수 없었지만 지금 이 상황이 무슨 상황인지 인지를 하자 코끝이 찡했다.

"아……."

그러다 이내 웃음이 스멀스멀 나오기 시작했다.

"지금 웃음이 나와요?"

수윤이 그런 재하를 보며 황당하다는 듯 말했지만 재하는 미소를 거둘 수가 없었다.

"좋은 걸 어떡해."

"그건 그렇지만……."

"이 사진 어떻게 보는 거야? 나도 보고 싶은데 뭐가 뭔지 하나도 모르겠어."

들뜬 것 같은 그의 모습에 수윤은 감정을 누그러뜨리며 재하의 곁에 다가섰다.

"이 동그란 게 난황이구요. 여기 붙어 있는 조그만 게 아기예요."

"이 조그만 게 아기라고?"

재하가 신기한 눈으로 사진을 바라보다 시선을 옮겨 수윤의 배를 가만히 바라보았다.

"……만져 봐도 돼?"

평소에는 싫다고 해도 만지더니 아이가 배 속에 있다고 하니 조심스러운 모양이었다. 수윤이 픽 웃으며 고개를 끄덕이자 재하가 조심스럽게 그녀의 배 위에 손을 얹었다.

"아직 모르겠어."

"당연하죠. 배는 한참 있어야 불러요."

"기분이 이상해. 이제 뭐부터 해야 되는 거지?"

재하가 안절부절못하는 모습으로 수윤을 바라보다 그녀를 꼭 껴안았다.

"고마워. 내게 아빠가 되는 기분이 어떤 건지 알려 줘서."

지우 때는 수윤이 지우를 가진 것조차 몰랐기에 아무것도 할 수 없었다. 둘째가 와 주어서 제게도 그런 기회가 생긴 것 같아 고마웠다.

"몸은 괜찮아?"

"네. 괜찮아요."

첫째를 낳았지만 임신과 육아에 대한 지식이 전혀 없었다. 아이를 가지면 뭘 어떻게 해야 하는 건지 하나도 몰랐다. 재하가 안절부절못하며 수윤을 침대에 앉혔다.

"일단…… 눕자. 무리하지 말고 누워 있어."

"재하 씨. 진정해요."

수윤이 그의 팔을 잡아당겼다.

"진정하고 여기 앉아 봐요."

한 번 아이를 낳은 경험이 있어서 그런지 수윤은 차분했다.

"아직 심장 소리를 못 들었어요. 아마 다음 주가 되면 들을 수 있을 것 같대요. 그때 같이 병원에 가 줘요."

그러고는 지우를 가졌을 때 하지 못한 것들을 하나씩 조곤조곤하게 꺼내놓기 시작했다.

"임신하면 호르몬 때문에 내가 사소한 것에 서운해할 수도 있어요. 그때 놀라지 말고 날 안고 다독여 주세요."

"그럴게."

"음, 그리고 나 지우 가졌을 때 먹고 싶은 거 못 먹었던 적 많거든요? 그게 두고두고 생각나더라구요."

"뭐든 말만 해. 호텔급으로 차려서 올 테니까."

수윤이 못 말린다는 듯 픽 웃었다. 지나간 일들이 머릿속에 파노라마처럼 지나갔다. 무척이나 힘들었고 어려웠던 시간이 분명 존재했지만 지금 이렇게 새로운 미래를 향해 나아가고 있다는 게 아주 신기하게 느껴졌다.

"근데 신혼여행 못 가서 너무 화가 나."

수윤이 상심한 얼굴로 후, 하고 한숨을 내쉬었다. 임신 초기에 무리를 하면 안 좋다는 걸 알기에 여행을 강행할 수는 없었다.

여태껏 알아보고 예약해 두었던 그 모든 것을 포기하고 취소해야 한다는 생각에 수윤은 기분이 나빠졌다.

"이게 다 당신이 일한다고 여행 가는 거 미뤄서 그런 거잖아."

수윤이 재하를 흘긋 노려보았다. 재하는 그제야 수윤이 뾰로통해 있던 이유를 알았다. 재하가 수윤의 어깨를 끌어안으며 토닥였다.

"미안해. 우리 아이 낳고 더 좋은 곳으로 여행 가자."

"응. 그래요."

"그때는 내가 다 준비할게."

"아 참. 태교 여행……."

"응?"

"나 태교 여행 가고 싶어요."

지우를 가졌을 때는 못 했던 것 중 하나가 태교 여행이었다. 남들이 다 하는 걸 지우에게 다 해주고 싶었지만 그럴 마음의 여유가 없었다.

"뭐든지 말만 해. 다 들어줄 테니까."

"약속했어요?"

"물론."

재하는 매일매일이 너무 소중했다. 수윤의 남편이 될 기회도, 진짜 아빠가 될 기회도 얻게 된 것만 같아 수윤에게 고마운 마음뿐이었다.

"내가 노력할게."

"나도 노력할게요."

"사랑해."

그 무뚝뚝하고 차갑기만 하던 남자가 지금 수윤을 안고 그녀의 귓가에 사랑을 속삭이고 있다. 달짝지근한 그의 고백에 수윤이 부드럽게 미소를 지었다. 그런 그녀의 이마에 입술을 맞춘 그가 말했다.

"대답. 안 해 줘?"

"꼭 대답해야 알아요?"

"그럼 행동으로 표현해 봐."

수윤이 재하의 뺨을 양손으로 감싸 쥐었다. 사랑스럽게 그의 뺨을 어루만지며 붉은 그의 입술에 제 입술을 겹쳤다. 따뜻한 체온이 서로의 입술을 통해 느껴진다. 짧은 입맞춤 후 눈이 마주친 두 사람은 누가 먼저랄 것도 없이 쿡쿡 웃음을 터뜨렸다.

"근데 말이야."

"네?"

"임신 중에는 그……, 안 되지?"

머릿속에 음란마귀가 가득 들어찬 재하가 아쉬워하며 물었다. 수윤이 고개를 갸웃했다.

"글쎄요. 의사 선생님께 물어봐야겠지만…… 아마 안 되지 않을까요?"

수윤의 대답에 재하가 후, 하고 깊은 한숨을 내쉬었다. 앞으로 8개월 가까이 금욕을 해야 한다고 생각하자 벌써부터 몸에 사리가 쌓이는 것 같았다.

-사랑보다 뜨거운 完.

에필로그

출근 준비를 마치고 재하가 현관으로 나서자 수윤이 지우를 안고 그 뒤를 따라왔다.

"지우, 아빠 잘 다녀오시라고 인사하세요."

수윤이 안고 있던 지우를 아래로 내려놓았다. 조그만 다리로 꼿꼿하게 선 지우가 양손을 모아 배 위에 올리고는 재하를 향해 꾸벅 고개를 숙였다.

재하가 무릎을 굽혀 지우와 시선을 맞추었다. 지우의 뺨에 입술을 맞추자 지우가 화답하듯 재하의 뺨에 초옥, 입을 맞추었다.

"다녀올게."

"빠빠이."

지우와 재하가 인사를 나누는 모습을 흐뭇하게 바라보고

있던 수윤이 갑자기 생각났다는 듯 손뼉을 마주쳤다.

"아 참. 오늘 산부인과 가는 거 안 잊었죠?"

"아, 응."

"4시에 예약했으니까 병원 앞에서 봐요."

"그래. 연락할게."

"그럼 좀 이따 봐요."

수윤과 지우가 환히 웃으며 손을 흔들었다. 재하는 두 사
람의 배웅을 받으며 집을 나섰다. 밖으로 나가자 정건이
차를 대기해 놓고 있었다.

"좋은 아침입니다."

"어, 그래."

정건에게 가볍게 대답한 그가 뒷좌석에 몸을 실었다.

며칠 전부터 그는 긴장 상태였다. 산부인과에 가는 건 난
생처음이었다. 지우 때는 함께하지 못했던 걸 이번에는 같
이할 수 있다고 생각하니 저도 모르게 바짝 긴장이 되었다.

그 납작한 배 속에 새 생명이 움트고 있다는 것이 비현실
적이면서도 신비롭게 느껴졌다.

"사장님."

"……."

"사장님?"

"어? 어."

오늘따라 재하의 정신이 다른 곳으로 가 있는 것 같아 정
건이 의문스러운 표정으로 그를 향해 물었다.

"무슨 일 있으십니까?"

"……수윤이가 임신을 했어."

잠시 망설이던 재하가 입을 열었다. 아직 임신 초기라 수윤은 병원에 다녀오고 나서 주변에 알리자고 했지만, 재하는 긴장을 조금 늦추고 싶었다.

누구에게라도 털어놓으면 이 긴장감이 조금 사라질까 하여 말을 하자 정건이 눈을 크게 뜨며 놀랐다.

"어, 정말요? 축하드립니다."

"고마워."

"근데 표정이 왜 그러세요? 어디 안 좋으세요?"

"좀…… 긴장이 돼서. 오늘 병원 가기로 했거든."

하지만 털어놓는다고 해서 사라질 긴장감이 아니었나 보다. 재하는 제 두 눈으로 직접 작은 생명체를 마주할 생각에 가슴이 울렁거렸다.

"아, 그래서 오늘 오후 일정 다 비우신 거군요."

정건이 이제야 이해가 된다는 듯 고개를 끄덕였다. 백미러를 통해 뒷좌석에 앉은 재하의 얼굴을 슬쩍 보니 그는 한껏 굳어 있었다.

어떤 일에도 항상 태연하던 재하가 긴장을 하다니 별일이라는 생각이 들었다.

새로운 생명을 맞이하는 일이 보통 일은 아니구나. 정건이 슬며시 미소를 지으며 재하에게 물었다.

"많이 긴장되세요?"

"아무래도 처음이니까."

"부럽습니다. 벌써 둘째까지 생기고."

정건은 재하가 몹시 부러웠다. 명희는 아직 제주도에서 생활을 하고 있었기에 만날 시간조차 부족했다. 마음 같아서는 당장 식을 올리고 함께 살자는 제안을 하고 싶었지만, 천천히 마음을 여는 명희에게 제 마음을 억지로 밀어붙일 수는 없었다.

명희를 떠올리던 정건이 옅은 숨을 뱉어 냈다. 명희를 만나지 못한 지 벌써 일주일이 넘어가고 있었다.

"집에 인사드린 건?"

"아. 그날 분위기 좋았습니다."

명희가 걱정했던 것과는 달리, 정건의 부모님은 혼자 어렵게 자란 명희를 기특하게 여겼다. 정건이 선택한 사람이라는 사실이 중요할 뿐, 명희의 배경 같은 건 중요시하지 않았다. 정건의 가족들은 그저 명희를 따뜻하게 맞아 주었다.

"명희라면 부모님도 좋아하실 거라 생각했어."

"네. 저도 그렇게 생각했습니다."

명희가 제 부모님을 만났던 그 날을 떠올리며 정건이 빙긋 웃었다. 그러다 아직도 재하의 얼굴이 굳어 있는 것을 발견하고는 재하를 향해 핀잔을 주었다.

"이제 둘째도 생기니 더 힘내셔야겠습니다."

"그래야지."

"임신했을 때 먹고 싶은 거 못 먹으면 그렇게 한이 된대요."

정건의 말에 재하가 고개를 끄덕였다. 어디선가 들어 본 적이 있는 말이었다. 그러다 문득 의문이 들어 정건의 뒤통수를 보며 물었다.

"넌 어떻게 그런 걸 아는 거야?"

"어머니가 막냇동생 가졌을 때 닭발이 먹고 싶다고, 아버지께 시장 들러서 좀 사 오라고 하셨어요. 근데 아버지가 깜빡하고 안 사 오신 거예요. 지금도 그때 얘기하시면서 아버지한테 섭섭했다고 말씀하세요. 벌써 20년이 넘었는데."

"……."

그 말을 들으며 재하는 수윤이 원하는 것이 있으면 무조건 다 들어줘야겠다고 다짐했다.

수윤은 예약 시간에 맞추어 산부인과 앞에 도착했다. 재하는 이미 주차를 마치고 병원 앞에서 초조한 얼굴로 서성이고 있었다.

재하를 발견한 수윤이 반가운 마음에 빠르게 걸음을 옮겼다. 걱정 근심이 가득해 보이는 그의 어깨를 톡톡 두드리자 재하가 움찔했다. 그제야 수윤이 도착한 걸 눈치챈 모양이었다.

"언제 왔어요? 아직 시간이 좀 남았는데."

"……일이 손에 안 잡혀서."

잔뜩 경직된 재하의 얼굴을 보며 수윤이 쿡쿡 웃음을 터뜨렸다. 재하가 긴장한 모습이 낯설면서도 왠지 귀엽게 느껴졌다.

"왜 이렇게 긴장했어요? 긴장 좀 풀어요."

"모르겠어. 긴장돼."

"긴장할 게 뭐가 있어요."

수윤이 재하의 손을 잡았다. 긴장을 풀어 주듯 그의 손을 꾹꾹 주무르자 그녀의 따뜻한 체온이 잡은 손을 통해 전해졌다.

"우리 이제 지우 동생 만나러 갈까요?"

재하가 대답 없이 고개를 끄덕였다. 수윤은 재하의 손을 잡고 병원에 들어갔다. 접수를 하고 잠깐 대기를 하고 있으니 간호사가 수윤의 이름을 불렀다.

진료실 안으로 들어가니 인자한 얼굴의 여 선생님이 두 사람을 반겼다.

"오늘은 남편분이랑 같이 오셨네요?"

"네. 같이 왔어요."

"그럼 아기 잘 크고 있는지 바로 확인해 볼까요?"

"네."

"남편분은 여기 이쪽 화면 보고 계시면 돼요."

의사가 친절하게 모니터를 가리켰다. 재하가 고개를 끄덕이고는 어정쩡하게 서 있었다. 그런 재하를 보며 살며시 미소 지은 수윤은 초음파실로 들어갔다.

산부인과에 온 것이 처음도 아닌데, 이 순간을 재하와 함께한다는 사실에 왠지 가슴이 두근거렸다.

지우를 가졌을 때 늘 혼자서 병원에 다녔던 걸 생각하니 괜히 코끝이 찡해졌다.

"여기 깜빡이는 거 보이시죠? 이게 아기 심장이에요. 소리 한번 들어 볼게요."

재하는 안쪽에서 들려오는 의사의 목소리를 들으며 화면에 시선을 고정했다. 쿠국쿠국, 조금 빠른 듯한 심장 소리가 귓가에 들려왔다.

"심박 수 좋네요."

고작 1센티 남짓한 작은 생명체의 심장이 이렇게 빨리 뛰는 것이 신기했다.

"아기는 잘 자라고 있는데, 아기집 옆에 피고임이 좀 있어서 조심하셔야 해요. 당분간은 자주 누워 있으세요."

2주 뒤에 보자는 의사의 말을 뒤로하고, 재하와 수윤은 진료실을 빠져나왔다. 재하의 손에는 초음파 사진 한 장이 들려 있었다.

"어땠어요? 신기하죠?"

"……."

수윤의 물음에 재하는 대답이 없었다. 진료실에서 나온 재하는 초음파 사진만 뚫어져라 쳐다보고 있을 뿐이었다.

왠지 그 모습이 지우의 존재를 처음 알게 되었던 그 날의 자신 같아서 수윤은 웃음이 나왔다.

"재하 씨?"

팔을 톡톡 건드리자 그가 시선을 들어 수윤을 보았다.

"괜찮아요?"

"……실감이 안 나서."

멍한 표정의 그를 보며 수윤이 쿡쿡 웃었다.

"그만 정신 차리고, 얼른 회사로 들어가 봐요."

"안 가도 돼. 일정 다 비워 뒀어."

"그래도 되는 거예요?"

"응. 얼른 집에 가자."

<br>

집으로 오는 길에 재하는 아주 조심스럽게 운전을 했다. 도착을 하고 나서 수윤이 차에서 내리자 무언가 마음에 들지 않는 듯한 표정으로 그녀를 본다.

"이리 와."

수윤이 눈썹을 들어 올리며 의문스러운 표정을 짓자, 성큼 다가온 그가 그녀의 목과 무릎 뒤로 손을 넣어 단숨에 그녀를 안아 들었다.

"어어?"

공중으로 몸이 번쩍 들리자 놀란 수윤이 그의 목을 끌어안았다.

"조심해야 되니까 걷지도 마."

"……이건 너무 과잉보호잖아요."

"오늘부터 손가락 하나도 까딱할 일 없게 할게."

"……과잉보호라니까."

수윤은 괜찮다고 하면서도 싫지 않았다. 재하는 주차장에서부터 그녀를 안아 들고 집으로 들어왔다. 수윤을 소파에 앉힌 재하가 숨도 돌리기 전에 물었다.

"뭐 먹고 싶은 건 없어?"

"아직은 딱히 없어요."

재하가 수윤의 옆자리에 앉으며 묻자 곰곰이 생각을 하던 수윤이 고개를 저었다.

"둘째는 딸이었으면 좋겠어요. 그죠?"

"난 그냥 둘째는 널 닮았으면 좋겠어. 지우는 날 닮았으니까."

"딸은 아빠 닮아야 잘 산대요."

"그런 게 어디 있어. 딸이라면 널 닮는 게 더 예쁠 거야."

"난 나보다 당신 닮는 게 더 좋아요."

수윤이 빙긋 웃으며 말했지만 재하는 정색을 했다.

"내가 싫어."

자신의 얼굴을 닮은 지우가 귀엽긴 했지만 둘째는 기왕이면 수윤을 닮는 게 좋을 것 같았다.

"아 참. 우리 태명 지을까요?"

"태명?"

"뭐로 할지 생각해 봐요."

수윤의 말에 재하가 잠시 동안 고민했다. 그의 미간에 주름이 잡히나 싶더니 이내 천천히 입술을 연다.

"……선물."

"응?"

"갑자기 찾아온 선물 같아서."

"그럼 선물이로 해요."

수윤이 해사하게 웃으며 제 배를 손바닥으로 문질렀다.

"선물아."

재하가 수윤의 행동을 물끄러미 바라보았다. 그러자 수윤이 재하의 손을 제 배로 가져갔다.

"당신도 해 봐요."

재하가 잠시 망설이는 듯하더니 그녀의 배를 보며 나직한 목소리를 꺼냈다.

"……선물아."

고작 태명을 부르는 것뿐인데 마음이 이상하게 벅차올랐다.

"나 키위 먹고 싶어요."

텔레비전을 보다 뜬금없이 튀어나온 말에 재하가 튕기듯 자리에서 일어났다. 현재 시각 오후 11시를 넘어서고 있었다.

"금방 가서 사 올게."

"내일 퇴근할 때 사 와도 돼요."

"아냐. 먹고 싶을 때 먹어야지. 다른 것 더 먹고 싶은 건 없어?"

"없어요. 그럼 같이 갈래요?"

"뭐하러. 병원에서 조심하라고 했잖아. 지우도 잠들었고. 혼자 금방 다녀올게."

재하는 대충 겉옷을 걸치고 집을 나섰다.

지금 이 시간에 문을 연 곳이 있으려나. 자주 가는 마트는 이미 문이 닫혀 있었다. 근처의 과일 가게도 이미 영업을 마친 후였다.

지도 앱의 힘을 빌려 여러 군데를 들렀으나 모두 영업을 마친 곳뿐이었다.

"하아."

수윤이가 먹고 싶다고 하는데. 이대로 빈손으로 돌아갈 수는 없었다. 시간은 점점 자정을 향해 가고 있고, 주변 상점들도 하나씩 불이 꺼져 가고 있을 때.

이제 막 마감 준비를 하고 있는 동네 마트를 발견했다. 재하는 얼른 차를 세우고 급히 마트로 들어갔다.

"아직 영업합니까?"

"네. 영업해요."

직원의 대답에 재하는 안도의 숨을 내쉬었다. 그린키위와 골드키위 여러 팩을 골라 담고, 마트를 나와 곧장 집으로 향했다.

문을 열고 들어서자 수윤이 걱정스러운 얼굴을 하고 있

었다.

"왜 이렇게 늦었어요?"

"근처에 문 연 곳이 없어서 좀 헤맸어."

"없으면 사 오지 말지 그랬어요. 미안하게…….'"

괜히 먹고 싶다는 말을 했나.

수윤이 풀이 죽은 얼굴로 사과했다. 재하는 그런 수윤의 이마에 입을 맞추었다.

"내가 너 먹이고 싶어서 사 온 거야."

재하는 단호하게 말을 하고는 키위가 든 봉지를 들고 주방으로 향했다.

"그거 이리 줘요."

수윤이 봉지를 달라며 손을 뻗었지만 재하는 수윤을 오히려 식탁 앞에 앉혔다.

"넌 가만히 앉아 있어."

재하는 주방으로 들어가 서툰 손길로 키위를 꼼꼼하게 씻고는 과도를 꺼내 껍질을 벗기기 시작했다.

"손 조심해요."

"걱정 마."

잠시 후 재하가 예쁘게 자른 키위를 접시에 담아 포크와 함께 수윤의 앞에 놓아주었다. 수윤은 그런 재하의 모습을 흐뭇한 얼굴로 바라보았다.

"얼른 먹어 봐."

재하가 자른 키위를 포크로 콕 찍어 수윤에게 내밀었다.

수윤이 키위를 날름 받아먹었다.

"어때? 먹을 만해?"

입술을 오물거리며 키위를 먹던 수윤이 빙긋 웃었다.

"정성이 들어가서 그런지 더 맛있는 것 같아."

"더 먹어. 이건 골드키위."

수윤이 맛있게 먹는 모습을 보며 재하는 뿌듯함을 숨길 수 없었다. 최근 들어 수윤은 별로 입맛이 없다며 식사 중간에 숟가락을 놓는 일이 다반사였다.

재하는 오랜만에 수윤이 잘 먹는 모습을 보니 기분이 좋았다.

"먹고 싶은 거 있으면 언제든 말해."

"다 사 줄 거예요?"

"당연한 소리."

재하의 대답이 만족스러운 듯 수윤이 배시시 웃음을 지었다.

그럼 내일은 뭐 먹지? 수윤은 잠시 턱을 괴고 생각에 잠겼다.

"음. 그럼 내일 저녁은 중식 먹을까? 왜 회장님 자주 가시는 그 중식당 있잖아요. 오랜만에 거기 음식이 먹고 싶네."

예전에는 보기만 해도 짜증이 났던 중식당의 음식이 먹고 싶다는 생각이 들자, 수윤은 스스로도 신기했다. 항상 불편한 자리여서 그랬던 거지, 음식 맛은 사실 좋았다.

"당장 예약해 둘게."

"응. 그래요."

수윤은 재하가 잘라 준 키위 한 접시를 앉은 자리에서 깨 끗하게 비워 냈다.

점심 무렵, 재하는 식당을 예약하고 나서 한참 동안 업무 에 집중하고 있었다. 전화가 한 통 걸려 온 것은 그 무렵이 었다.

"네, 아주머니."

전화를 건 사람은 지우를 돌봐 주는 도우미 아주머니였 다. 임신 초기에 무리하게 움직이면 안 된다는 의사의 말 에 집안일을 도와주는 아주머니를 불렀던 것이다.

"무슨 일 있습니까?"

재하와 통화를 할 일은 별로 없었다. 무슨 일이 있으면 주로 수윤과 상의를 했었다. 수윤에게 무슨 일이 생긴 것 같다는 생각이 들어 재하의 표정이 굳어졌다.

—다른 게 아니라, 사모님이 몸이 좀 안 좋으신 것 같아서 요. 점심 먹는데 헛구역질 때문에 하나도 못 드시더라고요.

"많이 심합니까?"

어제까지만 해도 평소와 크게 다르지 않았다. 입맛이 없 다고는 했지만 저녁도 반 공기는 먹었고 밤에는 과일도 잘 먹었었다.

─아침부터 아무것도 안 드셨어요. 뭐라도 좀 드셔야 할 텐데…….

"말씀해 주셔서 감사합니다."

짧게 통화를 끝낸 재하는 오늘 일정을 확인했다. 다행히 급한 일정은 없었다.

"하아……."

그의 미간에 짙은 주름이 잡혔다. 최근에 자리를 많이 비운 것 같아 퇴근 시간까지는 진득하게 버텨 보려 했지만 수윤의 걱정으로 머릿속이 어지러웠다. 점점 커져 가는 걱정에 재하는 겉옷을 챙겨 자리에서 일어났다.

"먼저 가 볼게. 수윤이가 몸이 안 좋은가 봐."

"아, 네. 들어가십시오."

정건과 가벼운 인사를 하고 회사를 나온 재하는 곧바로 집을 향해 운전했다.

가는 길에 식당에 전화를 걸어 예약을 취소하고 마트에 들러 과일을 종류별로 샀다. 그나마 수윤이 과일은 먹을 수 있을 것 같아서였다.

집에 도착하여 현관으로 들어서자 아주머니가 지우와 함께 있었다. 재하는 자신을 보자마자 총총 달려오는 지우를 품에 안아 들었다.

"지우 엄마는요?"

"방에 누워 계세요."

"잠깐만 지우 좀 봐주세요."

재하는 사 들고 온 과일을 아주머니에게 넘긴 후 곧장 안 방으로 들어갔다. 수윤은 자고 있었던 모양이었다. 재하가 안으로 들어가니 눈을 비비며 몸을 일으키고 있었다.

"……왔어요? 지금 몇 시예요?"

"두 시쯤."

"두 시요? 왜 이렇게 일찍 왔어요?"

재하가 침대로 가까이 걸어가자 수윤이 놀란 듯 눈을 동그랗게 떴다.

"너 아침부터 아무것도 못 먹었다며."

"아……. 먹기가 힘들더라고요. 이제 입덧 시작하려나 봐요."

"다른 데는. 괜찮아?"

"그냥……, 몸이 좀 무거워요."

수윤은 말을 하며 웃었지만 재하는 웃음이 나오지 않았다. 아침부터 아무것도 못 먹고 하루 종일 빈속이었을 수윤이 안쓰러웠다.

"그럼 과일이라도 좀 먹자. 과일 종류별로 사 왔어."

재하의 말에 수윤이 고개를 끄덕였다.

"이따가 먹을게요."

"알았어. 좀 쉬고 있어."

재하는 씻고 나서 옷을 갈아입고는 거실로 나왔다. 아주머니를 평소보다 일찍 돌려보내고 지우와 함께 주방으로 들어갔다. 아기 의자에 지우를 앉히고 사 온 바나나 껍질을 벗겨 먹기 좋은 크기로 잘랐다.

어제 수윤이 잘 먹던 키위와 포도, 방울토마토까지 한 접시에 담아냈다.

"지우야. 바나나 먹자."

지우 몫의 바나나를 따로 담아 아이의 앞에 놓아주었다. 입 안에 한 개를 넣어 주자 입술을 오물오물 움직이며 맛있게 먹는다.

그때 수윤이 안방에서 나와 주방으로 들어왔다.

"저녁은 어떻게 해요?"

"아주머니가 준비해 놓고 가셨어. 내 걱정은 하지 말고, 얼른 와서 이것 좀 먹어 봐."

수윤이 느릿한 걸음으로 걸어와 지우의 옆자리에 앉았다. 재하가 식탁 위에 놓아둔 접시를 보며 수윤은 왠지 모르게 웃음이 나왔다. 고작 과일을 썰어 놓은 것뿐이지만 주방과는 거리가 먼 재하가 자신을 위해 이렇게 준비해 준 것이 고마웠다.

이런 게 행복인 걸까. 몸은 무겁고 축축 처지는데, 마음만은 충만해지는 기분이었다.

"고마워요. 잘 먹을게요."

열심히 바나나를 먹고 있는 지우의 모습을 보며 생긋 웃던 수윤이 자신도 바나나를 포크로 콕 찍어 입 안으로 집어넣었다.

재하는 수윤이 과일을 먹는 모습을 보며 안도했다. 먹기

힘들다더니 그래도 과일은 괜찮은 모양이었다. 하지만 그
것도 잠시, 수윤은 몇 번 씹지도 않고 금세 인상을 팍 찌푸
렸다.

"우읍."

밀려오는 구역질에 입을 틀어막은 수윤이 급하게 자리에
서 일어나 화장실로 달려갔다. 당황한 재하가 다급하게 그
녀의 뒤를 따랐다. 수윤은 화장실 문을 쿵 닫고 안으로 들
어갔다.

우웩, 우웨엑-. 재하가 화장실 문을 열려고 했으나 문이
잠겨 있어서 열 수 없었다.

"수윤아. 괜찮아?"

"……아. 괜찮아요."

재하가 화장실 문을 두드리며 묻자 짧은 대답이 들려왔
다. 그 후로도 몇 번 더 헛구역질을 하더니, 잠시 후 쏴아
아 하고 물이 흐르는 소리가 들려왔다. 재하는 불안한 얼
굴로 화장실 문 앞을 서성거렸다.

잠시 화장실 문 앞을 왔다 갔다 하며 기다리고 있자 수윤
이 문을 열고 나왔다. 그가 얼른 수윤에게로 달려가 그녀
의 안색을 살폈다.

"괜찮아? 많이 안 좋아?"

"입덧, 또 시작인가 봐요."

수윤이 제 안색을 살피는 재하를 보며 조금 민망한 얼굴로
웃었다. 이번에는 몸이 좀 괜찮은 것 같아 지우 때보다 덜하

겠거니 생각했는데, 오히려 그때보다 더 심한 것 같았다.

"또?"

"네. 지우 때도 입덧 꽤 오래 했었거든요."

"지우 때도…… 이랬다고?"

재하는 말로만 듣던 입덧이 이런 것이라고는 전혀 생각지도 못한 모양이었다. 그가 당황스러운 얼굴로 수윤을 바라보며 아랫입술을 꾹 깨물었다. 수윤이 이렇게 아무것도 먹지 못 하고 조금 먹기만 해도 족족 토할 줄 알았더라면 좀 더 피임에 신경을 썼을 것이다.

"이리 와."

재하가 수윤을 품에 꼭 안았다. 이제 겨우 9주가 되었을 뿐인데 지금부터 이렇게 힘들다면 앞으로는 얼마나 더 힘들어질지 상상이 되지 않았다. 수윤은 재하의 허리를 감싸 안았다. 저보다 더 놀란 얼굴을 하는 재하의 허리를 안고 토닥였다.

"난 괜찮아요. 심하면 약 먹으면 돼요."

"그래도."

"아이, 괜찮다니까."

수윤은 이미 지우 때 한 번 경험해 본 일이라 지금 제 상태가 그리 놀랍지 않았다. 아이가 생겼다는 사실을 알고 난 후로 또 입덧을 할 수도 있을 거라고 어느 정도 각오를 했었다. 하지만 재하는 아니었다. 수윤이 저 때문에 이런 고생을 하는 것 같아 마음이 좋지 않았다.

"내일 병원 갔다 올게요. 너무 걱정하지 말아요."

"일단 좀 누워 있어."

재하는 수윤을 데리고 곧장 침실로 들어갔다. 수윤을 침대에 눕히고 이불을 덮어 주었다.

"지우는 내가 돌볼 테니까, 당분간 손 하나 까딱하지 마."

수윤은 진지한 얼굴로 제 걱정을 하는 재하를 보며 기분 좋은 웃음을 지었다.

아침부터 달그락거리는 소리에 수윤은 잠에서 깼다. 옆을 보니 재하가 없었다. 바로 옆에 놓아둔 범퍼 침대에는 지우가 곤히 잠들어 있었다. 수윤은 잠을 자는 지우의 얼굴을 잠시 동안 사랑스러운 눈빛으로 바라보다가 거실로 나갔다.

소리가 들리는 주방으로 가니 그곳에는 재하가 서 있었다. 조리대 한쪽에 세워 둔 태블릿 피시로 레시피를 보며 무언가를 만들기에 열중이었다.

"뭐 해요, 아침부터?"

"일어났어?"

재하는 수윤을 발견하고는 그녀를 조심스럽게 부축해 의자에 앉혔다. 벌써부터 만삭 임신부를 대하는 듯한 그 태도에 수윤은 저도 모르게 웃음이 나왔다.

"뭐 만들고 있었어요?"

"그냥. 죽이 입덧에 괜찮다는 글을 봐서."

그는 집에 있는 야채를 잘게 다져 죽을 한소끔 끓이고 있었다.

"일단 이것부터 마셔."

완성된 죽을 국자로 젓고 있던 재하가 잠시 기다리라고 하더니 따뜻한 차를 내어 왔다.

"이게 뭐예요?"

"생강차. 입덧에 좋대."

"나갔다 온 거예요?"

"잠깐 마트에."

재하는 퉁명스러운 어투로 말했지만 수윤은 웃음이 났다. 자신을 챙겨 주는 재하가 좋았다.

"어차피 오늘 병원 갈 건데."

"병원은 병원이고. 조금만 마셔 봐."

수윤은 따뜻한 차를 입 안에 머금었다. 생강 향이 세면 어떡하나 걱정이 되었는데, 생각보다 입에 잘 맞았다.

"고마워요."

내내 비어 있던 속이 따뜻하게 데워지는 듯한 기분이 들었다.

"어머. 근데 벌써 시간이 이렇게 됐네? 얼른 출근 준비 해요."

무심코 시간을 확인한 수윤이 놀랐다. 재하는 주말도 아닌데 느긋하게 행동하고 있었다.

"오늘부터 회사 안 가려고."

"네?"

"당분간 집에서 일할 거야. 정건이한테 그렇게 말해 뒀어."

"그렇게 마음대로 자리 비워도 되는 거예요?"

"어차피 가도 네 걱정 때문에 일 못 해. 그럴 바에야 집에서 하는 게 낫지."

"아주머니도 계시는데 괜찮아요."

"내가 싫어."

재하는 아무래도 수윤이 신경 쓰였다. 입덧 때문에 힘들어하는 수윤을 두고 출근을 할 수가 없었다. 몸 상태도 좋지 않은데 수윤이 다른 것에 신경 쓰지 말았으면 했다.

"좀 이따 병원 가서 약 받아 오자."

"네. 그래요."

수윤이 살며시 미소 지으며 그가 건넨 차를 입에 머금었다.


수윤은 병원에 가서 약을 받아 왔다. 약을 먹으면 조금 괜찮아진 듯하다가도 약을 안 먹으면 금세 입덧 증세가 돌아왔다. 며칠이 지났지만 재하는 여전히 몸 상태가 좋지 않은 수윤이 걱정되었다.

맛있는 음식을 먹으면 좀 나을까 하여 음식을 먹으러 가도 수윤은 얼마 먹지 못 하고 숟가락을 내려놓았다.

"지우 때도 이 정도는 아니었는데. 이상해요. 먹고 싶은데 입에 넣으면 거부감이 들어서."

입덧을 하는 사이 수윤은 살이 쭉쭉 빠졌다. 앞으로 얼마나 더 입덧을 해야 나아질지 전혀 가늠이 되지 않아 재하의 근심은 날로 늘어가기만 했다.

"내가 했으면 좋았을걸."

"입덧을요?"

"응."

수윤이 말도 안 된다는 듯 웃음을 터뜨렸지만 재하는 진심이었다. 언제나 수윤을 고생시키는 것만 같아 재하는 마음이 무거웠다.

"입덧은 이제 괜찮아?"

서울에 놀러 온 명희가 오랜만에 수윤의 집을 방문했다.

"응. 나아졌어."

입덧은 16주를 기점으로 점점 나아졌다. 20주가 된 지금은 음식을 거부감 없이 먹고 있었다.

"지우 때보다 더 심하게 입덧을 할 줄은 몰랐어."

"어떤 개구쟁이가 태어나려고 벌써부터 엄마를 이렇게 괴롭히지?"

명희는 배 속에서부터 벌써 고생을 시킨다며 쿡쿡 웃었다.

"사장님은 어때? 팔불출이라고 회사에 소문났다던데?"

그럴 법도 했다. 재하는 수윤의 상태가 어느 정도 나아질 때까지 재택근무를 했었다.

"나 처음 입덧하는 것 보고 놀라서 그다음부터는 손에 물도 못 묻히게 해. 지금 괜찮아졌는데도 아무것도 못 하게 하는 거 있지."

수윤이 기분 좋은 웃음을 지었다. 제 사소한 행동 하나에 안절부절못하는 재하가 낯설긴 했지만 싫지 않았다. 밤낮으로 제 걱정을 해 주는 재하 덕분에 몸은 힘들어도 마음만은 풍족했다.

"근데 아들이래, 딸이래?"

"아들인 것 같아. 어제 병원 갔다 왔는데 살짝 귀띔해 주시더라고."

수윤은 며칠 전 재하와 함께 정기 검진을 다녀왔다. 두근거리는 마음으로 아이의 성별을 들었다.

둘째는 딸이었으면 좋겠다는 생각을 하고 있었는데 아니라서 조금 섭섭하긴 했지만, 한편으로는 지우와 태어날 아이가 함께 형제로 자라날 거라는 생각에 마음이 든든했다.

"아들 둘이면 엄청 든든하겠다."

"응. 나도 그렇게 생각해."

수윤이 고개를 끄덕이며 빙긋 웃었다. 수윤이 자신의 얘기를 하고 있다는 것을 안다는 듯, 부른 배에서 태동이 느껴졌다. 수윤은 꽤 불러 온 제 배를 어루만지며 명희에게 물었다.

"어머니는 건강하시지? 민혁이는 잘 지내고 있어?"

"응, 건강하시지. 요즘 민혁이 엄청 바빠. 일도 일이지만 여자 친구 생겨 가지고……."

"어? 민혁이 여자 친구 생겼어?"

"어. 엄청 예뻐. 애가 정말 싹싹하더라. 엄마한테 엄청 싹싹하게 구는 거 있지."

"얼굴 봤어?"

"엄마랑 넷이서 얼마 전에 같이 밥도 먹었어. 무슨 사진 작가라고 하던가? 그쪽에서는 꽤 유명한가 봐."

"잘됐네. 어머니도 이제 민혁이 걱정 덜 하시겠다."

오랜만에 만난 두 사람은 한동안 근황 얘기를 이어 갔다. 명희는 애순과 민혁의 근황부터 어린이집 얘기까지 하다, 수윤을 진지한 눈빛으로 쳐다보았다.

"수윤아."

"응?"

"나도 이제 제주도 정리하고 다시 서울 오려고."

"……나 때문에 네가 왔다 갔다 고생만 했네."

수윤이 제주도로 떠나지 않았다면 명희가 제주도로 거처를 옮길 일은 없었을 것이다. 아이를 데리고 혼자 지낼 그녀를 생각해서 명희가 어려운 결정을 했던 것을 수윤은 아주 잘 알고 있었다.

"미안해, 명희야."

"야. 이럴 때는 고맙다고 하는 거거든?"

명희가 새침한 표정을 짓더니 이내 웃음을 터뜨렸다. 명희의 그 표정에 수윤도 덩달아 웃음이 났다.

"그리고 말은 바로 하자. 제주도 내려간 건 내가 너 걱정돼서 간 거고, 서울 오는 건 정건 씨 때문이야."

"장거리 연애하기 많이 힘들지?"

"응. 이동하는 것도 힘들고 시간 맞추는 건 더 힘들고."

연애를 시작한 지 얼마 되지도 않았는데, 만나는 시간보다 서로를 그리워하는 시간이 더 많았다.

처음에는 장거리 연애를 잘 할 수 있을 거라 생각했지만 막상 해 보니 장거리 연애만큼 어려운 게 없었다.

"아 참. 일전에 비서님 부모님 만났던 건 어떻게 됐어? 말 안 해 줬잖아."

"아, 그거."

명희는 얼마 전에 정건의 부모님을 만났던 일을 떠올렸다. 정건의 부모님은 명희를 아주 따뜻하게 맞아 주었다. 명희의 상황에 대해 정건이 미리 부모님께 말해 놓아서 서로 얼굴을 붉히는 질문 같은 건 오가지 않았다.

오히려 정건의 모친은 명희에게 그동안 혼자서 고생이 많았다고, 대견하다고 칭찬을 하며 자신들을 가족처럼 생각하라고 했다.

"솔직히 색안경 끼고 보실 줄 알았거든. 내가 생각해도 정건 씨에 비하면 난 부족하니까."

덕분에 내내 하고 있었던 긴장이 사르르 풀렸고, 명희는 눈물이 날 것 같았다. 남이 제게 그런 위로의 말을 해 준 것은 처음이었다. 정건의 부모님은 정건만큼이나 좋은 분들이었다.

집으로 돌아갈 때도 정건의 모친은 명희에게 각종 반찬을 싸 주고는 언제든 필요하면 보내 주겠다는 말을 했었다.

명희가 그날을 떠올리며 빙긋 웃었다.

"근데 정말 따뜻하게 맞아 주시더라. 정말 깜짝 놀랐어."

정건의 가족은 명희가 늘 상상해 오던 가족의 모습을 그대로 재현해 놓은 것만 같았다.

"정건 씨도 엄청 좋은데, 정건 씨 가족들도 너무 좋아서 얼른 시집가고 싶어."

"정말?"

"정건 씨라면 믿고 내 인생을 맡길 수 있을 것 같아."

명희의 말에 수윤이 눈을 커다랗게 떴다. 결혼에는 관심이 없다던 명희가 이런 마음을 먹을 정도면 정건에 대해 깊은 확신이 생긴 모양이었다.

행복한 미소를 짓는 명희를 보자 수윤은 제 마음 까지 행복이 가득 차는 것 같았다.

"나 떨려요."

재하가 수윤의 손을 꼭 잡았다. 수윤은 어느새 불러 온 배를 어루만지며 평정을 찾으려 했지만 떨리는 가슴을 주체할 수 없었다. 배 위에 손을 얹자 아이가 활발하게 움직이는 것이 느껴졌다.

재하가 수윤의 손을 꼭 잡으며 그녀를 안심시켰다.

"걱정 마. 내가 옆에 있어 줄게."

"수술실 들어가기 전까지 꼭 이요."

출산 당일, 수윤과 재하는 지우를 차 회장에게 맡기고 병원에 왔다. 병원에 도착해 옷을 갈아입고 아이를 낳을 준비를 마쳤다.

수윤은 지우 때처럼 제왕절개를 하기로 결정했다. 재하는 아무 말 없이 수윤을 꼭 안아 주었다.

"나, 다녀올게요."

"응. 잘 다녀와."

무슨 말을 해야 할지 모르겠다는 그의 표정에 수윤이 걱정하지 말라는 듯 환히 웃었다.

몇 가지 검사를 하고 나서 조금 기다리자 간호사가 수술실로 그녀를 안내했다. 불쑥 겁이 났지만 그래도 한 번 해 봤다고 의연하게 마취를 하고 기다렸다.

"금방 끝납니다. 긴장하지 마세요."

의사 선생님의 친절한 목소리가 들린 지 얼마 되지 않아 수술실 내에 아기 울음소리가 가득 퍼졌다.

응애응애! 아이의 목소리가 우렁차게 들려왔다. 후 처치를 한 의사가 곧 수윤에게 아이의 얼굴을 보여 주었다.

"축하드려요. 건강한 아드님이 태어났네요."

둘째 연우의 탄생이었다.

응애응애!

안에서 들려오는 아기 울음소리에 밖에서 안절부절못하던 재하가 후, 하고 긴장 가득한 숨을 내쉬었다. 아이의 울음소리를 들으니 건강한 모양이었다.

수윤이는 괜찮을까. 재하가 초조해하고 있는 사이, 수술실에서 간호사가 나왔다.

"이수윤 산모님 남편분?"

"네."

"잠깐 아기 보시겠어요?"

간호사의 안내를 따라 안으로 들어가자 아직 눈도 뜨지 못한 조그만 아기가 빽빽 울고 있었다. 아기는 아주 조그맣고 빨갰다.

이 아이가, 내 아이……. 지우의 존재를 알게 되었을 때와는 또 다른 감정이었다.

"안아 보시겠어요?"

재하는 작은 아이를 품에 안았다. 왠지 모르게 가슴이 뭉클했다. 어울리지 않게 눈물이 날 것만 같았다.

수윤은 아이를 보고 나서 꽤 시간이 흐른 뒤 회복실로 왔
다. 수윤이 지친 얼굴로 재하를 향해 물었다.

"우리 아기 봤어요?"

"응. 봤지."

재하가 수윤의 이마에 입술을 맞추며 그녀의 어깨를 다
독였다.

"고생 많았어, 수윤아."

"옆에 있어 줘서 고마워요."

"내가 더 고마워."

눈을 마주한 재하와 수윤은 서로를 보며 웃음을 지었다.
앞으로의 육아가 험난하겠지만 서로가 있어 왠지 모르게
마음만은 든든했다.

외전 Ⅰ

어느 따뜻한 봄. 명희가 육아로 바쁜 나날을 보내고 있던 수윤을 찾아왔다.

"어서 와, 명희야."

수윤이 웃는 얼굴로 명희를 맞았다.

"자, 이건 소소하지만 내 선물."

명희의 손에는 케이크 상자가 들려 있었다. 명희가 그것을 수윤에게 건넸다.

"무슨 이런 걸 사 왔어."

"매번 빈손으로 오기 미안해서 그러지. 지우가 생크림 케이크 좋아한다며."

거실 안으로 들어서자 장난감을 가지고 노는 지우와 연우가 보였다. 수윤이 지우야, 연우야, 하고 부르자 아이들이 휙 고개를 돌려 수윤과 명희를 보았다.

"명희 이모 왔어. 인사해야지?"

수윤의 말에 지우가 바로 자리에서 일어났다.

"안녕하세요."

지우가 배에 양손을 모으고 배꼽 인사를 했다. 연우도 따라 일어나 지우와 똑같이 인사를 한다.

"앙영하떼여."

명희는 두 아이의 모습을 보며 흐뭇하게 웃었다.

"지우랑 연우 오랜만이네. 잘 지냈어?"

명희가 귀여운 아이들의 머리를 한 번씩 쓰다듬어 주었다.

"거기 앉아 있어. 금방 케이크랑 차 한 잔 내올게."

수윤이 주방으로 들어가고 명희가 소파에 앉자 아이들의 관심도 다시 장난감으로 쏠렸다.

지우와 연우의 모습을 보며 명희가 제 배를 쓰다듬어 보았다. 명희는 이제 임신 13주 차에 접어들고 있었다. 아직 배가 나오지도 않았지만, 자신과 정건의 아이도 저렇게 귀엽지 않을까 하는 생각에 절로 웃음이 났다.

"온다고 고생했어."

"별로 멀지도 않은데, 뭐. 정건 씨가 요 앞까지 데려다주고 갔어."

주방으로 들어갔던 수윤이 금세 케이크를 잘라 거실로 가지고 나오자, 케이크를 본 지우와 연우가 금세 테이블로 쪼르르 달려왔다.

두 아이는 테이블 앞에 옹기종기 앉아 둘이서 떠들며 수윤이 잘라 준 케이크를 먹기 시작했다.

"지우야. 맛있어?"

"응. 케이크 제일 좋아."

"연우는?"

"마시쪄."

명희의 물음에 아이들은 씩씩하게 대답을 하고는 케이크를 먹는 데에 집중했다.

"근데 지우는 어쩜 크면 클수록 아빠를 더 닮아 가는 것 같아."

"그지? 누가 봐도 차재하 아들이야."

수윤도 동의하는 듯 고개를 주억였다. 대화를 하면서도 그녀의 손은 분주하게 움직이고 있었다. 아직 혼자서 먹는 게 서툰 연우가 흘린 걸 다 닦고, 지우의 앞접시에 지우가 좋아하는 딸기를 올려 주었다.

명희는 수윤의 온 신경이 아이들에게로 향해 있는 것이 느껴졌다.

"지우가 올해 6살인가?"

"응. 시간 정말 빠르지? 연우가 벌써 3살이야. 시간이 어떻게 흘렀는지 모르겠어."

"나도 너처럼 잘 할 수 있을까? 아직 낳지도 않았는데 걱정부터 되네."

"닥치면 다 하게 돼 있어."

수윤이 대답을 하고는 쿡쿡 웃었다.

"넌 입덧 안 해?"

"응. 입덧 없어. 그래서 나 벌써 5킬로나 쪘다니까? 큰일이야, 진짜."

"엄마. 나 딸기."

"여기."

수윤이 포크로 딸기를 콕 찍어 지우에게 건네자 지우가 포크를 받아 들었다. 새콤달콤해 보이는 딸기를 고 작은 입술 사이로 쏙 집어넣으며 맛있게 먹는 지우를 보며 명희가 말을 이었다.

"지금부터 체중 조절해야 돼. 난 나중에 살 뺄 자신이 없어."

"육아하다 보면 힘들어서 저절로 빠질걸?"

"지금 겁주는 거야?"

"다 지난 일이라고 내가 너무 쉽게 말했나?"

수윤의 말에 두 사람 다 웃음을 터뜨렸다.

"아 참. 나 오늘 이거 전해 주러 온 건데."

"청첩장?"

명희가 말을 꺼내기도 전에 수윤이 알아맞혔다.

"응. 청첩장 나왔어."

명희와 정건은 오랜 연애 끝에 결혼을 약속했다. 원래는 가을에 결혼을 준비하고 있었는데, 준비 중에 아이가 먼저

생겼다. 가을이면 만삭이라 봄에 급히 결혼식을 올리기로
한 것이다.

명희에게 청첩장을 건네받은 수윤이 흰 봉투를 열어 보
았다. 안에는 명희와 정건의 이름이 나란히 적혀 있었다.

"이제 정말 얼마 안 남았네?"

두 사람의 결혼은 다음 달로 예정되어 있었다. 이제 한
달도 채 남지 않았다.

"전부 다 실감 안 나는 일뿐이야. 결혼도 실감 안 나고,
아이 낳는 것도 실감이 안 나고. 잘 할 수 있을까 걱정도
되고."

"잘 할 수 있을 거야. 걱정하지 마."

수윤은 근심 어린 표정을 짓는 명희의 등을 토닥였다.

"신혼여행은 어디로 가?"

"보라카이. 가서 휴양할 거야. 돌아다니는 것보다 가서
편히 쉬는 게 좋을 것 같아서."

다음 달이면 안정기에 들어가지만 임신을 한 몸으로 오
래 돌아다니기는 부담스러웠다. 수윤이 긍정하듯 고개를
끄덕였다.

"넌 사장님이랑 여행 생각 없어? 그때 신혼여행 못 갔
잖아."

벌써 재하와 결혼을 한 지 3년이 지났다. 지우가 벌써 6
살이고 둘째인 연우가 3살이 되었지만 아직 어린아이들을
데리고 여행을 갈 엄두가 나지 않았다. 아이들을 두고 놀

러 갈 엄두는 더더욱 나지 않았고. 그래서 신혼여행은 마음속에 묻어 둔 지 오래였다.

"아직은 가기 힘들지. 연우 좀 더 크면 다 같이 한 번 다녀오려고."

"너 그때 엄청 섭섭해했잖아. 여행지도 네가 정하고 계획도 네가 다 짰는데."

"섭섭하긴 했지."

수윤이 아쉬운 표정을 지었다. 그 옆에서 동그란 눈동자로 수윤의 표정을 빤히 보던 지우가 그녀의 소맷자락을 두어 번 잡아당겼다.

"엄마. 신혼여행이 모야?"

옆에서 케이크를 먹으며 두 사람의 대화를 듣고 있던 지우가 눈을 반짝반짝 빛내며 물었다.

"삼촌이랑 이모랑 결혼한대. 결혼하고 같이 여행 가는 거야."

"엄마는 안 갔어?"

"응. 엄마랑 아빠는 시간이 안 돼서 못 갔어."

지우의 입술이 앞으로 쭉 나왔다. 심각한 표정을 짓는 지우의 볼을 웃으며 톡, 건드린 수윤은 명희와 다시 웃음꽃을 피우며 대화를 이어 갔다.

명희가 돌아가고 난 뒤, 피곤했는지 잠이 든 연우를 침대로 데려가 이불을 덮어 주고 있는데 지우가 수윤의 옆으로 다가왔다.

"엄마."

"응?"

진지한 목소리에 돌아보니 지우가 커다란 눈을 깜박이며 그녀에게 물었다.

"엄마는 신혼여행 안 가고 싶었어?"

예상하지 못한 질문에 수윤이 눈을 동그랗게 떴다. 그러던 그녀의 입가에 금세 미소가 머금어진다.

"엄마 가고 싶었을까 봐 생각해 주는 거야?"

"응."

언제 이렇게 컸을까. 단호한 표정으로 고개를 끄덕이는 아이의 모습을 보고 있으니 세월이 참 빠르게 흐르는 것 같았다.

"우리 지우 다 컸네. 엄마 걱정도 다 해 주고."

수윤이 방긋 웃으며 지우의 머리를 쓰다듬었다. 지우는 수윤의 대답이 만족스럽지 못한지 한동안 뾰로통한 표정을 짓고 있었다.

"사장님. 커피 한 잔 드릴까요?"

점심 약속을 마치고 돌아온 재하를 향해 정건이 물었다. 재하가 고개를 끄덕이자 잠시 자리를 비웠던 정건이 1층 카페에서 파는 아메리카노 한 잔을 가지고 돌아왔다.

"피곤해 보이십니다."

"아니야. 괜찮아."

"또 제대로 못 주무셨습니까?"

잠은 항상 제대로 자지 못 했다. 연우가 잠투정이 심해서 수윤이 아이들을 데리고 다른 방에서 자기 시작한 후로, 제대로 잠이 오지 않았다.

옆에 수윤이 없는 밤이 하루하루 길어지고 있었다. 아이들이 밤에 울고 보채도 다 괜찮은데, 수윤이 제 옆자리에 없는 건 시간이 지나도 괜찮지가 않았다.

연우가 태어난 후로 재하는 지우와 함께, 연우는 수윤과 함께 자는 것이 당연해졌다. 자연스럽게 애정 표현도 가뭄에 콩 나듯 하는 게 다였다.

"힘드시죠?"

"……내가 힘들 게 뭐가 있어. 수윤이가 힘들지."

남자아이 둘을 키우는 게 보통 일이 아니었다. 지우와 연우가 그나마 순한 편이라 다행이었다. 수윤의 말이라면 아이들은 곧잘 듣곤 했다.

"집에 가면 지우가 나한테 붙어서 떨어지질 않아."

"한창 아빠 좋아할 나이죠."

그래. 좋다. 다 좋은데. 넘치는 욕구를 어쩌지 못하고 매일 밤 삭여야 한다는 것이 무척이나 괴로웠다.

재하가 후, 하고 한숨을 내쉬었다.

"애들 귀엽잖아요."

"그렇긴 하지."

귀여웠다. 눈에 넣어도 안 아프다는 말이 이해가 될 정도로 사랑스럽고 예뻤다.

다만 요즘 들어 조금 아쉬운 마음이 드는 건 어쩔 수 없었다. 조금 여유를 두고 낳았으면 좋았을 텐데. 계획을 하지 않고 낳다 보니 신혼이 없었다. 연우를 낳고 난 후에는 더 정신이 없었고.

아이를 키우는 동안 수윤은 육아에 집중했다. 재하도 그런 수윤을 존중했다. 하지만 둘만의 시간이 전적으로 부족한 것은 사실이었다. 결혼 이후로 단 한 번도 둘만의 시간을 가져 본 적이 없었다.

수윤은 아이들을 두고 나오면 괜한 걱정에 시달리곤 했었다. 게다가 지우가 재하와 떨어지는 걸 극도로 싫어했다. 한번은 출장을 갔었는데, 지우가 울고 난리가 나서 바로 출장에서 돌아와야 했다.

지금도 손이 많이 가는 아이들과 밤낮으로 꼭 붙어 있으니 둘만의 시간은 꿈도 꾸지 못할 일이었다. 그렇다고 해서 결혼 전에 연애를 제대로 했느냐. 그것도 아니었다. 재하는 그게 무척이나 아쉬웠다. 수윤의 신경이 아이들에게로만 향해 있는 것도 마음에 들지 않았다.

"아빠!"

퇴근을 하고 집으로 오자, 현관문 소리를 들은 지우가 우다다다 달려와 재하의 품에 안겼다.

"아빠 보고 싶었어?"

"응! 제일 보고 싶었어!"

그래도 애교 많은 아들이 있어서 피곤이 사르르 다 녹아 내리는 기분이 들었다.

"왔어요?"

수윤은 현관 쪽에 서 있는 재하를 향해 가볍게 인사를 하고는, 차곡차곡 갠 빨래를 들고 아이들 방으로 쏙 들어 갔다.

"……."

수윤이 육아와 집안일을 도맡아 하느라 바쁜 건 알지만 왠지 마음이 상했다. 시간이 흐르면 흐를수록 수윤에 대한 갈망은 커져 가는데, 그녀는 저따위는 안중에도 두지 않는 듯했다.

"……유치하긴."

재하는 수윤이 들어간 곳을 보며 한숨을 내쉬고는 곧 장 침실로 향했다. 그러자 지우가 제 뒤를 쫄래쫄래 따라 왔다.

"엄마가 목욕하라고 했어. 아빠랑 같이할래."

"그래. 그럼 목욕하러 가자. 아빠가 물 받아 놓고 있을게."

"응!"

지우가 해맑게 웃으며 고개를 끄덕이고는 밖으로 쪼르르 달려갔다.

재하는 옷을 갈아입은 뒤 침실을 나왔다. 1층 거실에 딸린 욕실에 따뜻한 물을 받고 있으니 지우가 손에 장난감을 잔뜩 들고 욕실로 들어왔다.

재하는 그런 지우가 귀여워 피식 웃음을 흘렸다.

"물총 가지고 놀고 싶었구나."

"엄마는 못 하게 한단 말이야."

지우가 신이 난 얼굴로 물을 받고 있는 욕조에 물총을 담갔다. 뽀글뽀글거리며 물총 안에 물이 가득 담겼다.

"아, 안 그래도 지우 목욕 좀 시켜달라고 하려고 했는데."

욕조에 물을 받는 모습을 본 수윤이 지우에게 당부했다.

"아빠 너무 힘들게 하면 안 된다? 알겠지?"

"알았어!"

지우가 좋아하는 거품을 가득 풀고 난 후 재하와 지우는 욕조에 몸을 담갔다. 물총을 이리저리 팡팡 쏘던 지우가 거품을 만지작거리더니 재하를 불렀다.

"아빠."

"응?"

"신혼여행은 다 가는 거야?"

뜬금없는 질문에 재하가 의아한 표정을 지었다.

"이모랑 삼촌도 가고 선생님도 간대."

선생님이라면 아마 지우가 다니는 어린이집의 선생님을 말하는 걸 것이다.

"원장 선생님도 갔다 왔댔어."

재하가 대수롭지 않은 투로 대답했다.

"보통은 다 가지."

"근데 왜 엄마는 안 갔어?"

"어?"

"왜 우리 엄마만 안 가?"

지우가 억울한 표정을 지으며 물었다.

"그거야……."

그때 연우가 엄마 배 속에 있어서 가지 못했다는 말을 하려다 재하가 입술을 닫았다.

재하 역시 신혼여행을 가지 못했던 것이 항상 마음에 걸렸었다. 일 때문에 미루었던 신혼여행은 예기치 않게 연우가 들어서는 바람에 일정을 모조리 다 취소해야만 했었다.

잠시 생각에 잠겨 있던 재하가 천천히 입술을 열었다.

"지금이라도 가려면 갈 수는 있어."

"응? 진짜로?"

"응. 근데 지우가 좀 도와줘야 하는데……."

재하가 말끝을 늘리며 지우를 흘긋 보자 지우가 눈을 초롱초롱 빛내며 물었다.

"어떻게?"

"지우가 혼자서 밥도 잘 먹고 잠도 잘 자고 연우도 잘 돌보면 갈 수 있어."

재하의 말을 심각하게 듣던 지우가 조그만 미간을 좁힌 채로 진지한 표정을 지었다. 심각한 고민을 하는 그 모습이 귀여워 재하는 턱을 괴고 지우를 사랑스러운 눈빛으로 보았다.

"⋯⋯몇 밤이나?"

"몇 밤까지 할 수 있을 것 같아?"

재하의 말에 지우의 표정이 다시 한번 심각해졌다. 손에 들고 있던 물총을 욕조 안에 그대로 내려놓고 양손을 쭉 폈다. 그러더니 손가락 하나하나를 꼽아 숫자를 세기 시작했다.

고사리 같은 손이 엄지부터 차례대로 하나씩 접히기 시작했다.

하루, 이틀, 사흘, 나흘, 닷새. 지우가 손가락을 하나씩 하나씩 접을 때마다 재하의 입술이 부드러운 호선을 그리며 올라갔다. 오랜만에 수윤과 둘만의 시간을 만끽할 수 있겠다는 생각이 들었기 때문이었다.

하지만 한 손가락, 한 손가락 정성을 다해 접던 지우가 곧장 손을 쫙 폈다. 아무리 생각해도 다섯 밤은 아니라는 생각이 든 모양이었다.

"아빠. 두 밤. 나는 두 밤만 할 수 있어."

아. 김이 샌 목소리가 숨김없이 새어 나왔다. 재하의 반응을 본 지우가 금세 울상을 지었다.

"두 밤은 안 돼?"

"⋯⋯아니. 되지."

재하가 지우의 머리를 쓰다듬었다.

"진짜로?"

"응."

재하의 대답에 지우의 얼굴이 환해졌다. 엄마도 할 수 있다는 사실이 그렇게나 좋은 걸까.

"알겠어!"

우렁차게 대답한 지우가 벌떡 일어났다. 발가벗은 채로 욕실 문을 열고 나가려는 걸 재하가 붙잡았다.

"몸은 헹구고 나가야지."

몸을 헹궈 주니 닦을 생각도 하지 않고, 발가벗은 채로 욕실을 뛰어나갔다.

"지우야. 뛰면 안 돼. 다쳐."

재하의 말이 들리지 않는지 후다닥 나가던 지우가 이내 수윤의 손에 붙들렸다.

"차지우! 물기 다 닦고 나와야지!"

주방에서 다급히 나온 수윤이 한숨을 폭 내쉬었다. 소파 위에 올려 두었던 커다란 타월로 지우의 몸을 감싸고, 물기를 닦아 주었다.

"이렇게 나오면 엄마가 감기 걸린다고 했어, 안 했어."

"했어."

"다음부터는 물기 다 닦고 나오는 거다? 알겠지?"

수윤의 물음에 지우가 고개를 단호하게 끄덕였다.

"그리고 넘어지면 아야 하니까 뛰지 않기. 자, 약속."

"응. 약속."

수윤이 새끼손가락을 내밀자 지우가 제 작은 새끼손가락
을 겹쳤다. 도장까지 찍고 나서야 수윤이 이제 됐다는 듯
엉덩이를 두어 번 토닥였다.

　"지우 침대 위에 갈아입을 옷 올려놨어. 지우 혼자 갈아
입을 수 있지?"

　"응!"

　지우가 우렁차게 대답을 하고는 쏜살같이 방으로 달려갔
다. 수윤은 그런 지우의 모습을 보고 흐뭇하게 웃었다. 그
러고는 반쯤 열린 욕실 안쪽을 들여다보았다.

　"아직 씻어요?"

　누적된 피로를 푸는 듯 재하는 욕조에 기대어 있다가, 얼
굴을 빼꼼 내미는 수윤에게로 시선을 옮겼다. 수윤은 욕실
한쪽에 걸려 있는 지우의 옷을 발견하고는 옷을 가지러 욕
실 안으로 들어갔다.

　"얼른 씻고 나와서 식사해요."

　재하가 지우의 옷을 챙기는 수윤을 물끄러미 바라보았
다. 수윤은 재하의 시선이 느껴지지 않는 모양인지 그가
있는 곳을 돌아보지도 않고 바로 나가려 했다.

　"수윤아."

　"응?"

　"잠깐만."

　수윤을 불러 세운 재하가 가까이 와 보라는 손짓을 했다.

　"왜 그래요?"

수윤이 옷가지를 욕실 밖에 내어놓고는 욕조 쪽으로 걸음을 옮겼다. 가까이 다가서니 몸을 낮추라는 손짓을 한다. 어디 몸이 안 좋은가 싶어 수윤이 욕조 옆에 쪼그리고 앉았다.

　수윤이 재하의 머리에 손을 갖다 대고는 제 이마에도 손을 올려 보았다. 재하의 얼굴이 뜨거웠다.

　"열 있는 것 같아요."

　"반신욕 해서 그래."

　재하가 수윤의 손을 떼어 내 제 뺨으로 가져왔다.

　"그것보다."

　"……?"

　"이제 내 벗은 몸을 봐도 아무 생각이 안 드나 봐?"

　"네?"

　"난 아닌데."

　몽글몽글한 거품 때문에 상반신밖에 보이지 않았지만, 노출된 상반신은 애가 둘이나 있는 유부남의 몸처럼 보이지는 않았다. 매일 아침 일찍 일어나 운동을 한 흔적이 그의 몸에 고스란히 남아 있었다. 수윤은 여전히 매혹적인 그의 몸을 바라보다 황급히 시선을 돌렸다.

　아이들을 돌보느라 최근에 재하와 함께 잠자리에 든 기억이 없었다. 수윤은 지우와 연우의 방에서 잠드는 것이 더 익숙했다. 재하가 수윤에게 시선을 고정한 채 고개를 살짝 돌려 그녀의 손바닥에 입을 맞추었다.

"애들이 보면 어떡해요……."

"엄마 아빠 사이좋구나, 하고 생각하겠지."

괴롭히고 싶은 마음이 불쑥 솟아나 손바닥을 혀끝으로 할짝거리자 수윤이 움찔했다.

"오늘 같이 자고 싶은데."

항상 머금고 머금어도 부족한 것만 같은 그 입술을 애타는 손길로 어루만졌다.

"안 돼?"

수윤이 싫지 않은지 그대로 눈을 감았다. 재하가 그녀의 입을 맞추려 할 때였다.

"엄마! 나도 밥 먹을래!"

주방으로 쿵쿵 뛰어가며 있는 힘껏 소리치는 지우 덕분에 깜짝 놀란 수윤이 감았던 눈을 황급히 떴다. 재하의 입술에 짧게 입맞춤을 한 뒤 자리에서 일어났다.

"얼른 나와요. 지우 밥 줘야겠어요."

재하는 수윤이 나가는 뒷모습을 보며 한숨을 푹 내쉬었다.

"이걸로는 부족한데."

수윤이 욕실에서 나와 저녁 준비를 하고 있자, 어느새 옆으로 다가온 지우가 그녀의 바짓자락을 두어 번 잡아당겼다.

"응? 왜 그래, 지우야?"

"내가 할래!"

수윤이 달걀프라이를 접시로 옮겨 담자 지우가 제게 달라는 듯 양손을 내밀었다.

"응?"

"내가 할 수 있어!"

"지우가 식탁에 옮겨 줄 거야?"

"응!"

지우가 위아래로 고개를 끄덕이며 조리대에 놓여 있는 달걀프라이 접시로 손을 뻗었다. 고사리 같은 손으로 접시를 잡은 지우가 곧장 식탁으로 달걀프라이를 옮겼다.

"지우야. 앉아 있어도 돼. 엄마가 갖다 줄게."

"아니야. 내가. 내가, 응?"

지우의 행동이 의아했지만 보채는 듯한 말투에 수윤은 하는 수 없이 지우가 원하는 대로 하게 두었다. 지우는 식탁에 접시를 올려놓고 다시 돌아와서는 또 할 일이 없냐는 눈빛을 초롱초롱하게 보낸다.

수윤은 그런 지우를 보며 웃음이 새어 나왔다.

"엄마. 또, 또?"

"그럼……, 지우가 식탁에 물컵 좀 갖다 놓을래?"

"응!"

그렇게 둘이서 한동안 식사 준비를 하고 있을 때였다. 목욕을 마친 재하가 연우를 안고 주방으로 들어왔다.

"아빠. 이거 내가 다 했어."

재하가 주방으로 들어서자 지우가 그에게로 쪼르르 달려 갔다. 식탁 위를 가리키며 어깨를 으쓱한 지우가 자랑스러운 목소리로 말했다.

"어?"

재하가 무슨 말이냐는 듯 수윤을 보자 수윤이 빙긋 웃었다.

"지우가 식사 준비를 도와주지 뭐예요. 지우 덕분에 빨리 준비했어요."

수윤이 칭찬을 하자 지우의 얼굴에 뿌듯함이 서렸다. '아빠, 나 잘했지?' 하는 표정으로 고개를 들어 재하를 올려다본다. 재하가 흐뭇하게 웃으며 지우의 머리를 잔뜩 헝클어뜨렸다.

"차지우 대단한데?"

칭찬을 하자 지우의 입술 끝이 부드럽게 말려 올라갔다. 헤헤, 하고 웃는 얼굴이 무척이나 사랑스러웠다.

"얼른 이리 와서 식사해요. 지우도 얼른 앉아."

수윤의 말에 재하가 연우를 아기 의자에 앉히고 그 옆에 앉았다. 지우는 제 의자를 연우의 옆으로 끌어갔다.

"연우야. 형이 이거 줄게."

지우는 먹기 좋은 크기로 잘라 놓은 장조림을 손으로 잘게 찢고는 연우의 밥 위에 올려 주었다.

"맛있어?"

"마이쪄."

연우의 대답을 들은 지우가 흡족한 표정으로 미소 지었다.

"아빠가 할 테니까 어서 밥 먹어."

재하가 지우를 향해 말했지만 지우는 제 밥을 먹다가도 잊지 않고 연우를 챙겼다.

〽〽〽

"지우가 갑자기 왜 저러지?"

하루 사이에 갑자기 달라진 지우의 모습에 수윤은 대견한 한편 의문이 들었다.

"당신 뭐 아는 거 있어요?"

"지우가 신혼여행 얘기를 꺼내더라고."

"신혼여행이요?"

"이번에 어린이집 선생님도 결혼한다고 하잖아. 다들 신혼여행 가는 건지 물어보더라고. 그래서 동생도 잘 돌보고 혼자 있을 줄도 알아야 한다고 했지."

수윤이 아, 하고 짧은 탄식을 내뱉었다. 며칠 전 명희가 왔을 때 심각한 표정을 짓고 있더니 고 작은 머리로 내내 그걸 생각하고 있었던 모양이다.

"애들 맡기면 할아버지도 좋아하실 거야."

차 회장은 애들을 유난히 좋아했다. 못 해도 일주일에 한 번은 다 함께 모여 식사를 했기에 지우도 차 회장을 곧잘 따랐다.

"애들을 맡기고 여행을 가자고요?"

수윤은 아직 여행을 간 것도 아닌데 벌써 눈앞에 지우와 연우가 밟히는 듯했다.

"둘만의 시간, 부족했잖아."

"……."

결혼 전에도 연애는 제대로 하지 못 했지만, 결혼 후에도 달라지는 건 없었다. 연우가 태어나면서 수윤은 아이를 돌보느라 바빴고, 재하 역시 아이들에게 신경을 쏟느라 정신이 없었다.

실컷 연애하지 못하고 결혼을 했고 아이를 낳았다. 때문에 마음 한구석에 둘만의 시간에 대한 아쉬움이 남아 있었다.

"지우한테 한 번 물어보고요."

재하가 고개를 끄덕였다. 그는 잘 준비를 하고 있는 지우의 방으로 걸음을 옮겼다. 재하가 방으로 들어가니 침대에 누워 있던 지우가 벌떡 일어났다.

"아빠. 이제 신혼여행 갈 수 있는 거지?"

밥도 잘 먹고, 연우도 잘 챙기고, 이제 잠도 잘 잘 건데. 재하를 보는 지우의 눈빛이 그렇게 말하고 있었다.

뒤따라온 수윤이 지우를 보며 물었다.

"지우야. 엄마 아빠랑 떨어져 있어도 괜찮겠어?"

"응. 나는 형이라서 괜찮아."

단호한 대답에 수윤이 미소 지었다. 재하 역시 제 아들이 귀여워 피식 웃음을 터뜨렸다.

"누구 아들인지 책임감 하나는 끝내줘."

칭찬하는 말에 지우가 해맑게 웃음을 지었다.

"딱 두 밤만 할아버지랑 같이 자는 거야. 할 수 있겠어?"

"지우 할 수 있어!"

지우가 재하의 물음에 우렁차게 대답을 했다.

"근데 우리 지우. 갑자기 왜 그런 생각을 한 거야?"

"엄마도 가고 싶었잖아."

수윤이 자세를 낮추어 지우와 눈을 맞추자 지우가 그녀의 목을 꼭 끌어안았다.

"딴 사람들은 다 하는데 엄마만 못 하는 거 싫단 말이야."

수윤은 이 조그만 아이가 제 마음을 위하는 것 같아 왠지 가슴이 뭉클했다.

"지우야, 연우야. 왕 할아버지 말씀 잘 듣고 있어야 해."

"네!"

지우가 우렁차게 대답했다. 그러자 옆에 있던 연우도 '네!' 하고 형을 따라 큰소리로 대답했다.

"감사해요, 회장님. 애들 봐주셔서."

수윤은 미안했다. 아직 차 회장이 정정하긴 했지만 애들을 둘이나 보려면 체력이 상당히 소모될 것이 분명했다. 수윤의 생각을 읽은 차 회장이 퉁명스러운 투로 대답했다.

"좀 있으면 도우미가 더 올게다. 나야 그저 눈으로 애들

보는 것뿐이 더 하겠어. 나도 애들이 있는 게 적적하지 않아서 더 좋다."

"사모님. 걱정 마세요. 제가 잘 돌볼게요."

차 회장의 뒤쪽에 서 있던 푸근한 외모의 영주가 수윤의 걱정을 덜어 주기 위해 한마디를 덧붙였다. 영주는 차 회장의 집에서 오랫동안 집안일을 도맡아 해 온 사람이었다.

"그럼 애들 좀 잘 부탁드릴게요."

수윤의 부탁에 영주가 고개를 끄덕였다.

"지우야, 연우야. 엄마 아빠한테 인사해야지?"

영주가 아이들을 향해 말하자 차 회장의 손을 잡고 있던 지우가 활짝 웃으며 손을 흔들었다.

"엄마 아빠 빠빠이."

영주의 품에 안긴 연우도 까르르 웃으며 손을 팔랑팔랑 흔든다. 수윤은 지우와 연우가 환히 웃는 모습을 보니 그나마 마음이 놓였다. 시간이 있을 때마다 자주 방문을 했더니, 아이들은 영주가 낯설지 않은 모양이었다.

"차지우."

"응?"

"잠깐 이리 와 봐."

재하가 인사를 하는 지우에게 가까이 오라는 손짓을 하자 지우가 재하의 앞으로 가까이 걸어왔다. 재하는 무릎을 접어 아이와 눈을 맞추며 속삭이듯 물었다.

"뭐 가지고 싶은 거 없어?"

"갖고 싶은 거?"

지우가 눈을 크게 떴다. 갑자기 선물이라니. 선물은 특별한 날에만 받는 것으로 정해져 있었다.

"두 밤 잘 지내고 있으면 선물 사 줄게."

놀란 표정이 금세 설레는 표정으로 바뀌었다. 재하가 그런 지우의 머리를 쓰다듬고는 무릎을 펴고 일어났다.

"엄마 아빠 다녀올 때까지 생각해 놔. 알았지?"

"응!"

싱글벙글한 표정의 지우를 보며 흐뭇한 웃음을 짓던 재하가 시선을 옮겨 차 회장을 보았다. 가볍게 묵례를 하자 차 회장이 고개를 끄덕였다.

"그럼 저희는 가 보겠습니다."

"무슨 일 있으면 연락 주세요."

재하와 수윤은 발길이 떨어지지 않는 듯 한 번 더 아이들을 향해 인사를 하고는 현관을 나섰다. 재하와 수윤이 현관에서 나가고 나자 지우가 잡고 있던 차 회장의 손을 잡아당겼다.

"할아부지. 나 미끄럼틀."

"그래. 얼른 가자꾸나."

"빨리, 빨리."

엄하게 대할 법도 한데 차 회장은 껄껄 웃으며 지우가 원하는 대로 끌려갔다. 그 모습을 보며 영주는 차 회장이 참많이 변했다는 생각을 했다. 예전에는 말을 한 번 걸 때도 잔뜩 긴장을 해야 했는데 증손주가 생긴 후로는 사나웠던 성격이 한풀 꺾였다.

최근에는 차 회장과 종종 시답잖은 얘기를 주고받기도 했다. 영주가 차 회장과 지우를 보며 흐뭇하게 미소 지었다.

지우는 마음이 급했는지 차 회장의 손을 놓고는 정원과 연결되어 있는 거실의 통유리문을 끙끙대며 밀었다.

"지우야. 아줌마가 해 줄게."

영주가 문을 열어 주자 지우가 열린 문틈 사이로 쏙 빠져나가더니, 연결된 테라스를 지나 정원에 마련되어 있는 작은 놀이터로 달려갔다.

재하와 수윤의 신혼집에 놀이방을 만들면서, 아이들을 위해 본가의 정원에도 만들어 놓은 것이었다.

"녀석도 참. 누굴 닮아서 저리 활발한지."

후다닥 뛰어나간 지우를 보며 차 회장이 입술 가득 미소를 지었다. 재하에게 엄격하게 대했던 것에 대한 죄책감이 가슴 한구석에 남아 있었기에, 재하에게 못 해 줬던 것만큼 재하의 아이들에게 잘해 주고 싶었다.

"지우랑 연우 놀러 와서 좋으시겠어요."

"애들 보고 있으면 기분이 좋아."

"사장님, 사모님 없이 자고 가는 건 처음이네요."

차 회장이 고개를 끄덕였다. 처음으로 온전히 아이들과 함께 보내는 시간이라 이 순간이 좀 더 특별하게 느껴졌다.

"참. 애들 짐 가방에서 외투 좀 가져오겠나? 아직 바람이 찬데."

"네, 그럴게요."

여전히 연우를 안고 있던 영주가 차 회장에게 짧게 대답을 하고는 현관에 있는 짐을 가지러 걸음을 옮겼다.

"연우야. 우린 옷 입고 나가자, 응?"

연우가 영주의 품에 폭 안겨 있는 모습을 본 차 회장은 지우를 따라 밖으로 나갔다. 그 사이에 미끄럼틀을 몇 번이나 반복해서 탄 지우가 차 회장을 향해 얼른 오라는 듯손을 흔들었다.

"할아부지!"

차 회장이 지우를 향해 손을 흔들며 흐뭇한 미소를 지었다.

"회장님이랑 애들, 괜찮을까요?"

조수석에 앉은 수윤이 걱정스러운 표정으로 한숨을 내쉬었다.

"수윤아."

"아, 연우 잠옷을 빼먹었네. 어떡하지?"

수윤이 낭패 어린 표정으로 핸드백을 뒤적였다. 얼른 전화를 해서 알려 주어야 한다는 생각이 들었다.

"일단 진정해, 수윤아."

신호를 받아 차를 세운 재하가 수윤의 손을 잡았다. 손을 잡힌 그녀가 재하를 보자 재하가 옅은 숨을 내쉬었다.

"문제 생기면 연락 주신다고 했잖아. 미리 그렇게 걱정하지 마."

"그래도……."

"지금부터 나만 생각해."

재하가 수윤의 손을 힘주어 잡았다.

"길게도 아냐. 딱 사흘이잖아. 응?"

"아……."

수윤은 그제야 정신이 맑아지는 것 같았다. 이미 가기로 한 상황에서 걱정만 해 봐야 제 속만 시끄러울 뿐이었다.

"애들 걱정보다, 가서 뭘 할지 생각하는 게 더 좋지 않을까."

"……."

"언제 둘이서 또 여행을 가겠어."

재하가 수윤의 손을 부드럽게 쓰다듬으며 다정한 목소리로 말했다. 그 말에 수윤이 고개를 끄덕였다. 재하의 말이 맞았다. 아이들을 걱정하면서 이번 여행을 헛되이 보낼 수는 없었다. 그러라고 지우가 허락한 여행이 아니었다.

"……내가 생각이 짧았어요."

수윤은 꺼내려던 휴대 전화를 다시 핸드백에 집어넣었다. 한껏 누그러진 수윤의 표정에 재하의 입술 끝에 미소가 걸렸다.

재하가 둘만의 시간을 기대하고 기다렸다는 것을 알기에 수윤은 오늘만은 아이들 생각을 억지로라도 접어 두기로 했다.

　"우와. 바다다."
　수윤이 창밖으로 바다를 보며 설레는 목소리를 뱉어 냈다. 창을 내리자 적당히 따뜻한 바람이 살랑살랑 불어 왔다.
　"서울 날씨가 흐려서 걱정했었는데 여긴 하늘이 엄청 파래요."
　햇빛을 받은 바다가 반짝반짝 예쁘게 빛났다. 탁 트인 하늘과 바다를 보고 있으니 속이 뻥 뚫리는 기분이었다. 재하와 함께 2박 3일 동안 떠난 여행지는 강릉이었다.
　처음에는 해외로 가려고 했으나 재하가 길게 휴가를 내기 힘들었고, 수윤도 아이들을 두고 오랫동안 여행을 가는 것이 내키지 않았다.
　재하는 한때 명희와 전국을 돌아다니며 여행을 한 정건에게 추천을 받아, 여행지를 강릉으로 정했다.
　"숙소 가서 체크인하고 바로 바다부터 보러 가요. 응? 그러고 나서 저녁 먹으러 가면 되겠다. 그죠?"
　"그래. 그러자."

수윤의 들뜬 목소리에 재하도 마음이 들떴다. 얼른 수윤과 함께 바닷가를 거닐고 싶었다.

재하는 바닷가 근처에 있는 리조트를 예약했다. 주차를 하고 데스크에서 키를 받아 예약해 두었던 룸으로 들어갔다. 안으로 한 발짝 들어온 수윤이 눈을 휘둥그레 떴다.

"무슨 숙소가 이렇게 커요?"

둘이서 묵기에는 과분한 숙소였다. 운동장이라고 해도 믿을 만큼 커다란 거실 한중간에는 모던한 베이지색 소파와 흰색 커피 테이블이 놓여 있었고, 안쪽으로는 음식을 해 먹을 수 있도록 조리 기구와 식기가 마련되어 있었다.

눈을 커다랗게 뜨고 거실을 둘러보던 수윤은 핸드백을 벗어 소파 위에 올려 두고는 계속해서 숙소 내부를 구경했다.

거실과 이어진 테라스에는 커다란 수영장이 있고, 그 옆에는 바비큐를 할 수 있는 화로가 있었다. 주방 옆쪽으로 나 있는 계단으로 올라가자 2층에는 커다란 침대가 있었다. 천장이 낮아 침실은 아주 아늑해 보였다.

수윤이 아래층으로 내려와 재하와 마주 보고 섰다.

"숙소가 너무 좋은 거 아니에요?"

"너한테는 좋은 것만 해 주고 싶으니까."

재하는 수윤의 반응이 만족스러운 모양인지 입가에 가볍게 미소를 띠고 있었다.

"어때. 마음에 들어?"

"마음에 들긴 하는데 갑자기 지우랑 연우한테 미안해지네요."

두고 온 지우와 연우가 못내 마음에 걸리는지 풀이 죽어 있던 수윤이 이내 손바닥을 짝, 하고 마주쳤다.

"아, 맞다. 생각난 김에 회장님께 전화 한 통만 할게요. 애들 목소리도 잠깐 들을 겸."

재하가 고개를 끄덕이자 수윤이 소파 쪽으로 가서 핸드백 안에 들어 있던 휴대 전화를 꺼냈다. 전화 목록에서 차 회장의 번호를 찾아 전화를 걸자 얼마 지나지 않아 차 회장이 전화를 받았다.

"회장님. 저희 잘 도착했어요. 지우랑 연우는 잘 놀고 있어요?"

수윤이 통화를 하며 테라스로 나가는 문을 열었다. 시원한 바람이 숙소 안으로 불어 들어왔다.

"지우야. 재미있어?"

수윤이 살며시 웃는 것을 보아 지우와 연우는 잘 지내고 있는 모양이었다. 재하는 통화를 하고 있는 수윤의 등 뒤로 갔다. 뒤에서 수윤을 껴안자 그녀가 제 배를 감싼 그의 손 위에 제 손을 겹쳤다.

"그럼 또 연락드릴게요."

재하는 몸을 낮추어 그녀의 정수리에 입술을 묻었다. 그냥 이렇게 안고 있는 것만으로 그동안의 피로가 다 풀리는 기분이다.

"지우랑 연우 잘 있나 봐요."

"다행이네."

수윤이 제 배를 감싸고 있는 팔을 푼 뒤 재하를 마주 보고 섰다. 그러자 재하가 수윤의 몸을 품에 한가득 끌어안았다.

"아, 좋다……."

오랜만에 갖는 둘만의 시간은 꿀처럼 아주 달게 느껴졌다. 수윤은 제 품에 기대어 오는 재하의 등을 부드러운 손길로 토닥였다.

"고생 많았어요."

"내가 무슨. 애들 키운다고 네가 고생이지."

"내가 고집부렸잖아요. 내 손으로 키우고 싶다고."

사람을 쓰고 싶으면 써도 된다는 말에 수윤은 제 손으로 키우고 싶다고 했었다. 가족에 대한 애착이 컸기에 모두 제 손으로 다 하고 싶었다.

아이들이 순해서 결과적으로 크게 힘들지는 않았지만 재하가 자신만큼 육아에 힘쓰지 않았더라면 온전히 제 손으로 키우는 것이 불가능했을지도 몰랐다.

"그럼 상 줘."

"상이요?"

"응. 이렇게."

재하의 말에 수윤이 고개를 갸웃하며 되묻자 그의 입술이 그녀의 입술 위를 가볍게 눌렀다.

"그동안 목말랐었거든. 네 관심에."

그의 따뜻한 입술이 다시 한번 그녀의 입술에 닿았다가 떨어진다. 상을 달라더니 그는 수윤의 의지와는 상관없이 그녀의 입술을 지분거리기 시작했다.

"이 예쁜 눈동자가 이제야 나를 보네."

"아…….."

그랬었나. 수윤이 잠시 그동안의 제 행동을 돌아보는 사이, 그가 수윤의 허리를 바짝 잡아당겼다.

"오늘 밤은 각오하는 게 좋을 거야."

허리를 잡은 손에 힘을 주자 두 사람의 몸이 빈틈없이 밀착되었다. 재하가 수윤의 뺨을 어루만지며 욕망이 짙은 눈길로 그녀를 바라보았다.

"아직 밤 아닌데…….."

이제 체크인을 하러 들어왔다. 숙소에 짐을 두고, 바닷가를 거닐다가 저녁을 먹으러 가자고 얘기한 지 아직 30분도 채 되지 않았다. 그런데 재하는 숙소로 들어오자마자 그 말을 모조리 다 잊어버린 모양이었다.

"정신 차리면 밤이 되어 있을 것 같은데."

잊고 있었다. 신혼여행을 준비할 때도 관광에는 전혀 관심이 없었던 사람이라는 걸.

"바닷가 가기로 했잖아요."

"오늘만 날은 아니잖아."

"저녁은 어떻게 하구요…….."

"이것부터 먼저."

재하가 고개를 살짝 돌려 목덜미에 입술을 묻었다.

"아……."

뜨거운 입김이 닿자 수윤이 흠칫, 하고 몸을 움츠렸다. 재하의 등을 안은 손에 저도 모르게 힘이 꾹 들어갔다.

"어떻게 해?"

"뭘……."

"하지 마?"

입술이 목덜미에서 귓가로 옮겨 왔다. 귓가에 뜨거운 숨결이 느껴져 오싹했다.

"네가 싫으면 안 해."

거짓말. 이미 먼저 시작해 놓고서 내가 싫으면 하지 않겠다니. 말은 그렇게 하면서도 재하는 입술을 그녀의 뺨으로, 이마로, 또 입술로 천천히 옮겼다.

"싫다고 하면…… 어쩌려고요?"

"설득해야지."

"어떻게요?"

"입술로."

어떤 반응을 보일지 궁금해서 물어본 말에, 재하는 준비라도 한 듯 바로 대답을 했다. 수윤의 귀에는 어쨌든 키스를 하고 싶다는 말로 들렸다.

"그럼 설득해 봐요."

수윤이 살며시 웃음을 터뜨리며 말을 이었다.

"얼마나 잘 하는지 보게."

그 말이 그를 자극한 걸까. 말이 끝나기가 무섭게 재하가 그녀의 아랫입술을 빨아들이며 입술을 벌렸다. 그의 혀가 그사이를 비집고 매끄럽게 들어왔다.

셔츠 안으로 밀고 들어온 손이 야릇하게 그녀의 허리를 쓸었다. 그동안 목이 말랐다는 것을 여실히 보여 주듯 그가 수윤을 밀어붙였다.

수윤이 그의 힘을 이기지 못해 뒤로 밀려나자 재하가 그녀의 몸을 번쩍 안아 들었다.

익숙한 듯, 자연스레 그의 허리에 다리를 감고 목을 끌어안았다. 맞닿은 입술은 떨어질 생각을 하지 않았다.

침대로 향할 여유 따위는 없었다. 재하는 수윤을 안고 소파로 향했다. 소파 위에 그녀를 눕히자 수윤이 열기에 가득 찬 시선으로 재하를 올려다보았다.

"설득이 됐나?"

"조금요?"

그의 질문에 수윤이 쿡쿡 웃으며 대답했다.

"아직 설득이 덜 됐나 보군."

슬며시 미소 지은 재하가 입고 있던 셔츠를 벗고는 수윤의 셔츠 단추를 하나씩 풀었다. 재하는 새하얗게 드러난 살결에 입술을 묻고 그녀의 온몸에 키스를 퍼부었다.

대낮에 시작된, 두 사람의 뜨거운 밤이었다.

뺨을 만지는 따뜻한 손길에 수윤은 눈을 스르르 떴다. 언제 잠이 들었는지 기억이 나지 않았다. 소파에서, 또 침대에서 몇 번씩이나 절정을 맞은 뒤 체력이 남아 있지 않아 그대로 잠이 든 모양이었다.

"좀 괜찮아?"

눈을 뜨자 재하가 자신을 보고 있었다. 잠들기 전, 수윤을 몰아붙이던 모습과는 또 다른 다정한 목소리였다.

"응, 괜찮아요."

대답은 괜찮다고 했지만 허리가 뻐근했다.

"뭐 좀 먹을래?"

"그럴래요? 얼른 준비할게요."

수윤이 몸을 일으키려 하자 재하가 그녀의 어깨를 잡았다.

"누워 있어. 내가 준비할게."

"요리 못 하잖아요."

수윤의 직설적인 말에 재하가 멈칫했다. 그 모습에 수윤이 쿡쿡 웃음을 터뜨렸다.

"어쨌든 누워 있어. 노력은 해 볼 테니까."

수윤의 이불을 꼼꼼하게 덮어 준 뒤 재하는 침대에서 일어나 주방이 있는 아래층으로 내려갔다. 수윤은 재하가 내려가는 뒷모습을 눈으로 담다가 그가 완전히 아래층으로 내려가고 나서야 몸을 일으켰다.

흰 셔츠와 편안한 바지로 갈아입고 아래층을 살펴보니 재하가 음식을 들고 테라스로 나가고 있었다. 수윤은 재하가 뭘 하고 있는지 궁금해서 곧장 아래층으로 내려갔다. 테라스 쪽으로 빼꼼 고개를 내밀자 재하는 바비큐 준비 중이었다.

"이건 또 언제 준비했어요?"

"너 잘 때 잠깐 나갔다 왔어."

이미 다 씻어 놓은 야채와 김치가 테이블 위에 놓여 있었고, 수저도 이미 세팅이 되어 있었다.

"굽기만 하면 돼. 거기 앉아."

재하는 숯이 담긴 화로에 불을 붙이고 그 위에 그릴을 얹었다. 그 옆에는 목살과 삼겹살, 새우에 각종 버섯들이 줄지어 놓여 있었다.

재하는 어느 정도 달구어진 그릴 위에 삼겹살을 올렸다. 수윤은 그 옆에 앉아 재하가 고기를 굽는 모습을 구경했다.

재하는 목장갑을 끼고 능숙하게 고기를 구웠다. 고기 굽는 남자가 이렇게 멋있을 줄이야. 둘만 함께 있는 시간이 너무 오랜만이라 그런 걸까. 눈앞에 있는 이 남자가, 내가 그토록 원했던 남자라고 생각하니 기분이 이상했다.

제 사랑은 이루어지지 않을 거라고 얼마나 오랫동안 생각했었는지 모른다. 그와 결혼을 하고 연우까지 낳았지만 가끔 현실감이 느껴지지 않을 때가 있었다.

"왜 그렇게 봐?"

"……그냥. 내 남편 참 잘생겼다 싶어서요."

뜬금없는 칭찬에 재하가 기분 좋은 웃음을 터뜨렸다.

"벌써 맛있는 냄새가 나요."

"잠깐만."

잘 익은 고기를 먹기 좋게 자른 재하가 고기 한 점을 호호 불어 식힌 후 수윤에게 내밀었다.

"아, 해 봐."

"아."

"꼭꼭 씹어 먹어."

고기를 받아먹은 수윤이 히죽 웃었다. 맨날 아이들을 챙겨 주다가 재하가 자신을 챙겨 주니 색다르면서도 기분이 좋았다.

재하가 접시에 잘 익은 삼겹살을 옮겨 담아 테이블 위에 올렸다. 수윤은 상추와 깻잎 위에 잘 익은 고기를 욕심껏 올리고 쌈을 싸서 그에게 내밀었다.

"당신도 먹어 봐요."

한입에 넣자 재하의 볼이 빵빵해졌다. 수윤은 재하의 그 모습이 마냥 귀여웠다.

"맛있어요?"

"네가 주니까 더."

재하와 수윤은 그렇게 한참 동안이나 식사를 했다. 식사를 끝내고 뒷정리를 마친 뒤 수윤은 다시 밖으로 나왔다.

수영장을 가만히 눈으로만 보고 있기가 아쉬웠다.

"여기 진짜 좋네."

테라스에 있는 수영장 물결 위로 빛이 넘실거렸다. 짙은 밤하늘과 파도치는 밤바다 소리가 한데 어우러져 운치 있었다. 수윤이 새까만 물을 발로 톡, 하고 차자 물이 따뜻했다.

"어? 물이 따뜻해요."

"한 번 들어가 볼래?"

막 테라스로 나온 재하의 제안에 수윤은 고개를 좌우로 휘휘 저었다.

"나 수영 못해요."

"그럼 여기 앉을까?"

재하가 수영장 가장자리를 가리켰다. 수윤이 고개를 끄덕이자 그가 금세 수건을 가져와 그녀가 앉을 수 있도록 깔아 주었다.

"여기 앉아."

수윤이 수건 위에 앉고는 발을 수영장에 담갔다. 따뜻한 물에 발을 담그자 하루의 피로가 다 사라지는 것 같은 기분이 들었다. 재하가 수윤의 옆에 나란히 앉아 함께 발을 담갔다.

"발 담그니까 좋네요. 따뜻하고."

"그러게."

짧게 대답을 한 그가 수윤의 손을 꼭 잡았다. 그러고는 한참 동안이나 수윤을 물끄러미 바라본다. 까만 수영장에 일렁이고 있는 빛을 보고 있던 수윤이 재하의 시선을 느끼고는 고개를 돌렸다.

"왜 그렇게 빤히 봐요? 부끄럽게."

"그냥. 갑자기 미안해서."

"응? 뭐가?"

수윤이 눈을 동그랗게 뜨고 재하에게 물었다. 진지한 얼굴로 갑자기 사과를 하니 수윤도 당황스러웠다.

"둘이서 이렇게 놀러 온 건 처음이잖아."

"……정말이네."

기억을 되짚어 보던 수윤이 수긍했다. 연애도 제대로 못 했는데 함께 여행을 갈 일은 더더욱 없었다. 그나마 신혼여행을 고대했었지만 임신 초기에는 멀리 갈 수 없어서 포기했었다.

태교 여행을 가고 싶었으나 그것도 병원에서 가지 말라고 해서 한동안 여행과는 담을 쌓고 지냈다.

애순을 만나기 위해 제주도에 가거나 근교에 나들이를 가긴 했지만, 오롯이 여행만을 목적으로 멀리 나온 것은 정말 이번이 처음이었다.

"앞으로 많이 다니면 되죠. 미안할 게 뭐가 있어요."

"그래도."

"당신 나한테 충분히 잘해 주고 있어요. 애들한테도 잘하고 있구요."

수윤이 맞잡은 재하의 손을 토닥이며 장난스럽게 말을 이었다.

"정 미안하면, 미안한 만큼 여기다가 뽀뽀해 봐요."

수윤이 제 입술을 톡톡 두드리자 그 모습을 본 재하가 피식 웃음을 터뜨렸다. 수윤의 애교 섞인 말투가 무척이나 귀엽고 사랑스러웠다.

"오늘 안에 끝나기 힘들 텐데. 그래도 괜찮겠어?"

"설마요."

"설마가 사람 잡는다는 말 몰라?"

재하가 짧게 입을 맞추었다가 뗐다. 그러고는 속삭이듯 말을 이었다.

"겨울에는 지우랑 연우 데리고 같이 여행 가자."

"어디로요?"

"어디든."

재하의 대답에 수윤이 빙긋 웃었다. 아직 겨울이 오려면 멀었지만 벌써부터 온 가족이 함께할 여행이 기대가 되었다.

"좋아요."

다시 눈을 마주한 두 사람은 누가 먼저랄 것도 없이 입술을 부딪쳤다. 여행 일정은 사흘이나 더 남아 있었지만 바닷가를 거닐지도, 대게를 먹으러 가지도 못 했다.

그동안 채우지 못했던 서로의 숨결을 탐하기에도 부족한 2박 3일이었다.

"명희야. 결혼 축하해!"

"축하해."

수윤과 재하는 아이들을 데리고 예식장에 오자마자 명희를 찾아갔다. 명희는 오늘의 주인공답게 무척이나 아름다웠다.

"오늘 정말 예쁘다."

"고마워, 수윤아."

어느덧 명희는 임신 중기에 접어들어 배가 조금 나오긴 했지만 풍성한 웨딩드레스 덕분에 티가 나지 않았다.

"이모 너무 예뻐."

"고마워, 지우야."

지우의 칭찬에 명희가 환하게 웃었다. 여러 사람들과 인사를 나누느라 정신이 없는 명희를 뒤로하고 수윤과 재하는 신부대기실을 빠져나왔다.

정건과도 인사를 나눈 뒤 얼마 지나지 않아 바로 식이 시작되었다.

"윤명희 양은 강정건 군을 신랑으로 맞아 검은 머리 파뿌리 될 때까지 사랑할 것을 맹세합니까?"

"네."

명희가 수줍게 대답했다.

"강정건 군은 윤명희 양을 신부로 맞아 평생 사랑할 것을 맹세합니까?"

"네! 맹세합니다! 평생 사랑하겠습니다!"

정건의 우렁찬 대답에 식장이 웃음바다가 되었다.

식이 끝나고 수윤과 재하는 아이들을 데리고 식사를 하기 위해 아래층으로 내려왔다.

"아까 명희가 그러던데 애기 성별 나왔대요. 딸이라고 하더라구요."

"그래?"

수윤이 슬쩍 던진 말에 재하가 별 감흥 없이 대답했다. 재하는 연우의 식사에만 집중을 하고 있을 뿐이었다. 수윤이 그런 재하를 보며 조심스럽게 물었다.

"우리도 하나 더 낳는 건 어때요?"

"어?"

"난 딸도 있으면 좋겠는데."

수윤은 아이를 좋아했다. 지우와 연우를 키우면서 힘든 일도 많았지만 행복과 뿌듯함이 더 컸다. 하지만 재하는 전혀 생각하지 못했었는지 놀란 얼굴로 수윤을 보았다.

"한 명을 더 낳겠다고?"

"네."

"지우하고 연우로 충분하잖아."

재하의 대답에 수윤의 표정이 조금 시무룩해졌다. 재하가 싫어할 거라는 생각은 하지 못 했다. 아이를 낳자고 하면 재하는 무조건 좋아할 거라는 생각을 하고 있었다.

"딸…… 싫어요?"

"딸 좋지. 근데 원한다고 해서 딸을 낳을 수 있는 건 아니잖아."

재하가 짧게 대꾸하고는 고기를 먹기 좋게 찢어 연우의 밥 위에 올려 주었다. 수윤은 재하가 연우를 챙기는 모습을 보며 입을 꾹 다물었다. 재하의 말이 맞긴 했지만 단칼에 거절하는 그의 모습을 보니 왠지 모르게 서운했다.

싫은 기색을 내보이는데 더 말을 꺼내기도 그래서 수윤은 괜히 밥알만 깨작였다.

"아빠. 엄마 배 속에 동생 있는데?"

재하와 수윤의 대화를 듣던 지우가 밥을 먹다 말고 진지한 표정으로 말했다.

"아니야, 지우야. 얼른 밥 먹자."

수윤은 지우의 말을 정정해 주며 아이의 숟가락 위에 고기반찬을 얹어 주었다.

"엄마, 엄마."

며칠이 지난 후. 지우가 갑자기 수윤을 불렀다. '왜 그래?' 하고 묻자 지우가 정말 궁금한 듯한 얼굴로 그녀에게 물었다.

"우리 동생은 언제 태어나?"

"응? 연우 여기 있잖아."

"아니 아니, 여기 있는 애."

수윤이 장난감을 가지고 노는 연우를 가리켰지만 지우는 도리도리 고개를 저으며 수윤의 배를 쓰다듬었다. 지우의 행동에 수윤은 잠시 고민에 빠졌다. 지우가 쓰다듬고 있던 제 배를 슬쩍 내려다보다 지우에게로 시선을 옮겼다.

"……엄마 살찐 것 같아?"

아닌데. 배는 별로 안 나왔는데. 수윤의 말에 지우가 고개를 또 한 번 도리도리 저었다.

"아니야. 진짜 있어."

저 확신은 대체 어디서 오는 건지.

"아니야, 지우야. 여기 동생 없어."

수윤이 아니라고 하자 지우가 입술을 비죽 내밀었다.

"왜? 동생이 또 있었으면 좋겠어?"

"진짜 있는데."

수윤은 지우가 하는 말을 대충 웃어넘겼다. 하지만 그날 하루뿐만이 아니었다. 몇 번이나 없는 동생의 안부를 물어오는 지우 때문에 수윤조차 긴가민가했다.

"……아닌데. 그럴 리가 없는데."

소량이지만 월경이 있었고, 임신 초기 때부터 있던 증상이 전혀 없었다. 하지만 옆에서 지우가 계속 똑같은 말을 하니 혹시나 하는 마음이 드는 것이다.

'에이, 설마' 하는 마음에 화장실을 들어간 수윤은…….

"……어머."

혹시나 하고 확인을 해 본 것뿐인데 정말로 임신이었다. 재하가 원하지 않던 셋째가 생긴 것이다.

재하는 수윤이 또 아이를 갖고 싶어 하는 것이 이해가 되지 않았다.

연우가 생겼을 때 얼마나 고생을 했었나. 그때만 생각하면 자다가도 가슴이 답답해졌다. 밥도 제대로 먹지 못 하고 임신 초기를 지나 중기가 다 되도록 헛구역질을 했었다.

그걸 옆에서 지켜보는 것이 끔찍하게도 괴로웠다. 죽어도 수윤이 힘들어하는 모습은 보고 싶지 않았다. 수윤이 원해도 그건 재하가 받아들일 수 없는 부분이었다.

"재하 씨. 할 말이 있어요."

퇴근을 하고 돌아오자 수윤이 진지한 표정으로 재하를 불렀다. 재하는 타이를 느슨하게 풀며 수윤을 따라 거실로 들어갔다.

"무슨 말인데 표정이 그렇게 심각해?"

또 셋째 얘기를 꺼내면 수윤을 제대로 설득해야겠다는

생각을 하며 소파에 앉는 순간, 수윤이 떨어지지 않는 입술을 억지로 뗐다.

"……나 임신이에요."

"……뭐?"

재하는 잠시 사고가 멈추는 듯한 느낌이 들었다. 임신이라는 말을 듣자마자 수윤이 힘들어했던 일들이 머릿속을 파노라마처럼 스치고 지나갔다.

생각이 없었다면 피임을 잘 했어야 했는데. 안일했던 제 잘못이었다.

"병원은 다녀왔어?"

"네. 벌써 9주래요."

연우를 가졌다는 사실을 알고 나서 입덧을 시작했던 무렵이 비슷한 시기였던 것 같아 재하가 다급하게 물었다.

"몸은? 괜찮아? 밥은 잘 먹었어?"

"네. 이상하게 이번에는 몸도 가볍고 밥도 맛있어요."

수윤의 대답에 재하가 안도의 숨을 내쉬었다. 아직 증상이 없다고 해도 안심을 해서는 안 되지만, 일단 수윤의 몸 상태가 괜찮다고 하니 다행이었다.

"다음에 병원 갈 때는 같이 가."

"……싫지 않아요?"

수윤은 재하가 싫어할까 봐 내내 마음을 졸였다. 축복받아야 할 생명이 환영받지 못할까 봐 그에게 말을 하기까지 걱정이 한가득이었다.

"네가 힘들까 봐 싫었던 거지. 아이가 싫은 게 아니야."

이미 아이는 생겼고, 재하가 할 수 있는 일은 최대한 수윤이 힘들지 않게 신경 쓰는 일뿐이었다.

—먹고 싶은 건 없어?

"먹고 싶은 게 너무 많아서 탈이에요."

다행히 수윤은 입덧 증상이 없었다.

몸이 힘들지 않아 좋으면서도 한편으로는 얼떨떨했다. 지우와 연우를 가졌을 때는 초기부터 몸이 좋지 않았었는데, 지금은 몸 상태가 흠잡을 데 없이 아주 좋았다.

먹는 양이 늘어서 얼마 되지 않았는데도 벌써 3킬로나 늘었다.

—오늘은 뭐 먹고 싶은데? 말해 봐.

"왜 회사 앞에 한정식 파는 곳 있잖아요. 오늘따라 갑자기 거기 음식이 생각나네."

—점심은 거기서 같이 먹을까?

"그럼 좋구요."

재하는 예약을 해 두겠다며 통화를 끝냈다.

운전기사가 점심시간에 맞추어 수윤을 데리러 왔다. 재하와 점심을 먹고 나서 아이들을 데리러 어린이집으로 가면 시간이 딱 맞았다.

식당에 도착하여 안내받은 룸으로 들어가니 재하가 먼저 도착해 있었다.

"오래 기다렸어요?"

"아니. 얼른 앉아."

수윤이 자리에 앉자마자 식탁 위에 음식이 한 상 차려졌다. 생선구이와 달걀찜, 각종 전과 나물 반찬. 거기다 제육볶음에 된장찌개까지.

수윤은 맛있는 음식을 먹는다는 생각에 들떴다. 고슬고슬한 쌀밥 위에 제육볶음 한 점을 얹고 입 안으로 넣으니 정말 꿀맛이었다.

수윤이 잘 먹는 것을 보며 빙긋 웃던 재하가 한술을 먹다 말고 숟가락을 내려놓았다.

"왜 그래요? 속이 안 좋아요?"

"좀. 음식 냄새가 역하군."

재하의 말에 수윤이 고개를 갸웃했다. 이 식당은 정갈하기로 유명한 한정식 식당이었다. 간이 세지 않은 된장국과 나물 반찬은 음식을 조금 심심하게 먹는 수윤의 입맛에 딱 맞았다.

킁킁, 냄새를 맡아 보아도 음식 냄새가 그리 자극적이지는 않았다.

"많이 안 좋아요? 소화제라도 사 올까요?"

"좀 이따. 내 걱정은 하지 말고 얼른 먹어."

다음 날 아침. 수윤은 전날 제대로 먹지 못한 재하를 위해 야채죽을 끓였다. 마침 재하가 출근 준비를 마치고 주방으로 모습을 드러냈다.

"몸은 좀 괜찮아요?"

"좀 나아진 것 같기도 하고."

"그럼 얼른 죽 한 술만 뜨고 출근해요."

재하는 자리에 앉아 따끈따끈한 죽을 한 숟가락 떠서 입 안으로 넣었다. 하지만 이내 인상을 찌푸리며 숟가락을 식탁 위에 놓았다.

"왜 그래요?"

"……밥 냄새 때문에 못 먹겠어."

"밥에서 냄새나요?"

그럴 리가 없는데. 수윤이 코를 갖다 대고 냄새를 맡아 보았지만 역한 냄새는 전혀 나지 않았다. 고소한 참기름 냄새 때문에 오히려 침샘을 자극하는 향이었다.

"맛있는 냄새밖에 안 나는데."

수윤이 휴, 하고 한숨을 내쉬었다. 재하의 몸 상태가 정말 안 좋은 것 같다는 생각이 들어 속상했다.

밥 냄새 때문이라는 말을 듣자 지우를 임신했을 때가 문득 떠올랐다. 그때는 밥 냄새가 정말 끔찍했었다. 흰 쌀밥을 보기만 해도 속이 울렁거리곤 했었다.

"왜 그러는 거지? 꼭 임신한 사람처럼."

고개를 갸웃하며 중얼거리던 수윤이 이내 무언가를 깨달

은 듯 두 눈을 크게 뜨고 재하를 보았다. 재하가 왜 그러느냐는 듯 수윤을 보았다.

"……설마 나 대신 입덧하는 거 아니에요?"

"뭐……? 그럴 수가 있어?"

"나도 어디서 본 건데, 아내 사랑이 지극하면 그러기도 한다고 해서."

"설마."

"잠깐 있어 봐요."

수윤은 좋은 생각이 났다는 듯 집에 있던 사과를 먹기 좋게 깎아 내어 왔다. 포크로 한 조각을 찍어 그에게 내밀자 재하가 사과를 먹었다.

"……뭐야, 이게."

사과를 씹던 재하의 미간에 깊은 주름이 생겼다. 밥은 그렇게 역겹더니 사과는 괜찮았다. 수윤의 입덧 증상이 그대로 재하에게 옮겨 간 것이다.

"진짜 맞나 보네. 입덧."

그 모습을 보며 잠시 입을 아, 하고 벌리고 있던 수윤이 이내 쿡쿡 웃음을 터뜨렸다.

"당신이 날 너무 사랑하나 봐."

"연우 때, 너 힘든 거 보면서 내가 얼마나 속상했었는데."

"그래서 지금 나 대신 입덧하나 봐요."

대신 입덧을 하다니. 재하가 걱정이 되면서도 그가 자신을 그만큼 생각해 준다는 생각에 수윤은 웃음을 숨길 수 없었다.

"조금만 힘내요. 금방 괜찮아질 테니까."

수윤이 재하의 어깨를 장난스럽게 다독였다.

급작스레 벌어진 상황이 당황스럽긴 했지만 재하는 수윤이 괴로운 것보다 자신이 괴로운 게 훨씬 나았다. 재하는 수윤의 웃는 얼굴을 보며 이번 출산은 수윤에게 좀 더 수월했으면 좋겠다는 생각을 했다.

수윤이 출산할 때까지 자신이 계속 입덧을 할 것이라는 사실을 모른 채.

외전 Ⅱ

"팀장님. 이수윤 씨께서 찾아오셨습니다."

책상 앞에 앉아 업무를 보고 있던 재하가 바쁘게 움직이던 손을 일순 멈추었다. 이름을 잘못 들은 것 같아 문을 두드리고 들어온 부하 직원에게 되물었다.

"……누구요?"

늘 사무적이던 그의 얼굴에 작은 균열이 생기자 남자 직원이 의아한 듯한 얼굴로 고개를 갸웃했다.

"이수윤 씨요. 이름 말씀드리면 아실 거라던데요."

오랜만에 듣는 이름이었다. 수윤이 본가를 나간 후 드문드문 이어진 만남이 완전히 끊긴 뒤 2년 만이었다. 그 후로는 그녀를 만날 일이 없었다. 만나자는 연락이 와도 재하는 응답을 하지 않았었다.

그렇게 시간이 흐르면서 정건에게 수윤의 소식을 꾸준히 전해 듣고 있었지만, 그녀가 자신을 찾아올 줄은 생각지 못했다.

"저…… 돌아가시라고 할까요?"

재하의 표정을 살피고 있던 직원이 묻자 그가 손을 내저었다.

"……아니. 들어오라고 해요."

재하가 짧게 대답하자 직원이 바로 수윤을 데리고 안으로 들어왔다.

"안녕하세요."

집무실 안으로 들어온 수윤이 재하를 향해 인사했다.

재하는 그 모습을 조금 얼이 빠진 얼굴로 바라보고 있었다. 수윤이 자신을 찾아온 것이 낯설기도 했지만 2년 전보다 성숙해진 그녀의 모습에서 눈을 떼기 어려웠기 때문이었다.

"팀장님. 차 준비할까요?"

직원의 말에 정신을 차린 재하가 어떻게 할 거냐는 눈빛으로 수윤을 보았다. 수윤은 직원을 보며 가볍게 미소를 지었다.

"저는 괜찮아요."

"나도 괜찮습니다. 그만 가서 일 보세요."

수윤이 '감사합니다' 하고 인사를 하자 직원이 웃으며 사무실 밖으로 나갔다.

"……."

"……."

둘만 남게 되자, 그 공간에 잠시 침묵이 내려앉았다. 수윤이 쭈뼛거리며 어색하게 서 있는 걸 보며 재하가 먼저 입술을 열었다.

"거기 앉아."

책상 앞에 앉아 있던 재하가 소파를 가리키며 몸을 일으켰다. 수윤은 재하가 가리킨 소파를 응시하며 곤란한 듯한 표정을 지었다. 영문을 모르는 그가 의아한 시선으로 수윤을 바라보았다.

"안 바쁘시면…… 점심이라도 같이하실래요?"

"……점심?"

예상치 못한 제안에 재하의 눈썹이 미세하게 흔들렸다.

"오랜만에 같이 밥 먹어요. 부탁…… 드릴 것도 있고요."

수윤이 고민하듯 조심스럽게 말을 꺼냈다. 재하는 잠시 손목으로 시선을 옮겨 시간을 확인했다. 시간은 이제 막 12시를 넘기고 있었다.

그동안 연락을 하지 않았던 수윤이 여기까지 자신을 찾아온 이유가 궁금했다. 재하는 망설임 없이 옷걸이에 걸려 있던 재킷을 집어 들었다.

"나가지."

재하는 근처에 있는 한식당으로 수윤을 데리고 갔다. 안내를 받아 안쪽에 마련된 룸으로 들어온 재하와 수윤은 마주 보고 자리에 앉았다.

수윤의 모습이 그의 시야로 들어왔다. 뭘 제대로 먹고 다니기는 하는 건지 수윤은 예전보다 살이 빠진 것처럼 보였다.

재하는 수윤에게서 시선을 떼고는 컵에 물을 따랐다.

"밥은 제대로 먹고 다니는 거야?"

무심한 음성이었으나 수윤은 그가 제게 그런 질문을 하는 것이 싫지 않은 듯했다.

그녀의 입술에 옅은 미소가 퍼졌다.

"지금 제 걱정하시는 거예요?"

그 말에 재하는 수윤에게 물 잔을 건네려다 말고 멈칫했다.

"……걱정이라면 걱정이겠군."

수윤은 재하가 건넨 물 잔을 받으며 기분 좋은 웃음을 지었다.

저렇게 밝게 웃는 모습을 보는 건 오랜만인 것 같아 낯설다가도, 웃음 가득한 얼굴을 보고 있으니 재하의 기분도 덩달아 개운해졌다.

얼마 지나지 않아 금세 음식들이 줄지어 나오기 시작했다.

"얼른 먹어."

"잘 먹겠습니다."

식사를 시작하는 수윤을 보며 재하도 젓가락을 들었다. 수윤과 둘이서 식사를 하는 것 또한 오랜만이라는 생각이 들었다.

그런데, 부탁할 일이라는 게 뭘까. 남에게 민폐를 끼치는 걸 무척이나 싫어하는 수윤이 자신을 찾아온 걸 보면 무슨 일이 있는 것이 분명했다. 하지만 수윤은 식사가 거의 끝나고 후식으로 식혜까지 나왔지만 용건을 꺼내지 않았다.

말하기 곤란한 일인가. 곤란한 일이 뭐가 있을지 생각해 보았지만 마땅히 떠오르는 것은 없었다. 그러다 문득, 저번에 정건이 했던 말이 떠올랐다.

"취업 준비하고 있나?"

"네? 아, 네."

잠시 딴생각에 잠겨 있던 수윤이 재하의 말에 깜짝 놀라며 대답했다.

"……어떻게 아셨어요?"

"정건이한테 들었어."

"아, 그랬구나."

재하가 알고 있을 거라고는 전혀 생각지도 못한 얼굴이었다. 왠지 그녀의 뺨이 발그레하게 물이 든 것 같았다.

"그래서."

"……?"

"얼마가 필요해?"

"……네?"

취업을 준비하고 있는 수윤에게 필요한 것은 돈밖에 없다는 생각이 들었다.

수윤이 어떤 생활을 하고 있는지는 이미 다 파악하고 있었다. 학교에서 장학금을 받으며 기숙사 생활을 하고 있긴 했지만 생활비를 무시하지는 못할 것이다.

수윤은 본가를 떠나고 나서 선진 그룹에서의 지원을 모두 거절했다. 재하가 몇 번이고 생활비로 쓰라며 돈을 보내 주었지만 그때마다 수윤은 그것을 제게 돌려주었다. 그러니 해 줄 수 있는 건 학교와 협의해 장학금을 늘려서 수윤에게 은밀히 전달하는 것밖에 없었다.

수윤과 연락은 하지 않았지만 재하는 나름대로 그녀에게 신경을 썼다. 그러나 그게 생활을 하기 빠듯한 금액이라는 건 그도 알고 있었다. 취업을 하기 위해서는 각종 공부를 해야 했고, 자격증 시험도 공짜로 칠 수 있는 게 아니었다.

단 한 번도 금전적인 문제를 입에 담은 적 없던 수윤이 자신을 부른 걸 보면 이제 한계에 도달한 듯싶었다. 남에게 의지하는 법 없던 아이가 이런 말을 꺼내기까지 얼마나 고민을 했을지 충분히 예상이 되었다.

"필요한 대로 말해. 얼마든 줄 테니까."

재하의 말에 수윤은 그를 물끄러미 바라보더니, 고개를

저었다.

"돈은 괜찮아요. 학교에서 장학금도 받고 있고, 아르바이트도 하고 있어서 부족하지 않아요."

그럼 뭐가 문제지? 재하의 한쪽 눈썹이 미세하게 올라갔다. 무슨 문제이기에 말하기를 망설이는지 알 수 없다는 생각을 하고 있을 때였다.

혀끝으로 마른 입술을 축인 수윤이 시선을 아래로 떨어뜨리며 조심스럽게 말을 꺼냈다.

"저…… 사실은 부탁드릴 게 있어요."

"그게 뭐지?"

"부모님을 찾고 싶어요."

아직 입에도 대지 않은 식혜 잔을 엄지로 매만지던 수윤이 슬쩍 고개를 들어 재하의 눈치를 살폈다.

"……부모님?"

재하의 물음에 수윤이 고개를 끄덕였다. 수윤의 얼굴에는 어딘가 기대하는 듯한 기색이 역력했다.

"갑자기 왜?"

"갑자기가 아니에요."

왜 갑자기 부모님을 찾고 싶은 생각이 든 건지 이유가 궁금해 묻자 수윤은 옅은 미소를 띠며 말을 이었다.

"학교 졸업하고 내 앞가림 내가 할 수 있게 되면, 그때 부모님을 찾자고 생각하고 있었어요. 너무 어릴 때 찾아가면 부모님께도 부담일까 봐요."

"……."

어린 시절을 함께 지냈지만 수윤이 부모님에 대한 얘기는 단 한 번도 꺼낸 적이 없었다. 뭐든 티를 내지 않았기에, 재하는 수윤이 제게 이런 부탁을 할 거라고는 전혀 생각하지 못했다.

"부모님 찾는 거…… 도와주실 거죠?"

수윤의 질문에 재하는 곧장 대답을 할 수 없었다. 수윤의 곧은 눈빛을 보고 있으니 대답이 섣불리 나오지 않았다.

"……네가 생각하는 그런 사람들이 아닐 수도 있어."

그 말에 수윤이 고개를 갸웃했다.

"제가 어떤 생각을 하는데요?"

그래도 내 부모님은 좋은 사람이지 않을까 하는 생각. 재하는 수윤이 괜한 기대를 하고 실망을 하는 건 싫었다.

그가 아무 말도 하지 않은 채 가만히 있자, 그의 생각을 알아차리기라도 한 건지 수윤이 바로 말했다.

"사실 저는 제 부모님이 그렇게 좋은 사람들일 거라고 생각하지 않아요."

"……."

"좋은 사람들이라면 저를 그렇게 보육원에다가 버리지는 않았겠죠."

수윤이 아무렇지도 않다는 듯 싱긋 웃음을 지으며 말을 이었다.

"그냥 궁금한 게 있어서 그래요. 만나서 얘기 한 번만 하고 싶어서."

"……."

재하는 그런 수윤의 얼굴을 물끄러미 바라보았다.

"오랜만에 찾아와서 이런 부탁드려서 죄송해요. 달리 부탁드릴 만한 사람이 없었어요."

부모님의 존재가 궁금하면서도 기대를 하지 않으려 노력하는 수윤의 모습이 왠지 마음이 쓰여 거절의 말이 쉬이 나오지 않았다.

"도와주실 거죠?"

"……그러지."

기대하고 있는 듯한 수윤의 얼굴을 보고 재하는 그렇게 하겠다고 대답을 하는 수밖에 없었다.

수윤과 헤어지고 회사로 다시 돌아온 재하는 사무실로 돌아오자마자 옅은 한숨을 쉬어 냈다.

"……곤란하게 됐군."

재하가 수윤의 부모님을 찾아보지 않은 건 아니었다. 수윤이 고등학생쯤 되었을 때 그녀의 부모님을 찾아본 적이 있었다.

부친은 생사를 알 수 없었으나 모친은 생각 외로 쉽게 찾을 수 있었다. 수윤을 보육원에 맡긴 사람이 다름 아닌 그녀의 모친이었다.

수윤의 모친, 이정선은 생각보다 멀쩡한 사람이었다. 중
소기업 사장의 막내딸로 태어나 부족한 것 없이 자랐고 느
지막이 결혼을 하여 슬하에는 1남 1녀가 있었다. 그 자료를
보며 왜 수윤만 보육원에 데려다 놓은 걸까, 하는 의문이
들었다.

그때 재하는 바로 이정선을 만났다. 알고 싶었다. 부족
한 것 없이 살았으면서, 다른 아이들은 키우고 있으면서,
'왜 이수윤만?' 하는 생각을 좀처럼 떨칠 수 없었다.

동행했던 박 실장이 수윤에 대한 얘기를 꺼내자 내내 영
문을 모르고 자리에 앉아 있었던 이정선은 그제야 고개를
끄덕였다. 그러고는 짜증스러운 표정으로 한숨을 쉬었다.

'그 아이, 하나도 궁금하지 않아요. 만나고 싶은 생각도
없고요. 내가 내 손으로 갖다 버렸어. 없는 아이라고 생각
하고 20년을 넘게 지냈는데 이제 와서 내가 그 아일 왜 만
나요?'

좀 더 알아보니 수윤은 이정선이 결혼 전에 만나던 사람
과 낳은 아이였다.

"후우……."

지난 일을 회상하던 재하는 짙은 숨을 뱉어 냈다. 수윤의
모친을 만났지만 수윤에게는 사실대로 말하지 못했었다.

이제 와서 만나 봤자, 수윤만 상처받을 것이 빤했다.

재하는 의자에 깊게 몸을 묻었다.

"……."

어쩌면.

10년이 가까이 흘렀으니 생각이 바뀌었을지도 몰랐다. 이정선이 그때의 일을 후회하고 있을지도 모르는 일이었다. 잠시 책상을 손톱으로 톡톡 두드리던 재하가 휴대 전화를 꺼냈다.

"박 실장님?"

—네, 도련님. 박 실장입니다.

"이정선 씨 아직 그쪽에서 살고 있는지 알아봐 주세요."

—이정선 씨라면…….

박 실장이 의아한 듯한 목소리로 말끝을 흐렸다.

"수윤이 친모. 부탁드리겠습니다."

재하의 말에 박 실장은 잠시 침묵을 지키더니 이내 아무것도 묻지 않은 채 알아보고 연락을 주겠다며 전화를 끊었다.

며칠 지나지 않아 바로 박 실장에게서 연락이 왔다.

—도련님. 이정선 씨 계신 곳 아직 그대로입니다만…….

박 실장은 답지 않게 말끝을 늘렸다.

"무슨 문제 있습니까?"

—지금 병원에 입원해 계십니다. 의식이 없다고 합니다.

자초지종을 전해 들은 재하는 통화를 끝냈다.

"하필······."

휴대 전화를 책상 위에 올려 두며 재하가 이마를 짚었다. 이걸 수윤에게 어떻게 전해야 좋을지 알 수 없었다.

"입원을······ 하셨다고요?"

회사 근처의 카페에서 만난 수윤은 빨대로 커피를 쭉 빨아들이다 말고 재하를 쳐다보았다. 재하는 어렵사리 고개를 끄덕였다.

"계단에서 발을 헛디뎌서 굴렀다고 하더군. 의식이 없는 상태야."

재하의 말을 들은 수윤은 한참이나 말이 없다가, 이내 알겠다는 듯 고개를 끄덕였다. 하지만 그녀는 꽤나 충격을 받은 모습이었다. 아랫입술을 살짝 깨문 채 감정을 억누르고 있었다.

상상으로만 그려 왔을 부모님을 만난다는 기대감에 부풀었을 텐데, 그녀의 얼굴에 실망한 기색이 고스란히 드러났다.

"깨어······ 나시겠죠?"

한참이나 말이 없던 수윤이 겨우 한 마디를 뱉어 냈다. 허망한 눈동자로 눈앞의 커피 잔을 응시하던 그녀가 재하에게로 천천히 시선을 옮겼다.

"······."

약간의 기대가 담긴 눈동자에 재하는 새어 나오려는 한숨을 삼켰다. 그러고는 천천히 고개를 저었다.

넘어지면서 머리를 심하게 부딪쳐 마음의 준비를 해야 할 거라는 소식을 전해 들었기 때문이었다. 재하가 고개를 젓는 모습을 본 수윤은 아래로 고개를 떨구었다.

"좀······ 허무하네요. 얘기라도 나눠 보고 싶었는데."

"······."

"좀 일찍 찾았으면 만날 수 있었을까요?"

수윤의 눈가에 금세 눈물이 고였다. 한 번도 만난 적도 없고, 자신을 버리기까지 한 사람인데 왜 저렇게 마음을 쓰는 건지 모를 일이다.

저 같으면 자식을 버린 부모 따위 찾지도 않을 텐데. 자리에 앉아 눈물을 뚝뚝 떨구어 내는 수윤을 보며 재하는 어떤 위로의 말도 할 수 없었다.

재하는 그저 수윤이 감정을 추스를 때까지 앉은 자리에서 기다렸다. 티슈로 눈물을 닦아 내는 수윤을 보며 그가 그녀의 앞으로 물 잔을 밀어 주었다.

"······감사합니다."

수윤이 안정을 되찾는 모습을 본 재하가 먼저 자리에서 일어났다.

"가자. 데려다줄게."

수윤을 혼자 보내기가 마음에 걸려 먼저 말을 꺼냈으나

수윤은 고개를 저었다.

"저……."

수윤이 주저하며 말끝을 늘리자 재하가 눈썹을 들어 올리며 의아한 표정을 지었다. 수윤이 조심스레 말을 이었다.

"병원에…… 한번 가 보고 싶은데, 혹시 어딘지 아세요?"

"만나지 않는 게 더 좋을 것 같은데."

그 말에 수윤이 고개를 저었다.

"딱 한 번만."

"……."

"한 번만 얼굴을 보고 싶어요."

"같이 안 가셔도 되는데."

"멀잖아."

재하는 왠지 수윤을 혼자 보낼 수 없었다. 잃어버린 부모님을 다시 만난다는 게 어떤 느낌인지 전혀 와 닿지 않았지만, 병상에 누워 있는 모친의 모습이 수윤에게 적지 않은 충격일지도 몰랐다.

게다가 아직 수윤에게는 그녀의 출생에 관한 얘기를 제대로 하지 못했다. 그녀의 모친에게 다른 가족이 있다는 걸 알게 되면 수윤은 어떤 표정을 지을까.

재하는 어느덧 병원에 도착하여 차를 세웠다.

"같이 올라가실 거예요?"

안전벨트를 풀던 수윤이 재하를 보며 물었다. 재하가 고개를 끄덕였다.


다행히 재하와 수윤은 헤매지 않고 단번에 중환자실로 향했다. 면회 시간이 얼마 남지 않았다는 간호사의 말에 수윤은 긴장한 듯한 표정으로 심호흡을 했다.

바로 문을 열고 들어가려 했지만 그녀는 자동문의 버튼을 차마 누르지 못했다. 용기가 나지 않는지 옆에 서 있는 재하를 돌아보았다.

"……같이 들어가 주시면 안 될까요?"

재하는 별다른 대답 없이 버튼을 눌렀다. 수윤보다 먼저 걸음을 옮겨 그녀의 모친을 찾았다. 수윤의 모친은 맨 구석 자리에 누워 있었다. 머리에는 붕대가 감겨 있고 산소호흡기를 꽂고 있었다.

"아……."

모친을 발견한 수윤의 입술 사이로 낮은 탄식이 새어 나왔다. 수윤이 지금 무슨 생각을 하고 있는지 재하는 알 수 없었다. 하지만 그녀의 눈에서 금세 눈물이 떨어지는 걸 보면 대충 그녀의 마음을 짐작할 수는 있었다.

재하는 수윤을 배려해 한 발짝 뒤로 물러났다. 수윤은 모친의 곁으로 걸음을 옮겼다. 모친의 얼굴을 눈에 담으며 그녀의 손을 조심스럽게 어루만졌다.

그렇게 얼마 동안이나 있었을까. 문이 열리고 중환자실 안으로 중년의 남자와 수윤의 또래로 보이는 젊은 남녀가 들어왔다.

세 사람은 정선의 근처에 재하와 수윤이 서 있는 걸 발견하고는 의아한 표정을 지었다.

"거기서 뭐 하세요?"

젊은 여자가 예민한 목소리로 물었다. 무슨 말이라도 둘러댈 생각으로 입술을 열려고 하는데 수윤이 재하의 손을 꽉 잡았다. 재하가 고개를 돌려 수윤을 보자 그녀가 말했다.

"죄송해요. 사람을 착각했어요."

맺혀 있던 눈물을 급하게 훔쳐 낸 수윤이 모친의 가족을 향해 고개를 숙였다. 그러고는 재하의 손을 잡고 밖으로 끌었다.

수윤은 뒤도 돌아보지 않고 엘리베이터로 향했다. 버튼을 누르고 잠시 기다리고 있으니 엘리베이터가 도착했다. 1층 버튼을 누르자 문이 스르르 닫혔다.

"……왠지 아는 척하면 안 될 것 같았어요."

수윤이 먼저 말을 꺼냈다.

"가족…… 인 거죠?"

"……알고 있었어?"

"아, 역시. 그렇게 말하는 거 보니까 맞나 보다."

수윤은 눈물이 그렁그렁한 눈가를 손등으로 훔쳤다. 억지로 괜찮은 듯 웃음을 짓는다.

"그냥 왠지 그럴 것 같더라고요. 분위기가, 그냥……, 가족이잖아요."

눈치 하나는 기가 막히게 빨랐다. 그 짧은 순간에 수윤은 모든 걸 다 간파해 버린 모양이었다.

"저분은 제 아버지가 아닌 거죠……?"

"……그래. 결혼 전에 만났던 사람 사이에서 네가 태어났다고 하더군."

재하의 대답에 수윤은 씁쓸한 웃음을 지었다. 자신이 버림받은 이유가 대충 짐작이 되는 모양이었다.

"그냥 잊어버려."

"……."

"어차피 저 사람은 처음부터 네 인생에 없었던 사람이야."

"……잊을 거예요. 오늘, 오늘만 울고……."

수윤이 서럽게 울음을 쏟아 내기 시작했다. 가만히 서서 끅끅, 가여운 울음소리를 내며 울었다. 재하는 그런 수윤을 가만히 바라보다 한 걸음 다가가 그녀의 여린 어깨를 감싸 안았다.

수윤이 그의 품에 얼굴을 묻고 흐느끼며 울었다. 이상하게도 그녀의 울음소리에 가슴 한구석이 묵직해지는 것 같았다.

어느 정도 감정을 추스른 수윤을 곧바로 기숙사에 데려

다 주려 했으나, 그녀는 그러고 싶지 않은 모양이었다.

"……혼자 있기 싫은데 술 한 잔만 사 주시면 안 돼요?"

"……."

위로가 필요한 밤이었다. 혼자 있기 싫다고 제게 말하는 수윤을 매정하게 뿌리칠 수 없었다.

재하는 수윤을 데리고 근처에 있는 칵테일 바로 향했다. 영롱한 색깔의 칵테일을 바라보고 있던 수윤이 아쉬운 듯 말했다.

"소주 마시고 싶었는데."

"그건 다음에."

"다음에도 사 주실 거예요?"

수윤이 싱긋 웃으며 제 몫으로 나온 주홍빛 칵테일을 마셨다.

"칵테일 처음 마셔 보는데 맛있네요."

"천천히 마셔."

재하는 술 대신 음료수를 한 잔 주문했다.

"아버지 쪽은 찾기 힘들까요?"

"돌아가셨다고 하더군."

"……그렇군요."

수윤이 씁쓸한 표정으로 잔을 매만졌다. 어느새 그녀의 잔에 있던 칵테일이 반이나 사라지고 없었다.

"죄송해요. 괜한 부탁을 드려서."

"넌 네 마음 추스르는 것만 생각해."

수윤이 재하를 보며 빙긋 웃었다. 재하의 위로가 꽤나 마음에 드는 모양이었다. 재하가 옆에 있어서 위안이 되는 듯했다.

"……있죠, 사실은 딱 한 번만 만나서 묻고 싶었어요. 왜 나를 버린 건지."

수윤은 쓸쓸한 표정으로 묻지도 않은 말을 술술 뱉어 냈다.

"근데 이제는 누구에게도 물어볼 수가 없네요."

"……."

"여기 한 잔만 더 주세요."

반 정도 남은 칵테일을 한꺼번에 입 안으로 털어 넣은 수윤이 바텐더를 향해 말했다.

딱 한 잔만 마시게 할 생각으로 수윤을 바에 데려왔지만, 재하는 수윤을 말리지 못했다. 오늘은 수윤이 원하는 대로 하게 두고 싶었다.

수윤은 처연한 얼굴로 빈 잔을 물끄러미 응시하고 있었다. 재하는 그런 수윤의 옆모습을 아무 말 없이 눈에 담았다.

곧 주문한 칵테일이 나왔다. 수윤은 그 이후로도 연거푸 몇 잔을 더 마시더니, 얼마 지나지 않아 테이블 위로 고꾸라졌다. 팔을 베개 삼아 베고는 미동도 하지 않았다.

"술도 제대로 못 하면서……."

칵테일을 물 마시듯 마실 때부터 예견된 일이었다. 재하는 취해서 뻗어 버린 수윤을 보며 한숨을 내쉬었다. 기숙사로 데려다주려 했지만 이미 시간이 많이 늦어 있었다.

이렇게 취한 수윤을 기숙사 앞에 덜렁 두고 오는 것도 그리 좋은 방법은 아니었다.

집으로 데리고 가야 하나. 호텔로 가는 것보다는 집으로 가는 게 더 나을 거라는 생각이 들었다.

괜히 호텔을 들락날락거리다 차 회장의 눈에 띄면 곤란했다. 차 회장이 수윤을 불러 달달 볶는다는 생각만으로도 인상이 절로 구겨졌다.

재하는 취해서 뻗은 수윤을 가볍게 안아 들었다. 차에 그녀를 태우고 곧장 제집으로 향했다.

집으로 들어와 제 침실에 수윤을 눕혔다. 수윤은 잔뜩 흐트러진 모습으로 침대에 누워 있었다. 재하는 잠시 동안 그 모습을 응시하다 뜨거운 숨을 뱉어 냈다.

얇은 블라우스는 헝클어진 채였고 짧은 치마는 말려 올라가 있었다. 하늘거리는 치마 아래로 곧게 뻗은 맨다리가 그의 시야를 빼곡하게 메웠다. 뜨거운 기운이 온몸으로 퍼져 나가는 기분이었다.

"으음……."

새근거리는 숨소리가, 반쯤 벌린 입술이, 위아래로 오르내리는 가슴과 매끈한 다리가, 그녀의 흐트러진 모습이 이상하게 재하를 자극했다.

"……."

제대로 미쳤군. 재하는 목을 조이고 있는 타이를 느슨하게 풀었다. 그동안 까맣게 잊고 있었다. 한동안 수윤을 멀리하며 만나지 않았던 이유를.

내내 여동생처럼 생각하던 아이에게 욕정을 느끼는 건 말도 안 되는 일이었다. 용납할 수 없는 감정이었기에 자연스레 수윤을 멀리했었다.

머리를 어지럽히는 감정에 재하는 도저히 수윤과 같은 공간에 있을 자신이 없었다.

밖에서 하룻밤을 보내고 올 생각으로 그녀에게 이불을 덮어 주고는 방을 나가기 위해 뒤돌아섰다.

"……같이 있어 주면 안 돼요?"

막 걸음을 떼는 순간 언제 깨어났는지 수윤의 목소리가 들려왔다. 뒤를 돌아보자 수윤이 침대에서 천천히 몸을 일으켰다.

"얼른 자기나 해."

"……오늘은 혼자 있기 너무 힘들 것 같은데."

재하는 수윤의 말을 못 들은 체하며 자리에서 벗어나려 걸음을 옮겼다. 하지만 채 문에 다다르기도 전에 걸음을 멈출 수밖에 없었다. 수윤이 뒤돌아선 재하의 허리를 끌어안았다.

술에 취해, 또 외로움에 취해, 숨길 수 없는 감정이 새어 나왔다.

"이수윤. 정신 차려."

수윤에게 한 말이었으나 제 자신을 타이르는 말이기도 했다. 수윤의 말 한마디에 이성의 끈이 끊어질 것처럼 위태로워졌다.

재하는 제 허리를 감은 수윤의 손을 떼어 내며 그녀를 마주 보고 섰다. 그녀의 양 손목을 붙잡은 채 경고하듯 말했다.

"남자한테 그런 말 함부로 하는 거 아니야."

"……다른 사람한테는 이런 말 안 해요."

지금 자기가 무슨 말을 하고 있는지 수윤은 알까. 술에 취해 제정신이 아니라 생각했다. 겁을 주면 그만둘 거라고 생각했다.

"내가 무슨 짓을 할 줄 알고."

수윤이 제 머릿속을 들여다보면 미친놈이라고 할지도 몰랐다. 이러지 말고 그만 자라고 그녀에게 말하려 했을 때였다.

"상관없어요."

"……."

"무슨 짓을 해도."

수윤이 재하보다 더 단호한 눈빛으로 그를 바라보았다. 그녀의 말이 끝나자마자 재하는 잡은 손목을 그대로 제 쪽으로 당겼다.

수윤의 몸이 힘없이 끌려와 그의 몸과 밀착되었다. 재하가 수윤을 내려다보았다. 수윤이 망설인다면 당장이라도 멈출 생각이었다.

하지만 수윤은 이미 마음의 결정을 내린 듯, 재하의 뺨으로 손을 뻗어 그의 얼굴을 어루만졌다.

"전 괜찮아요."

재하는 거부하지 않는 수윤의 태도에 망설이지 않고 입술을 부딪쳤다. 보드랍고 말랑한 입술에 닿자 더 이상 다른 생각은 할 수 없었다. 오롯이 입술에 닿는 감각에 신경이 집중되었다.

재하는 그녀의 아랫입술을 쭉 빨아 당겨 입술 사이에 작은 틈을 만들었다. 그 틈을 벌리고 사이를 파고들자 알싸한 알코올 향이 혀끝에 맴돌았다.

쌉싸름한 향이 쓰기는커녕 오히려 달게 느껴진다. 어디서 나는지 모를 매혹적인 향이 재하를 더욱 자극했다.

"하아……."

서로의 뜨거운 숨결이 입술 사이를 드나들었다. 다디단 입술을 놓고 싶지 않았다.

재하가 그녀의 블라우스 단추를 위에서부터 하나씩 풀었다. 새하얀 피부가 드러나자 하얀 도화지 같은 그녀의 몸을 온통 제 흔적으로 물들이고 싶다는 생각이 그를 지배했다.

"자, 잠깐만……."

제 가슴을 밀어내는 수윤의 양 손목을 제 손아귀에 가두어 잡으며 그녀의 어깨에 입술을 묻었다.

"가겠다는 사람 붙잡은 건 너야."

아슬아슬하게 어깨에 걸쳐져 있는 끈을 어깨 아래로 내

렸다.

"아흣……."

수윤이 옅은 신음을 터뜨리며 몸을 바르르 떨었다. 어느새 그녀의 뺨이 발그레하게 물들었다. 반쯤 벌린 입술 사이로 달뜬 숨이 간헐적으로 터져 나왔다.

그 모습을 보자 그는 묘한 흥분감에 사로잡혔다. 수윤의 작은 움직임을 하나하나 눈에 담을 때마다 타는 갈증이 느껴져 견딜 수가 없었다.

제 것이라고 도장을 찍기라도 하듯 그는 수윤의 새하얀 목덜미와 어깨에 입을 맞추며 붉은 흔적을 남겼다.

"흐윽……."

온몸을 휘감는 낯선 느낌에 수윤이 재하의 어깨를 꽉 잡았다. 볼에 입을 맞추고 귓불을 핥으며 그녀의 이름을 속삭였다.

"수윤아."

"하아……."

"이수윤."

수윤은 대답을 하는 대신 그의 입술에 제 입술을 겹쳤다. 재하의 입술을 빨아 당기며 서툰 놀림으로 입술 사이를 파고들었다.

딴에는 잘 하려고 애를 썼지만 역부족이었다. 하지만 그런 작은 몸짓조차 그에게는 자극적으로 느껴질 뿐이다. 재하는 수윤을 벽으로 밀어붙였다. 제게 있었는지도 몰랐던 욕망이 한꺼번에 흘러나와 멈출 수가 없었다.

"부족해. 좀 더."

재하의 뺨을 감싸 쥔 수윤이 그의 입술에 다시 입을 맞추었다. 그의 입술을 벌리고 다시 한번 그의 영역에 미끄러져 들어왔다.

재하가 그녀의 허리를 으스러질 듯 세게 끌어안으며 느긋하게 그녀의 움직임을 따라갔다.

"하아……."

입술을 가득 머금어도 채워지지 않는 갈증에 수윤의 뒷덜미를 강하게 당겨 왔다. 혀가 뒤섞이는 야릇한 소리가 방 안을 가득 채웠다.

입술이 끈적이는 소리를 내며 잠시 떨어졌지만, 수윤이 모자란 숨을 다시 채우기도 전에 재하가 그녀의 숨결을 모조리 삼켰다.

"후회해도 소용없어."

"후회……, 안 해요……."

"한 번으로 끝내지 않을 거야."

달뜬 숨을 내쉬는 그녀의 스커트 사이로 손을 밀어 넣었다.

"아……!"

탐스러운 몸을 부드러운 손길로 어루만지자 그녀의 입술 사이로 여린 신음이 터져 나왔다. 제 입술 사이로 나온 목소리가 낯선지 그녀가 황급히 입술을 막았지만 그가 그녀의 손을 떼어 내며 귓가에 속삭였다.

"괜찮아."

"흐읏······."

"더 들려줘."

재하가 그녀를 그대로 안아 들고는 침대로 향했다. 시간이 어떻게 흐르는지 가늠이 되지 않았다. 그저 본능에 따라 몸을 움직이고 욕망을 쏟아 냈다. 수윤은 뜨거운 숨을 터뜨리며 몇 번이나 그의 품으로 무너졌다.

한 번 그렇게 관계를 맺고 난 후 재하는 그날 밤이 잊히지 않았다.

모든 순간에 수윤이 떠올랐다. 그날 밤 달뜬 숨을 내뱉던 붉은 입술과 뜨거운 열기에 취해 자신을 올려다보던 눈빛, 그리고 코끝을 자극하는 매혹적인 체향까지. 그 모든 것들이 시도 때도 없이 떠올라 재하를 괴롭혔다.

욕구를 이기지 못하고 그녀를 안은 그 밤을 후회했다. 또다시 실수를 하면 안 된다고 생각했지만 좀처럼 단념이 되지 않았다.

수윤에게 전화를 건 것은 그 때문이었다. 다시 한번 그녀를 품에 안으면 이 마음이 사라지지 않을까 해서였다.

수윤에게 집으로 오라고 하자, 그녀는 거부감 없이 알겠다고 대답했다. 그녀가 오겠다고 한 시간이 되어 초인종이 울렸다. 그 소리에 재하가 다급하게 현관으로 걸음을 옮겼다.

"저 왔어요."

문을 열자 수윤이 그곳에 서 있었다. 그녀가 시야에 들어 오자마자 재하가 수윤의 팔을 잡아당겼다.

고작 일주일 만에 보는 것뿐인데 왜 이렇게 애가 타는지 모를 노릇이었다. 수윤을 당겨 안은 재하가 그녀의 머리칼에 입술을 묻었다. 코끝으로 스며들어 오는 그녀의 향기에 왠지 마음이 안도 되는 것 같았다. 품고 싶다는 강렬한 욕구가 그를 사로잡았다.

"……괜찮으세요?"

수윤은 그의 행동이 이해되지 않는다는 듯 고개를 들어 맑은 눈동자로 그를 올려다보았다. 인내심이 바닥 난 재하가 수윤의 뺨을 양손으로 감싸 쥐고는 그 흔한 인사 하나 없이 그녀의 입술부터 집어삼켰다.

뜨거운 혀가 갑작스럽게 입술 사이를 열고 들어와 입 안을 엉망으로 만들어 놓았다. 숨도 못 쉴 만큼 강하게 휘감아 오는 그의 몸짓에 수윤은 버티지 못하고 그를 밀어냈다.

"잠깐, 잠깐만요……."

갑작스레 시작된 키스에 당황한 수윤이 벗어나려 몸을 빙그르르 돌렸지만 재하가 그녀의 허리를 감싸 안고 놓치지 않았다. 하나로 질끈 묶은 머리카락 아래로 뽀얀 목덜미가 보여 그대로 입술을 내렸다.

"훗……."

블라우스를 내려 드러난 어깨에 입을 맞추자 수윤이 몸을 잘게 떨었다. 재하가 수윤을 돌려세워 그녀의 얼굴을 보았다.

뜨거운 숨을 내뱉으며 볼을 붉히고 있는 그녀의 얼굴을 보자 그는 더 이상 참을 수 없었다. 손이 그녀의 옷 속으로 미끄러지듯 파고 들어가 부드러운 살덩이를 움켜쥐었다.

"아⋯⋯."

쇄골에 입을 맞추며 예민한 곳을 건드리자 야릇한 목소리가 터져 나왔다.

"왜⋯⋯."

그동안 연락이 없다가 일주일이나 지난 뒤에야 자신을 부른 그가 이해되지 않는 모양인지 수윤이 그를 보며 의아한 표정을 지었다.

"한 번으로 끝나지 않을 거라고 했잖아."

스스로도 수윤에게 왜 이런 욕구를 느끼는지 알 수 없었다. 그저 그녀를 마음껏 안고 싶었다. 한 번 물꼬가 트인 욕구는 좀처럼 진정이 되지 않았다.

열기에 가득 찬 눈빛으로 그녀를 보자 잠시 동안 재하의 눈을 빤히 바라보던 수윤이 그의 목에 팔을 감았다. 계속해도 좋다는 듯 스르르 눈을 감으며 그의 입술에 제 입술을 겹쳐 온다.

닿으면 닿을수록 치받쳐 오르는 욕정을 삭일 수 있는 방법은 그녀를 욕심껏 안는 것뿐이었다.

그날 이후, 수윤과는 일주일에 두세 번 지속적으로 만나고 있었다.

욕실에서 말리고 나온 머리를 화장대 앞에서 빗고 있는 수윤을 향해 재하가 말했다.

"금요일 저녁에 시간 내."

"아, 금요일은 좀……."

머리를 빗던 수윤이 곤란한 기색을 내비쳤다. 1초도 채 걸리지 않아 거절을 당한 재하가 미간을 좁혔다.

"왜?"

재하는 거울 앞에 서 있는 수윤의 뒤로 가까이 다가섰다. 그러고는 등 뒤에서 수윤을 끌어안았다. 막 씻고 나온 그녀의 목덜미에서 상큼한 시트러스 향이 났다. 재하가 달콤한 향이 나는 그녀의 목덜미에 입술을 묻었다.

"아……, 약속이 있어서……."

"약속?"

수윤이 입고 있던 셔츠 안으로 손을 밀어 넣어 허리를 더듬었다. 예민한 부분을 건드리자 수윤이 흡, 하고 숨을 참았다.

"무슨 약속?"

"이, 이것 좀 놓고……."

"대답부터 해."

다시 한번 제 몸의 모든 감각을 지배하려는 그의 손을 잡으며 수윤이 대답했다.

"보육원에서 같이 지냈던 애들이랑 만나기로 했어요."

"그래?"

"명희가 오랜만에 보육원 친구들을 모은 거라서 빠지기 힘들어요."

"알았어."

재하는 수윤이 저와의 만남보다 그 약속을 더 소중하게 여기는 것 같아 마음에 들지 않았다. 금요일에 만나지 못한다는 생각이 들자 이대로 수윤을 보내기가 아쉬웠다.

"저……, 머리 좀 마저 정리할게요."

수윤이 재하의 팔을 풀었다. 동시에 재하가 수윤을 돌려 세웠다. 허리를 잡아 가뿐하게 안아 들고는 화장대 위에 그녀를 앉혔다.

수윤이 영문을 몰라 눈을 동그랗게 떴다. 재하가 고개를 살짝 숙이자 두 사람의 눈높이가 어느 정도 비슷해졌다.

"그럼 오늘 더 있다가 가."

"네?"

"오늘 가면 일주일은 못 만날 테니까."

재하의 입술이 그녀의 입술을 찾아 들었다. 부드러운 촉감이 좋았다. 그저 입술을 겹치는 것만으로 이상하게도 마음이 채워지는 것 같은 느낌이 들었다. 점점 더 짙어지는 키스에 수윤이 재하의 셔츠 앞섶을 꾹 쥐었다.

"하아……."

허벅지를 타고 밀려들어 오는 야릇한 손길에 수윤은 다시금 아랫배에 뜨거운 기운이 모이는 것 같았다. 뜨거운 숨결을 내뱉는 수윤의 입술을 핥으며 재하가 낮은 목소리로 속삭였다.

"자고 가."

재하가 초조한 듯한 얼굴로 시간을 흘끔 보았다. 시계가 막 밤 10시를 넘기고 있었다.

"……."

팔짱을 낀 채로 제 팔뚝을 톡톡 두드리다 다시 시계에 시선을 주었다. 시간이 멈춘 듯, 시곗바늘이 같은 곳을 가리키고 있었다.

재하가 이마를 구겼다. 이게 이렇게도 신경이 쓰일 일인가. 친구들을 만난다고 했던 수윤이 연락을 받지 않았다. 몇 시간이 지났지만 메시지 하나 없었다.

재하는 휴대 전화를 들었다. 아무래도 수윤에게 다시 전화를 해 봐야겠다는 생각이 들었다. 전화를 걸자 신호음이 몇 번 울렸다.

─여보세요?

꽤 길게 울리던 신호음 끝에 수윤의 목소리가 들렸다.

"어디야?"

—지금 보육원 친구들이랑 만나고 있어요.

대답을 듣지 않아도 알 수 있었다. 시끌벅적한 소리가 전화 너머로 들려왔다. 개중에는 남자 목소리도 섞여 있었다. 기억을 더듬어 보면 그 보육원에 여자아이는 별로 없었다. 열댓 명 중에 너덧 명 정도가 다였던 것이 떠올랐다.

"어디서?"

—아, 여기 저희 학교 근처 치킨집이에요.

"술?"

—아, 네.

수윤의 짧은 대답 뒤로 남자의 목소리가 들려왔다. 누구냐고 묻는 남자의 목소리에 재하의 표정이 험악해졌다. 수윤이 웃음 섞인 목소리로 잠깐만, 하더니 재하를 향해 말했다.

—죄송한데 나중에 연락드릴게요. 늦었는데 쉬세요.

용건만 간단하게 말한 수윤이 전화를 끊었다.

"……."

통화를 끝냈지만 개운하지 않았다. 오히려 통화를 하고 나서 더 찜찜한 느낌이 드는 건 왜일까. 수윤이 술을 마시는 것도, 옆에서 남자 목소리가 들리는 것도 모두 신경이 쓰였다.

학교 근처면 재하의 집에서 그리 멀리 떨어진 곳도 아니

었다. 다시 수윤에게 연락을 해 볼까 하다가 그대로 자리
에서 일어났다. 테이블 위에 놓여 있던 차 키를 챙겨 집을
나섰다.

수윤이 위치를 알려 주었기에 재하는 쉽게 그녀를 찾을
수 있었다. 재하가 그녀의 앞에 모습을 드러내자 수윤이
놀라 두 눈을 동그랗게 떴다.

"어떻게 여기까지……?"

그곳에 앉아 있던 보육원 친구들이 모두 토끼 눈을 하고
재하를 바라보았다. 수윤의 옆에 앉아 있던 명희 역시 눈
을 크게 떴다.

"어머! 우리 후원자님이 여기까지 어쩐 일이세요?"

명희가 반가운 얼굴로 재하를 맞았다. 멀찍이 서 있는 재
하를 보고 명희가 자리에서 일어났다.

"얼른 이쪽으로 앉으세요."

명희는 제 자리를 재하에게 내어 주었다. 그러자 그는 태
연한 얼굴로 명희가 내어 준 자리에 앉았다.

"형님이 여기까지 어쩐 일이십니까?"

"어떻게 알고 오셨어요?"

재하가 자리에 앉자 그곳에 모인 친구들의 시선이 모두
그에게 쏠렸다. 보육원을 함께 나온 친구들에게 재하는 영

웅과도 같았다.

재하가 아니었다면 그 보육원에서 누군가는 폭행을 참아
내야 했고 지금 이렇게 후원을 받으면서 편히 학교를 다니
지 못했을지도 몰랐다.

"지나가는 길에."

재하가 퉁명스럽게 대꾸하자 모두들 고개를 끄덕였다.
재하가 어떻게 여기까지 온 건지는 다들 중요하게 생각하
지 않는 듯했다.

명희가 의자 하나를 끌어와 앉자 다시 분위기가 시끌벅
적해졌다.

"형님. 한 잔 받으세요."

자신을 성준이라고 소개한 남자가 들뜬 얼굴로 잔에 술
을 따르려 했지만 재하가 그를 저지했다.

"차를 가지고 와서."

"아……."

"음료수라면 한 잔 하지."

아쉬운 기색을 보이던 성준이 재하의 말에 금세 얼굴이
환해졌다. 다 같이 건배를 하고 술을 마셨다.

"형님 오시니까 좋네요. 우리 이렇게 자주 만나요."

"바쁘신 분한테 무슨 소리야."

"아, 안 바쁘시면요."

명희가 핀잔을 주자 성준이 금세 말을 바꾸었다.

분위기가 무르익자 재하에게 쏠렸던 시선이 금세 사방으

로 흩어졌다.

"여기까지는 왜 오셨어요?"

수윤이 재하를 향해 물었다. 재하가 굳이 시간을 내어 여기까지 왔다는 사실에 놀란 얼굴이었다.

"술 마신다며."

"네? 그게 왜……."

"데리러 왔어."

그 말에 수윤이 얼굴을 붉혔다.

"또 정신 못 차리고 있을까 봐."

재하는 수윤이 술에 취했던 그 날 밤이 계속 머릿속에 아른거렸다. 자신이 아닌 다른 남자에게 기대는 모습이 떠올라 집에 가만히 앉아 있을 수 없었다.

"술 많이 안 마셨네."

"저 원래 술 많이 안 마셔요."

수윤이 수줍은 표정으로 술잔을 매만졌다.

"즐거웠어?"

"네. 어렸을 때 보고 잘 못 만났었는데 이렇게 다 커서 보니까 좀 색다르네요."

"더 있을 거야?"

"통금 시간이 다 돼서 이제 가 봐야 해요."

"잘 생각했어."

재하가 칭찬하듯 수윤의 머리를 쓰다듬었다. 별것 아닌 행동에도 수윤의 두 뺨이 눈에 띄게 발그레해졌다.

"그럼 같이 일어나지."

재하가 먼저 자리에서 일어났다. 수윤이 뒤따라 일어나 가방을 어깨에 멨다.

"어? 벌써 가시게요?"

두 사람이 일어난 모습을 보며 명희가 아쉬운 목소리를 내었다.

"기숙사 통금 시간 때문에. 먼저 가 볼게."

"아, 그러네. 그럼 가야지. 수윤이 데려다주실 거죠?"

"그러려고."

명희가 재하에게 수윤을 부탁하는 사이, 재하의 맞은편에서 성준이 수윤의 곁으로 다가왔다. 헤어짐이 못내 아쉬운 듯 그가 수윤의 팔을 잡고 늘어졌다.

"수윤 누나. 오늘 기숙사 안 들어가면 안 돼? 방 빌려서 다 같이 놀자."

"성준이 너 밤새 놀려고?"

"오랜만에 봤는데 벌써 헤어지면 아쉽잖아. 밤새 놀아야 지. 응? 응?"

성준이 귀여운 어투로 수윤에게 졸랐다. 수윤이 배시시 웃음을 지으며 그의 팔을 잡았다.

재하는 수윤과 그 남자가 닿아 있는 것이 눈에 거슬렸 다. 팔을 뻗어 수윤의 팔을 잡고 있는 성준의 팔뚝을 잡고 는 그녀에게서 떼어 냈다.

"수윤이는 잠깐 갈 데가 있어서 안 되겠군."

잠시 흠칫 놀란 얼굴로 재하를 보던 성준이 아아, 하며 고개를 끄덕였다.

"그럼 어쩔 수 없죠. 너무 아쉽다."

그런 약속을 한 적이 없어 수윤이 의아한 눈으로 재하를 보았다. 대충 말을 맞추라는 듯한 재하의 눈빛을 읽은 수윤이 성준에게 미안한 얼굴로 말했다.

"다음에 제대로 놀자."

"그래. 또 봐, 누나."

수윤은 다른 친구들과 인사를 마치고 밖으로 나왔다. 재하가 먼저 나와 그녀를 기다리고 있었다.

"데려다줄게."

"바로 코앞인데요. 저 혼자 갈 수 있어요."

"잔말 말고 타."

강경한 그의 태도에 수윤은 더 이상 토를 달지 않고 그의 차에 올랐다. 재하는 수윤이 제 공간에 들어온 후에야 마음을 놓을 수 있었다.

감정에 무뎠고, 사랑이 뭔지 몰라서 그게 사랑일 거라는 생각은 해 보지 못했다. 그저 욕구에 휩쓸려 수윤을 안았다고 생각했다.

그녀에게서 좋아한다는 말을 들었을 때도 제 감정은 돌아보지 않았다. 언제까지 수윤이 제 곁에 머물 것 같아 다행이라 생각하며, 차 회장의 눈 밖에 나지 않아야 한다는 생각뿐이었다. 아주 멍청하게도.

스스로 인지하지 못했던 사랑이라는 감정은, 이미 오래
전부터 오직 그녀만을 향해 있었다.

"아직 자요?"

수윤의 목소리가 들려 재하가 스르르 눈을 떴다. 침대에
서 몸을 일으키자 방으로 들어온 수윤이 고개를 갸웃했다.

"뭐 해요? 불러도 대답도 없고."

"……그냥. 꿈을 좀 꿔서."

"꿈이요?"

"응. 옛날 꿈."

수윤이 별일이라는 듯 눈을 여러 번 깜빡였다. 아침에 일
찍 일어나는 재하가 조금 늦잠을 잔다 싶더니 꿈을 꾼 모
양이었다.

"근데 왜 이렇게 넋이 나가 있어요? 옛날에 만났던 여자
꿈이라도 꿨나?"

수윤이 피식 웃으며 장난스러운 목소리로 말했지만 재하
는 여전히 표정을 굳힌 채였다. 재하는 차분하게 가라앉은
눈빛으로 수윤을 응시하고 있었다. 이상함을 느낀 수윤이
그의 얼굴을 가만히 들여다보았다.

"진짠가 보네."

"응."

그의 대답에 수윤의 미간에 옅은 주름이 생겼다.

"내 앞에서 옛날 여자 얘기하려는 건 아니죠?"

"어렸을 때 이수윤 생각했어."

그 꿈이라는 게 저와의 꿈이었었나. 수윤이 걸음을 옮겨 침대에 걸터앉았다. 그녀의 움직임을 따라 시선을 옮기던 재하가 수윤을 향해 물었다.

"왜 나를 받아 준 거야?"

이해가 되지 않는다는 듯 재하가 진지한 목소리로 물었다. 재하가 이런 질문을 할 줄 몰랐던 수윤은 뜬금없는 질문에 잠시 동안 놀란 얼굴로 그를 물끄러미 바라보았다.

그러다 그가 무슨 꿈을 꾸었는지 대충 짐작이 되자 그녀가 입가에 미소가 살며시 떠올랐다.

"그러게. 내가 왜 당신을 받아 준 걸까."

수윤이 장난스럽게 말을 건네자 재하의 진지한 목소리가 이어졌다.

"나 같으면 뒤도 안 돌아보고 떠났을 텐데."

"정말요?"

"응."

"아닐걸? 못 그랬을걸? 내가 떠나려고 하니까 당신도 나 붙잡았잖아."

"그건……."

"오랫동안 좋아했던 사람이 드디어 진심으로 날 좋아한다고 하는데, 지난 일 같은 건 당신 고백 하나로 다 잊었어요. 대신 앞으로 못 하기만 해 봐라, 하고 생각했죠."

"……."

"당신을 좋아한 그 모든 순간이 좋았어요."

그가 제게 기울이는 사소한 관심이 좋았다.

매번 그도 나를 좋아하지 않을까 기대하고 또 실망했지만 오랫동안 혼자만의 사랑을 품고 있었던 건, 그를 사랑하는 시간이 행복했기 때문이었다.

"나는 내가 원하는 만큼 당신을 사랑하고, 당신을 떠난 거예요. 그리고 다시 함께하고 싶어서 당신과 함께 살기로 한 거구요. 그렇다고 그때 당신 행동이 다 이해되는 건 아니고요."

그렇게 말을 하던 수윤이 갑자기 입술을 비죽였다.

"생각해 보니까 그러네. 나한테 왜 그랬어요?"

수윤이 갑자기 토라진 듯한 투로 말하며 눈을 가늘게 떴다.

"솔직히 말해 봐요. 그때도 나 좋아했죠? 근데 나 좋아하는지도 몰랐던 거야, 바보같이. 내 말이 맞죠?"

수윤을 제외한 다른 누구에게도 재하는 그리 친절하지 못했다. 자신을 보며 가볍게 미소 짓는 재하의 얼굴을 수윤은 어렵지 않게 볼 수 있었다.

드문드문 약속이 있는 자신을 데리러 왔고 사소한 것들에 관심을 기울여 주었으며 서로의 온기를 나눌 때는 무척이나 뜨거웠다. 그래서 그도 자신을 좋아할 거라고, 그렇게 생각했었다.

"내가 멍청했어."

처음 만난 그 순간부터 조금씩 쌓이기 시작했던 감정은 명백한 사랑이었다. 사랑이 사랑인 줄 몰라서, 그녀에게 늘 상처만 주었다.

"좀 억울하긴 해요. 왜 그렇게 오랫동안 짝사랑만 했나 싶기도 하고."

"……미안."

"딴 남자 만났으면 이런 고생은 안 했을 텐데."

"……그런 말은 하지 말지?"

재하가 그녀의 볼을 아프지 않게 잡으며 질투 어린 눈빛을 보냈다.

"아니, 그랬으면 당신이 더 일찍 자기 마음을 깨닫지 않았을까 싶어서."

수운이 쿡쿡 웃으며 재하의 손을 꼭 잡았다.

"아직도 그때만 생각하면 숨이 막혀."

그녀가 다른 사람과 결혼을 할지도 모른다는 생각에 가슴 졸이며 괴로워했다. 늘 제 곁에 머물 거라고만 생각했던 그녀가 떠나 있던 시간이 얼마나 지옥 같았는지, 그 지옥 같은 시간을 어떻게 견뎌 냈었는지 다시는 떠올리고 싶지 않았다.

잃고 난 후에야 소중함을 깨닫는 짓은 두 번 다시 하고 싶지 않았다.

"그러니까 저한테 잘 하세요."

"명심하지."

"애들한테도 좋은 아빠가 돼 주시고요."

"노력할게. 노력할 테니까,"

사랑이 뭔지 몰랐던 그 순간도, 사랑인 걸 깨달은 순간도.

"언제까지나 내 곁에 있어 줘."

그 모든 순간에 수윤이 있었다. 그에게 있어 그녀가 사랑이 아니었던 적은 단 한 번도 없었다.

"약속할게요."

수윤이 새끼손가락을 내밀었다. 얼른 걸지 않고 뭐 하느냐는 눈짓에 재하가 그녀의 손가락에 제 손가락을 겹쳤다.

"엄마, 아빠! 뭐 해? 동물원 간다며! 안 갈 거야?"

지우가 씩씩거리며 문을 벌컥 열고 방으로 들어왔다. 연우와 보행기를 탄 막내딸 서우가 지우의 뒤를 따라 얼굴을 빼꼼 내밀었다.

사랑스러운 아이들의 모습에 수윤과 재하는 서로를 마주 보며 빙긋 웃음을 지었다.

"동물원 가야지. 우리는 주방 가서 도시락 마저 챙기자."

침대에서 일어나 아이들에게 다가가며 말한 수윤이 빙글 뒤돌아 재하를 향해 환히 웃었다.

"당신은 얼른 준비해요. 알았죠?"

"금방 준비하고 나갈게."

수윤이 아이들을 데리고 방을 나가는 모습을 보며 흐뭇한 미소를 짓던 재하도 준비를 하기 위해 침대에서 일어났다.

이렇게 오늘도 행복한 하루가 시작되고 있었다.


〈끝〉

사랑보다 뜨거운 2

초판 인쇄 2020년 8월  7일
초판 발행 2020년 8월 18일

지은이  범서라
펴낸이  신현호
편집부장  예숙영
편집  이영조
편집디자인  한방울
영업·관리  김민원 조은걸 조인희
물류  이순우 최준혁 박찬수

펴낸곳  ㈜디앤씨미디어
출판등록  2002년 5월 1일 제117-90-51792호
주소  서울시 구로구 디지털로 26길 111 JnK디지털타워 503호
대표전화  (02)333-2513  팩스  (02)333-2514
전자우편  dncbooks@dncmedia.co.kr
디앤씨북스 블로그  http://blog.naver.com/dncbooks


ISBN  979-11-264-5199-9  (04810)
ISBN  979-11-264-5197-5  (세트)